KB159512

코르네유 인간학의 희극적 기원

코르네유 인간학의 희극적 기원
ⓒ 심민화

1판 1쇄 발행 | 2020년 4월 27일

지은이 | 심민화
펴낸이 | 정홍수
편집 | 김현숙 임고운
펴낸곳 | (주)도서출판 강
출판등록 | 2000년 8월 9일(제2000-185호)

주소 | 서울시 마포구 동교로 17안길 21(우 04002)
전화 | 02-325-9566
팩시밀리 | 02-325-8486
전자우편 | gangpub@hanmail.net

값 14,000원
ISBN 978-89-8218-256-3   03860

이 도서의 국립중앙도서관 출판예정도서목록(CIP)은 서지정보유통지원시스템 홈페이지
(http://seoji.nl.go.kr)와 국가자료종합목록 구축시스템(http://kolis-net.nl.go.kr)에서 이용하실 수
있습니다. (CIP제어번호 : CIP2020014998)

코르네유 인간학의 희극적 기원

초기 희극에 나타난 근대적 개인의 초상

심민화 지음

마타모르, 르 시드에 앞선 르 시드의 패러디

내가 코르네유를 진지하게 공부하기 시작한 것은 라신의 비극에 대한 논문으로 학위를 받은 이후였고, 프랑스 고전주의 문학을 가르치는 선생이 된 이상 어쩌면 당연한 일이었다. 그러나 그것 말고 사적인 이유도 있었다. 라신의 비극을 물들이고 있는 장세니슴 신학의 비관적 인간관, 세계관이 내 삶에 주는 부정적 영향에서 벗어나고 싶었던 것이다. 학부 시절, 교과서 수준의 해설서들을 지침 삼아 가장 유명한 비극 몇 편만 가볍게 읽고 코르네유 작품의 특징으로 받아들였던, 그리고 라신의 비관주의를 부각시키기 위해 나 자신의 논지에 끌어들이기도 했던 그의 영웅주의적 인간관, 낙천적 역사관이 그런 바람에 부응할 것 같았다. 한 우물을 파기에는 학자다운 집요함이 부족하고, 그래서 전공자라는 타이틀을 무겁고도 지루하게 여기는 나는, '의무감'으로 떠미는 앞의 명분보다는, 뒤의 요구, 곧 내 마음의 내적 요구가 불러일으킨 '기대'에서 더 큰 힘을 받아 코르네유에게 다가갔다.

이후 생각지도 않게 꽤 긴 시간 동안 코르네유에 파묻히게 되었는데, 역설적이지만 그것은 코르네유의 4대 비극이 내 '기대'를 배반하였기 때문이다.

누구나 그러듯이, 나는 그의 걸작으로 일컬어지는 4대 비극부터 다시 찬찬히 읽기 시작하였고, 거기서 영웅주의적 인간관과 낙천적 역사관이 아니라, '영웅'을 생산하는 각 편의 상황이 출구 없는 비극을 향해 점점 더 암울해져가는 것을 보았다. 전통적 평가 속의 코르네유와 다시 읽은 코르네유 사이의 그런 간극이 나를 그의 초기 희극들로 이끌었다. 한편으로는 아직 남아 있던 나의 사적 '기대'가 그의 초기 '희극'들로 눈 돌리게 하였고, 다른 한편으로는 초기작들에서 차후 걸작들의 배아를 발견할 수 있다면 4대 비극에 대해 새롭게 갖게 된 내 관점의 시금석이 될 수 있겠다는 다른 기대가 생겼기 때문이다.

이 책은 그런 과정이 남긴 결과물이다. 17세기 초, 근대적 도시가 되어가는 파리의 번화가를 배경으로 한량 청춘 남녀의 사랑을 그리는 초기 희극들 역시 연인들의 결정적 결별로 귀결됨으로써 나의 개인적 '기대'를 저버렸다. 하지만 그 기대를 만들어낸 나의 바람이 완전히 무위로 돌아간 것은 아니다. 누군가 '사막의 고아'라고 불렀던 라신의 작품들은 우리를 그의 억눌린 자아를 대변하는 불운한 인물의 숙명에 몰입하고 동참하게 만든다. 이렇게 말하는 것이 가능하다면, 그는 자기투영적 작가다. 반면, 코르네유는 관찰자적 작가다. 그는 희극에서나 비극에서나 인물 간의 관계와 상황에서 비롯되는 인물 각자의 입장, 태도, 행동을 객관적으로 바라보게 만든다. 한 작가와 오래 동행하면 세상을 바라보는 그의 시선에 길들기 마련인지라, 덕분에 소모적 감상(感傷)을 떨치고 세상사를 바라보는 기술을 익히고, 중년의 우울에서 벗어났다.

다른 두번째 기대로 말하자면, 그의 희극과 비극 사이의 연결점을 확인하고 코르네유를 다르게 읽을 수 있는 가능성을 제시할 수 있었다는 점에서 성과가 아주 없지는 않았다고 생각한다. 물론 그 성과는 앞선 연구자들의 업적과 조언, 그들이 자극한 문제의식을 바탕으로 작으나마 내 몫의 '다름'을 얹은 것이지만 말이다. '고전'이 고전이 되는 것은 늘 새롭게 읽을 수 있는 가능성에 의해서라는 것을 구실 삼아, 기회에 따라 여러 학회지에 흩어져 게재되었던 각 편의 분석들을 원래 목적했던 바에 따라 엮어출간하는 용기를 내어본다.

퇴직 후 첫번째 과제로 설정했던 출간 계획이 다른 일 때문에 밀리고, 각 편의 분석을 연결하여 완성하느라고 많이 늦어졌다. 연구를 지원해준 학술연구재단, 재직했던 대학, 게재해준 학술지들이 1년 단위의 성과를 서론·본론·결론 등의 답답한 형식적 틀에 담아 제시할 것을 요구하지 않았더라면 후속 작업의 시간을 줄이고 얼마간 출판을 앞당길 수 있었을 것이다. 하지만 그보다는, 문학 연구는 '최신'이어서가 아니라 '다르게 보았기 때문에' 일독할 가치가 생긴다는 점을 늦은 출간의 변명으로 삼고 싶다.

작고하신 이휘영 선생님께, 나의 부모님께, 그리고 나의 가족에게 이 책을 바친다. 학위 논문을 준비할 때, 선생님께서는 참고서적들을 쌓아놓고 쓸 생각을 내지 못하는 내게 "마음대로 한

번 써보라"고 격려하셨다. 선생님의 격려에도 불구하고 돌아가
시기 전에 논문을 마치지 못하였다. 책이 나오면 누구보다도 기
뻐하셨을 부모님은 이 책을 마무리하던 중에, 다 끝나가던 중에,
돌아가셨다. 나의 굼뜸이 한탄스럽다. 내가 쓰는 글들 대부분의
최초 독자가 되어주고 용기를 북돋워준 남편과 딸은, 다행이다,
그들은 내 곁에 있다.

이 책을 읽어줄 모든 분께도 미리 감사의 마음을 보낸다. 즐겁
게 읽어주시기를 가장 바라기에, 거추장스러운 주석들과 참고문
헌과 작가 연보는 읽지 않으셔도 된다고 말씀드리고 싶다. 대신
코르네유를, 그리고 코르네유를 읽는 나를 읽어주시기 바란다.

2020년 4월
심민화

1. 코르네유 수용의 역사

1

라신(Racine)이 20세기 신비평의 여러 방법론들을 실험해보는 특혜적 대상이 됨으로써 전통 비평 또는 교육에 의해 덧입혀진 고정된 이미지를 벗어버리고 새롭게 태어났던 것과는 달리, 그리고 현대에서도 여전히 발견되는 인간 사회의 희극성과 인간의 약점들을 다루었던 몰리에르(Molière)가 오늘날의 관객들에게서도 여전히 웃음의 동의를 얻으며 애호되고 있는 것과도 달리, 문학적 연구의 대상으로나 상연의 대상으로나 코르네유(Corneille)는 이른바 고전주의 삼대 작가 중에서도 상대적으로 더 오랫동안, 고착화되고 협소한, 낡은 이미지에 갇혀 있었다.[1]

✦

1 2010년 5월 코메디프랑세즈가 발표한 작가별 누적 상연 횟수는 몰리에르 33,400회, 라신 9,408회, 코르네유 7,418회다. 2008년에 나온 누적 상연작 순위 8위까지 중 일곱 작품이 몰리에르의 것이고, 나머지 하나가 코르네유의 『르 시드(*Le Cid*)』다. 셋 중 가장 덜 상연되는 작가의 한 작품이 누적 상연 순위 8위 안에 들었다는 것은, 상연이 그의 작품 중에서도 어느 한 작품에만 편중되어 있다는 뜻이다.

거기에는 적어도 뗄 수 없이 연관된 세 가지 요인이 작용했다고 생각한다. 첫째는 아직 고전주의가 지배적 사조로 자리 잡기 전인 1629년에 데뷔하여 거의 반백년 동안 활동한 그를,[2] 17세기 후반에 들어서서야 완전히 법제화된 고전주의의 잣대로 평가함으로써, 고전주의에 적응하지 못한 작가, 고전주의의 틀을 남의 옷처럼 불편해했던 작가로 보는 편견이 생겨났다는 것이다. 그간 프랑스 사회는 고전주의 이론 논쟁뿐 아니라, 감수성과 풍속, 언어까지 변화시킨 격랑(프롱드 난La Fronde, 절대왕정 확립)을 통과했는데 말이다.

게다가 루이 14세의 친정(1661) 이후 그는, 이미 전성기를 지난 작가로서, 새 시대 최고의 비극 작가가 된 라신과 끊임없이 비교되었다. 그리고 라신과의 이 줄기찬 비교는 코르네유에게 편협한 이미지를 부여하는 두번째 요인이 된다. 코르네유에게 호의적이었건 그 반대였건, 라신과의 대비가 두드러지는 국면을 부각시킴으로써, 코르네유의 작품의 특징을 단순 간략하게 규정하려는 경향을 조장하였던 것이다.[3] "코르네유는 우리가 그렇게 되어야만 할 인간을 그렸고, 라신은 있는 그대로의 인간을 그렸다"[4]는, 짧아서 강렬한 라 브뤼예르(La Bruyère)의 평가가 한 예다.

그리고 이는 다시, 그처럼 간략하게 규정된 특징이 가장 잘 드러나는 작품들로 비평의 관심과 상연을 한정시키는 결과를 빚게

2 『멜리트(*Mélite*)』(1629)에서 『쉬레나(*Suréna*)』(1674)까지.
3 코르네유 옹호 집단과 라신 옹호 집단의 대립 현상에 대해서는 졸저 『라신느 비극 연구』, 문학과지성사, 1987, pp.58~66 참조.
4 La Bruyère, *Caractères*(1688), Garnier, 1962/1688, p.88.

된다. 그의 이미지가 편협하게 고착화되는 세번째 요인이다. 그리하여, 17세기 말이면 벌써, 4대 비극(『르 시드(Le Cid)』『오라스(Horace)』『신나(Cinna)』『폴리왹트(Polyeucte)』)을 비롯한 비극 몇 편만을 그의 재능이 성취한 최고봉으로 인정하고, 나머지 작품들은 자기 예술의 정수에 이르지 못한 채 유행 중인 양식을 답습하거나, 재능이 사그라든 노작가의 낙수에 불과한 것으로 치부하게 되었던 것이다.

그의 가치는 오늘날, 마치 용광로에 들어갔다 나온 것처럼, 사람들이 찬양하는, 말하자면 그의 시의 남쪽 같은 작품 팔구 편으로 줄어들었다. 그 동쪽과 서쪽은 완전히 가치를 잃고 말았다.[5]

2

아이러니하게도 이런 편견과 축소에는 코르네유 자신이 기여한 바가 없지 않다. 1644년 최초의 작품집을 발간할 때(그는 이때, 걸작 비극들을 연달아 발표해 '프랑스의 소포클레스'가 되어 있었다) 이미 『멜리트』를 '습작'[6]이라 불렀던 그는, 1660년 작품

5 브왈로(Boileau)의 재인용(1674): Georges Mongrédien, *Recueil des textes et des documents du XVII siècle relatifs à Corneille*, Ed. de CNRS, 1972, p.256. 여기서 동쪽은 초기작들을, 서쪽은 후기작들을 말한다.

6 『멜리트』의 「독자에게(Au lecteur)」(1644), in Corneille; *Oeuvres complètes*, Textes établis, présentés et annotés par Georges Couton, Gallimard, "bibliothèque de Pléiade", tome I, Gallimard, 1996/1980. p.4.(이하 코르네유 글의 인용은 모두 이 총서 I, II, III권에 의하며,

집에선 초기 작품들에 대해, "그것들이 차후에 나온 것들과 너무도 달라, 그 질적 차이를 보면 일종의 혼란을 느끼지 않을 수 없다"[7]고 자평한 것이다. 그로부터 20여 년 후, 라 브뤼예르는, 자기 예술의 정점에 도달한 최고 작가의 자부심이 담긴 코르네유의 자평을 글자 그대로 받아 그의 초기 희극들을, "후기작들이 그토록 훌륭해지리라고 예상하게 하지 않는"[8] 졸작들로 못박는다.

그러나 그런 편견과 축소는 코르네유 활동의 창의적 궤적을 볼 때 부당한 것이다. 고전주의가 그에게 불편한 구속이었는가에 대해서는, "법칙이 있는 줄도 몰랐던"[9] 지방 출신 풋내기 작가가 파리에 들고 온 첫 희곡 『멜리트』가 새로운 사조, 새로운 장르의 출현을 알리는 신호탄이었음을 상기해야 한다. 『멜리트』는 당대에 유행하던 전원극이나 희비극처럼 공상적인 배경, 복잡하고 충격적인 줄거리에 기대지 않고, 파리의 소귀족들의 일상과 풍속을 재현하며 인물들의 심리에 집중한다. 그 점만으로도 『멜리트』는 일면 몰리에르의 희극과도 연결될 수 있는, 프랑스 최초의 고전주의 희극이다.[10] 이어 그는 법칙도 모르는 채 스스로 만든 새 형식을 다듬으며, 번번이 새로운 문제의식을 담

✦

인용 출처는 I, II, III으로 권만 표시하고 페이지를 명시한다. 인용된 문건 옆, 괄호 안의 연도는 그 글이 최초로 실린 판본이 출간된 해를 표한다. 판본들의 특징에 대해서는 책 말미의 '연보'를 참조할 것. 인용된 동시대인의 글 역시 그 글이 공표된 연도를 괄호 안에 표시한다.)

7 1660년 판 전집의 「독자에게」, II, p.187.

8 La Bruyère, *op.cit*, p.95.

9 『멜리트』의 「검토」(1660), I, p.5.

10 *Cf.*, Gabriel Conesa, *Pierre Corneille et la naissance du genre comique(1629~1636)*, Sédès, 1989, pp.8~11.

은 작품들을 무대에 올리는 한편, 기회가 있을 때마다 자기 예술을 정의하려 시도하고,[11] 작품집을 출간하면서는 작품별 「검토 (Examen)」를 달아 비판적으로 성찰했으며, 역시 자기 연극을 자료 삼아 극작술에 관한 세 편의 논문[12]을 썼다. 자기 예술의 창조 기법을 반성적, 객관적, 이론적으로 탐구한(이것이야말로 고전주의 작가의 가장 핵심적인 면모가 아닌가) 것이다. 그런 가운데 이른바 문사(docte)라고 불리는 사람들과의 마찰은 코르네유의 자유로운 실험 정신[13]을 증명하는 것이다. 그는 고대의 작품들과 시학을 참고하되, 무대 효과와 관중의 반응을 토대로, 상연된 자기 작품을 철저히 분석 검토하여 다음 작품에 반영하였다. 이 점에서 그의 창작은 실험적이었고, 그의 반성은 실천적이었다. 규칙들에 대한 편협한 해석과 형식주의적 강요에는 저항

✢

11 예를 들어 1633년 요양 목적으로 루앙에 체류하게 된 루이 13세를 환영하기 위해 시를 써달라고 요청한 대주교에게 보낸 『변명(*L'Excusatio*)』(1633)에서도 자기 재능과 자기 첫 극작품의 특징들을 설명한다. *Cf.*, I, pp.463~466, pp.1346~1348.

12 「극시의 유용성과 그 부분들에 관한 논설(*Discours de l'utilité et des parties du poème dramatique*)」「비극과 사실다움 및 필연성에 관한 논설(*Discours de la tragédie et des moyens de la traiter selon le vraisemblable ou le nécessaire*)」「극행동, 시간, 장소, 세 가지 단일성에 관한 논설(*Discours des trois unités, d'action, de jour, et de lieu*)」(1660), (III, pp.117~204). 세번째 논설에서 '극행동'으로 번역한 action은 아리스토텔레스가 말한 '시작과 중간과 끝'이 있는 일정 규모의 이야기의 전개 전체를 의미하므로 '행동' 대신 '극행동'으로 번역하고 앞으로 쓰이는 '극행동'은 모두 이런 의미로 쓰인다.

13 코르네유에 대해 '실험적', '혁신', '시험', '자유로운 실험 정신'을 말할 때, 그것을 규범 파괴적인 창조성을 의미하는 것으로 읽어서는 안 된다. 그의 '실험'은 관중과의 만남에서 얻을 수 있는 최대치의 효과를 겨냥하는 실험이었다. 그리고 그 실험의 성공이, 문사들이 신봉하는 고대의 권위가 아니라, 자기가 그리는 것의 '사실다움'을 인정하는 관중의 '동의'에 의해 얻어진다고 생각했다는 뜻에서 '자유로운 실험 정신'에 의한 실험이라는 말이다.

했지만, 부단한 실험과 반성을 통해 고전극의 모델을 제시한 것이 바로 그라는 사실은 부정할 수 없다. "코르네유가 제공한 모델 위에서 연극을 위해 일했던 다른 모든 이들과 마찬가지로 코르네유는 라신도 만들어냈다"[14]는 지적은 끈덕졌던 비교의 풍토 속에서 그의 지지자가 한 말이기는 하지만, 완전히 틀린 말은 아니다.

이성적이며 이상적인, 모범적 인간의 비범한 '성취'(코르네유의 비극을 '섭리가 지배하는 조화로운 세계', '비극성 없는 비극'[15]으로 규정하게 한)[16]를 코르네유 연극의 정수(精髓)로 간주하고, 거기에 들어맞는 몇몇 작품만을 가려 걸작으로 인정하게 된 데 대해서는 "코르네유의 작품들에서 어떤 영원한 요소들을 가려내려 한다면, 그것은 정확히 **새로움에 대한 욕망**일 것"이라고 한 메(G. May)의 말[17]을 통해 그의 창작의 전개를 반추해볼 필요가 있다.

코르네유는 스스로 '습작'으로 폄하한 희극 작품들의 「검토」에서조차 새 작품에서 선보인 새로움을 자부하며[18] 거기에 주목

---

14 세그레(Jean Regnault de Ségrais)의 재인용: Mongrédien, *op.cit.*, p.364.

15 *Cf.*, Jacques Maurens, *La tragédie sans tragique: le néo-stoicisme dans l'oeuvre de Pierre Corneille*, A. Colin, 1966.

16 *Cf.*, André Stegmann, L'héromisme cornelien, genèse et signification, tom II, Arman Colin, 1968, pp.284~289.

17 Georges May의 재인용: 곽광자, 『코르네유 비극 연구에 관한 비판적 고찰—Doubrovski 의 Corneille 연구를 중심으로』, 서울대학교 대학원 박사학위 논문, 1988, p.215. 이하 진한 활자 강조는 필자에 의함.

18 '그때까지 무대 위에 나타난 바 없던 매우 기분 좋은 희극 장르의 새로움'(「극시의 유용성과 그 부분들에 관한 논설」, III, p.127), '다른 어떤 언어에서도 찾아볼 수 없는 희극 장르의 새로움'(『멜리트』의 「검토」(1660), I, pp.5~6).

해줄 것을 독자에게 요구했다. 똑같은 것을 만들 생각이 전혀 없었던 그에게, 앞뒤의 작품들을 그늘로 밀어내고 몇몇 작품만 추려낸 뒤, 선택된 작품들에서는 판에 박은 인간관, 세계관만을 보는 것은, 아무리 걸작으로 떠받든들, 이중의 손상이 아닐 수 없다. 게다가 도덕적 이성적 의지적인 인간을 제시했다는 평가가, 그의 인기가 시든 이후에, 새 시대의 새 작가인 라신과의 비교를 통해 각인되었다는 것은 이런 손상을 치명적인 것으로 만들었다. 당대에 벌써, 꽤 성가(聲價)를 누린 한 평자가 코르네유의 '영웅'들이 재현하고 있다는 '로마적 위대성(grandeur romaine)'에 대한 피로감을 토로하고 있거니와,[19] 인간성의 모순과 억압된 자아의 표출, 불투명한 세계에 대한 질문과 항변을 문학의 진정성으로 여기게 된 현대에 이르면, '그렇게 되어야만 할 인간'인 '도덕적이고 이성적인 영웅'이 그려 보이는 '비극성 없는 비극', '섭리가 지배하는 조화로운 세계'가 큰 매력을 갖지 못하리라는 것은 쉽게 짐작할 수 있는 일이니 말이다.

3

이처럼 코르네유에게 상당히 불리한 상황에서 구축된 편파적

19 "우리는 몰리에르 덕에 코르네유의 위대한 감정들에서 벗어날 수 있어서 황홀했습니다. 그〔코르네유〕를 읽자면 우리가 로마인이 아닌 것에, 이제는 생각할 수도 행할 수도 없는 것들에 감탄하라는 강요받는 것에 너무 화가 나서 그만, 지치고 맙니다."(뷔시-라뷔탱 Bussi-Rabutin의 재인용: Mongrédien, *op.cit.*, p.161)

평가는 19세기에서 20세기 전반까지, 랑송(G. Lanson)의 연구 방식을 이어받은 학자 비평가들에 의한 대학 비평과 학교 교육에 의해 더욱 굳어져서 전통이 되었다. 그런데 이 '전통'의 엄숙하고 묵직한 휘장을 조금만 들추면 놀랍게도 코르네유의 작품과 인물은 시대의 변화에 따라 매우 다채로운 인상을 남겼음을 볼 수 있다. 그는 17세기 말에 벌써 "가슴은 식고 정신은 덥히는", "지성과 도덕적 감정만을 열광하게 하는 냉정한 작가"[20]가 되었지만, 동시대 일군의 관중에게는 "영혼을 고양하고 (……) 전율케 하는"[21] 작가였다. 볼테르(Voltaire)는 그를 "국가의 정기를 드높인 인물"이라면서도 "감동은 주지 않는 작가, 문체는 투박하고 허풍스러우며 촌스러운 작가"[22]라고 비꼬았지만, 이어진 혁명의 시대는 그의 '영웅'들에게서 폭발하는 힘과 의지를 지닌 인간을, 낭만주의는 선악을 넘어서는 자아 숭배자를 발견했다. 그러나 소시민적 사회가 격동의 시대를 물려받자, 코르네유는 다시 라 브뤼예르의 해묵은 비교 도식에 따라, 의무를 위해 정념을 희생시키는 도덕적이고 의지적인 모델을 제시한 극작가로 돌아온다.

코르네유의 이미지가 '전통'으로 굳어지는 20세기 초까지 근 300여 년에 걸쳐 변화하며 흘러온 다양한 인상, 엇갈리는 평가는 코르네유 작품의 '복잡성'과 그 의미의 풍요로움을 증명하는 것이지만, 그마저 이미 좁게는 4대 비극, 넓게 잡아보았자 팔구

✣

20 Cf., Paul Bénichou, *Morales du grand siècle*, Gallimard, 1948, pp.13~15.

21 세비녜 부인(Mme de Sévign)의 재인용: Mongrédien, *op.cit.*, p.247.

22 Carine Barbafieri, "Corneille vu par Voltaire : portrait d'un artiste en poète froid", in *XVIIe siècle*, No 225, 2004, pp.606~608.

편의 작품으로 축소된 상연 목록과 교육적 독서 목록에 갇힌 견해로, 나달(O. Nadal)이 지적하듯, 그의 작품 전체의 새로운 의미를 구성하거나 새로운 해석의 지평을 열기 위해 전통을 넘어서는 데까지는 이르지 못한 것이다.

전통은 우리에게 오랫동안 코르네유 작품의 복잡성을 가려왔다. 전통은 인간과 역사의 비극, 로마의 메달에 새겨진 영웅들의 좀 엄숙한 초상들만 뽑아 간직했다. 그런 선택은 **아마 핵심을 향하고 있겠지만**, 그의 연극을 네다섯의 걸작으로 축소해버렸다. 이따금 그늘에 가려져 있던 작품을 그 선택받은 작품군에 첨가하더라도, 관심은 여전히 모범적인 인성을 예증하는 국면들로만 유인되었다.[23]

4

그런 점에서 슐럼베르제(J. Schlumberger)가 『코르네유에게서 얻는 즐거움』[24]에서 코르네유의 전 작품을 대상으로 하여, 가장 덜 알려진 곳에서 그를 만나는 기쁨을 피력하고, 쥬베(L. Jouvet)가 『극적 환상(L'Illusion comique)』을 무대에 올렸던 1930년대는 코르네유 연구에 중요한 전환점으로 기록될 만하다. 1936년 리

✦

23 Octave Nadal, *Le sentiment de l'amour dans l'oeuvre de Pierre Corneille*, Gallimard, 1991/1948, p.21.

24 Jean Schlumberger, *Plaisir à Corneille*, Gallimard, 1936.

바이유(P. Rivaille)의 『코르네유의 데뷔작들』[25]이, 1949년에는 쿠통(G. Couton)의 『코르네유의 노년』[26]이 나오자 브왈로가 폐기 선언했던 '동쪽'(전기)과 '서쪽'(후기)의 작품들도 연구자들의 관심 안으로 들어왔고, 코르네유의 전 작품을 새로운 시각과 방법론으로 탐구하려는 연구가 활발해진 것이다. 나달과 베니슈[27]는 그때까지 감춰져 있던 코르네유 인물들의 감정과 정념의 영역을 발굴해주었고, 두브로브스키(S. Doubrovsky),[28] 모롱(Ch. Mauron),[29] 베르회프(H. Verhoef)[30] 등은 각각 실존주의적 심리 비평, 정신분석 비평, 심리적 독서의 방법을 초기 희극들에까지 적용하여 새로운 해석의 가능성을 보여주었다.

　　그러나 초기 희극부터 노년기의 작품까지, '코르네유의 전부(Corneille tout entier)'[31]를 객관적으로 탐구하려는 실증주의의 연구들도, 실증주의에서 벗어나 새로운 방법론으로 새로운 코르네유를 제시하려는 신비평의 노력들도, 각각 자기 방법론의 한계에 갇힌 채, 300여 년에 걸쳐 굳어진 고정 관념에서 완전히 벗어나지는 못한다. 전자는 작품과 연관된 사회 정치적 사건이나 작가의 자전적 사건 등 작품 외적 사실들로 작품을 설명하는 데 열중하고, 후자는 편향성과 논리적 비약 등 주제 비평, 이념 비

✤

25　Louis Rivaille, *Les débuts de P. Corneille*, Boivin, 1936.

26　Georges Couton, *La vieillesse de Corneille*, Maloine, 1949.

27　Paul Bénichou, *ibid.*

28　Serge Douvrovsky, *Corneille et la dialectique du héros*, Gallimard, 1963.

29　Charles, Mauron, *Des Métaphores obsédantes au mythe personnel*, J. Corti, 1964.

30　Han Verhoeff, *Les Comédies de Corneille, Une psycholecture*, Editions Klincksieck, 1978.

31　Louis Herland, *Corneille*, Seuil, 1981/1954, p.5.

평이 지닌 한계를 노정하는 가운데, 양자 공히 여전히 '영웅'이라는 인간적 모델에 집착하며, 남다른 존재로서의 주인공에 집중한다. 그리고 프랑스어에서는 같은 단어(le héros)인 그 '영웅, 또는 주인공' 뒤에는 언제나 '국가의 정기'를 드높였다는 대(大)비극 작가 코르네유의 후광이 어른거린다. 코르네유가 그린 사랑의 감정에서 '정념'이 행사하는 힘을 부각시키면서도, 전통적 관심(비극에, 그리고 로마적인 영웅에 초점을 두는)이 **'핵심'**을 향하고 있다는 식의 유보적인 태도를 보이는[32] 나달, '영웅의 성취'를 '영웅의 실패'로 뒤집었다고는 하나 여전히 '영웅'이라는 모델에 매여 있는 두브로브스키에게서 보듯이 말이다. 그러나, 에를랑(L. Herland)의 말처럼,

이토록 풍부하고 이토록 다채롭고, 이토록 자주 자기를 갱신한 코르네유 같은 작가를 두고 어떻게 '핵심'을 규정하겠는가?[33]

✠

---

32 *Cf.*, 21쪽 인용문의 강조 부분.
33 Herland, *op.cit.*, p.7.

2. 새로운 읽기의
가능성을 찾아서

1

이 책은, 위에 제기한 문제를 실마리로 코르네유의 초기 희극들을 그의 전체 작품의 방향을 가리키는 하나의 사이클로 간주하여, 작품들이 쓰인 순서대로 분석하고, 그 진화 과정을 드러내며, 그것이 어떤 사회적 의미를 갖는지 살펴보려 한다. 그러므로, 나의 공부를 그렇게 이끈 이유를 설명하려면, 앞서 훑어본 코르네유 연구들이 내게 남긴 질문들을 구체적으로 살펴볼 필요가 있을 것이다.

실증주의를 기반으로 하는 역사적, 전기적 연구는 작품 속의 내용과 작품 외적 사실들을 연결시킴으로써 과거의 작품을 과거의 상황 안에서 연구한다. 역사적 연구의 대표적 학자인 쿠통에 의하면 리슐리외의 전제적 정치의 기조가 코르네유의 비극『오라스』와 주인공 오라스를 가장 잘 설명해준다.[34] 베니슈에 의하

✦

34 *Cf.*, Georges Couton, *Corneille*, Hatier, 1967, p.63.

면 코르네유 비극은, 르네상스와 전제주의에 대한 반동으로 되살아난 봉건 귀족의 모럴을 보여준다.[35] 이런 지적들은 지식의 차원에서 그 자체로서도 가치 있고, 거의 400년 전에 쓴 코르네유의 작품을 접하는 데 장애가 되는 무지, 오독하게 하는 편견과 오류를 줄여줄 수 있기에 유용하기도 하다.[36] 그러나 역사적·전기적 사실들이 작품을 읽고, 해석하고, 수용하는 데 불가결한 정보인가? 그런 정보들을 알면 작품 자체를 통해 구성할 수 있는 것보다 고차원의 의미를 구성할 수 있는가? 어쩌면, 또는 오히려 그것이 독자의 시야를 제한할 위험은 없는가?

신비평은 바로 그런 질문을 자신의 과제로 삼았다. 코르네유에 대한 신비평 최초의 논문[37]을 쓴 두브로브스키는 역사적, 전기적 비평이 작품을 외적 사실들로 설명하는 것, 그럼으로써 작품을 과거에 가두는 것을 비판한다. 그에 의하면 비평은 작품과 독자의 만남이라는 원초적 사건에서 출발한다. 그 만남은 '인간적인 현전(現前, présence humaine)'으로서 내 의식의 장에 들어오는 '다른 존재(l'autre)'의 출현을 의미하며, 독서는 그것의 의미를 구성해가는 내 주관성의 지각(知覺) 활동이다.[38] 달리 말하자면 독서란, 비평이란, 독서자의 지각 활동에 의해 작품을 현재

✤

35 *Cf.*, Béniche, *op.cit.*, p.16.
36 정념, 충동, 의지가 분리되지 않은 생동하는 인간형을 드러내줌으로써 코르네유 인물들에게 덧입혀진 도덕적이고 이성적인 '모범적 인성'의 고리타분한 이미지를 벗겨준 베니슈의 연구는 이 방면의 큰 성과이고, 현실의 사건과 작품 속의 사건을 1대1로 연결하는 식의 연구에서 벗어났다는 점만으로도 진일보라 할 수 있다.
37 Doubrovsky, *op.cit.*
38 *Ibid.*, pp.16~17.

화(actualiser)하는 작업이요, 따라서 코르네유를 만난다는 것은 "17세기로 후퇴하는 것이 아니라, 17세기에서 20세기로 전진해 오는 것"[39]이라는 것이다. 이 현재화 작업이 오류에 빠지지 않고 설득력을 지니려면, 작품을 대하는 비평가의 시각이 '질문적 (interrogatif)'(선입견을 배제하고 오직 작품 안에서 그 의미를 찾아가는)이고 '총괄적(totalitaire)'(대상 작가의 작품 전체를 통해 설득력이 입증되는)[40]이어야 한다.[41]

우리가 문학 작품을 읽을 때 실제로 체험하는, 따라서 모든 독서 활동에 똑같이 적용될 수 있는, 신비평의 이 겸손한 출발과 지향에 나는 전적으로 동의한다. 그런데 문제는 신비평이 독자의 '주관성'을 각자 나름의 이념적 도구로 대치할 때 발생한다. '주인과 노예의 변증법'이라는 헤겔의 도식에 의해 각 비극마다 영웅의 실패를 규정하며, 코르네유 작품 전체가 '귀족의 기획 (projet aristocratique)'[42]의 역사적 실패를 그리고 있다고 본 두브로브스키의 시각은 질문적(interrogatif)이었는가? "후반 세기의 세속인 비관론자나 장세니스트들이 허물어트리려고 열을 쏟게 될 '영웅', 그 영웅을 구축하려는 그의 강박관념이 바로 그의 전 작품에 찍힌 코르네유의 마크라고 할 때[43] 그의 시각은 총괄적 (totalitaire)이었는가? 그는 이제 외적 사실이 아니라 외적 도식

✛

39 *Ibid.*, p.12.
40 *Ibid.*, p.9.
41 두브로브스키의 비평 원칙에 대해서는, 이 책의 보론 「『폴리왹트』를 어떻게 읽을 것인가」를 참조.
42 Doubrovsky, *op.cit.*, p.495.
43 *Ibid.*, pp.28~29.

에 부합하도록 작품을 축소하고 있지는 않은가? '자유', '지배', '자기 제어'라는 가치를 주인공–영웅에게 독점적으로 부여함으로써 실체가 아니라 개념이 되어버린 '귀족'의 기획, '영웅'의 변증법이라는 전제 때문에 작품의 의미를 오직 한 특정 인물의 운명에 귀속시키고, 그 특정 인물의 복잡성 또한 가려버린 것은 아닌가?

2

이렇게 정리하고 보면, 문학에 대한 깊은 성찰, 문학사적 맥락에 대한 방대한 지식, 작품에 대한 날카로운 지적이 가득한 프랑스 연구자들의 연구에 왜 완전히 동의할 수 없는지, 왜 마치 한용운의 '님'이 '잃어버린 조국'의 메타포라는 설명을 들을 때 같은 불편함을 느끼게 되는지 짐작할 수 있다. 그것은 역사를 알기 때문에 오히려 단단해진 선입견과 이념적 편향(역사주의, 실증주의 역시 이념이다)이 작품의 **핵심**을 미리 설정하기 때문이요, 따라서 충분히 질문적이지도, 완전히 총괄적이지도 않기 때문인 것이다.

그런데, 코르네유을 언급할 때 우선적으로 부각되는 '영웅'이나 '귀족'에 대해 어떤 경외심도 없고, 오라스식 '국가주의'나, 무사 귀족 소속의 영웅들이 추구하는 전사(戰士)적인 '명예'나 '영광'에도 끌리지 않으며, 17세기 프랑스의 정치적 입장들을 탐구하려고 문학 작품을 읽는 것도 아닌 21세기 동양인 여성인 나는, 그럼에도 불구하고 코르네유의 작품을 읽으면서, 그 안에서 울리는 **인간의 목소리**에 귀 기울이고, 거기서 펼쳐지는 **인간적 드라마**에 공감한다. 그 인간적 드라마는, 당대의 삶의 조건, 거기서 비롯되는 운명의 부침과 그를 통해 발현되는 인간성의 어떤 국면들을, 간단히 말하여 작가가 자기가 삶 속에서 체험하고 관찰한 인간적 사실을, 자신의 시대를 넘어 설득 가능한 방식으로 제시할 수 있었을 때(특정 소재, 특정 사회 그룹의 감정이나 정서의 특이성, 자신의 정치적 지향, 작가가 믿는 신학까지도 초월하여 보편타당한 것으로 제시할 수 있었을 때), 그리고 읽는 내가 나의 실존이 잠겨 있는 조건을 초월하여, 그가 제시한 인간적 사실을 인간성의 가능 영역 안에 수용하고 동의할 수 있을 때, '진실됨'의 인증을 받는다. 이런 우리의 생각은 문학에 대해 베니슈가 밝힌 다음과 같은 입장과 전적으로 동일하다.

> 우리는 문학에서 무엇보다, 삶과 사회에서 얻은 우리의 직접적 경험이 벌써 철학적으로(philosophiquement), 하지만 여전히 그 경험의 즉각적인 힘을 하나도 잃지 않은 채 가공되는 도가니를 보았다.[44]

작가가 삶에서 얻은 체험은 연극적 상상력에 의해, 개념이나 논설로써가 아니라 예술적으로 변용되어, 삶의 구체성을 간직한 채 삶에 대한 형이상학이 된다. 그런데 바로 그렇기 때문에, 베니슈처럼 17세기 프랑스의 절대왕정 확립기에 반동적으로 되살

✢

---

44 Bénichou, *op.cit.*, p.13.

아난 '봉건 귀족의 모럴'로 코르네유 비극 인물의 특징을 설명하려 할 것이 아니라, 그 '철학적' 변환에, 그 결과 '경험의 즉각적인 힘'을 그대로 간직한 채 형이상학이 된 '인간적 사실' 자체에 관심을 기울이고, 거기서 코르네유 문학의 특유성을 찾아야 한다고 생각한다. 같은 이유로 "코르네유의 비극 속에 **어떻게** 시사성(actualité)의 삽입(insertion)이 이루어지는지를 보아야 한다"는 쿠통의 말에서 삽입은 변용 또는 용해로 교체되어야 하고, 방점은 '어떻게'에 찍혀야 한다고 생각한다. 그 '어떻게'는 작품 안에서, 작품 속 에피소드들을 작품 외적 사실(史實)들에 대한 암시로서가 아니라,[45] 작품의 전체적 구조화에 참여하는 의미소(意味素)로서 다룰 때 규명될 것이며, 그럴 때에야 코르네유의 작품은 고고학적 관심의 대상이 아니라 내 앞에서 움직이고 변화하는 상황(극행동Action),[46] 내게 호소하는 인간적 진실, 질문하는 나의 시선에 답하는 상대가 될 것이다.

작품과 독자와의 이 관계는 다채로운 이야기를 통해 삶에 대한 다양한 전망을 보여주는 세헤라자데와, 자기를 구속하는 분노와 원한에서 벗어나 그녀의 이야기를 경청하는 페르시아 왕의 관계와 같다. 사르트르가 문학을 '자유에 호소하는 자유'라고 했을 때, 그 말이 의미하는 바가 바로 그것일 것이다. 나는 나의 조

✢

45 "코르네유의 비극에 당대 사건들이 어떻게 삽입되는지 보아야 한다. (……) 17세기에는 저널리스트 그룹이 빈약했고, 정치시사 뉴스는 중상 비방문에나 실렸다. 대중은 필경 매우 게걸스럽게 암시들을 받아들였을 것이다."(Georges Couton, *Corneille et la tragédie politique*, PUF, 1984, p.102)
46 '극행동'의 의미에 대해서는 17쪽, 주 12를 참조할 것.

건에서 벗어남에 따라 더욱 예민해진 주의력으로, 작가가 자기의 조건에서 해방시키기 위해 예술적 변환에 의해 '극행동'으로 만든, 그러나 체험의 즉각적인 힘을 하나도 잃지 않은 인간적 사실을 탐색한다. 질문적 시선으로. 그런 까닭에, 문학 작품이 필히 담지하고 있을 수밖에 없는 역사성 또한, 역사적 사실을 작품으로 끌어와서가 아니라, 작품에서 출발하여, 그러니까 역사 전기적 비평들이 취하는 방향의 역방향으로, 작품이 증언하는 것에 의해 추구되어야 한다고 생각한다.

3

대부분의 사람들처럼 나도 4대 비극을 통해 코르네유와 만났다. 이 책의 말미에 보론(補論)으로 붙인 졸고 「코르네유 4대 비극의 진화」는 위에서 밝힌 입장에 따라, 4대 비극 각각의 극행동과 인물 구조를 살피고, 그를 통해 네 작품의 진화를 기술해본 시론(試論)이다. 「『폴리왹트』를 어떻게 읽을 것인가」는 『폴리왹트』에 대한 두브로브스키의 분석을 일례로 위에 제기한 문제들을 구체적으로 짚어본 것이다. 4대 비극을 공부하는 동안 나는 코르네유적 상황, 코르네유적 관계라고 부를 수 있을 만한 일관성과, 거의 의식적이라고 할 만큼 논리적인 진화를 보았다. 그리고 흔히들 말하는 '행복한 결말', '미래로 열린 시간', '섭리적 역사' 등과는 다른 결론에 도달하였다. 바로 이 점이 나로 하여금 코르네유 초기 희극으로 눈 돌리게 하였는데, 그 이유는 다음과 같다.

첫째, 나의 4대 비극 읽기가 통설과 다른 결론에 이르렀다면, 그의 전 작품을 놓고 보았을 때 그런 결론이 정당한가, 다시 말해 '총괄적'인가는 4대 비극 전과 후의 작품들을 통해서 입증되어야 한다.

둘째, 그의 첫 작품 『멜리트』부터 코르네유가 보여준 독창성은, 두브로브스키의 말처럼, 그의 초기 희극들을 "직업의 규율이나 문학적 적합성(bienséances)의 요구에 의해 통제 받지 않은 (……) 자발적(spontanées) 작품들"[47]로 볼 수 있게 한다. 그러므로 코르네유의 본래적이고 근본적인 특성을 뚜렷이 드러내주리라는 가설을 세울 수 있다.

셋째, 그 독창성은 위에서 언급했듯이, 현실적 배경, 단순한 줄거리, 인간관계와 심리에 집중된 관심에서 먼저 드러나는데, 이는 벌써, 역사적 사건을 중심으로, 그것이 야기한 위기(péril) 속에서 인물들의 심리적 갈등과 관계의 변화를 탐구하는 그의 비극과 구조적으로 동일하다.

넷째, 코르네유 자신도 「극시의 유용성과 그 부분들에 관한 논설」에서, "희극과 비극, 이 두 시가 구별되는 것은 두 시가 모방하는 인물들과 극행동의 위엄(dignité)에서뿐"[48]이라고 말한다. 그뿐 아니라, 아리스토텔레스가 희극 인물들이 가져야 할 특징으로 제시하는 '천함' '추함' '결함' '기형' 따위와는 거리가 먼, 도시 귀족들의 말과 행동을 재현한 점을 자기 희극의 특장점으

✠

---

[47] Doubrovsky, *op.cit.*, p.33.
[48] 이 구절은 이렇게 이어진다. "그것들을 모방하는 방식이나 이 모방에 사용되는 것들에는 차이가 없다." III, p.123.

로 내세운다.

다른 어떤 언어에서도 찾아볼 수 없는 이런 종류의 희극이 보여주
는 새로움, 귀인들의 담소를 그려 보이는 자연스러운 문체 때문에 아
마도 그렇게 놀라운 행운을 누릴 수 있었을 것이다. 사람들은 그때까
지, 어릿광대 하인, 식객, 허풍선이, 박사님 등등의 우스꽝스러운 인
물 없이 웃기는 희극을 본 적이 없었다.[49]

다시 말해 그는 희극 인물들과 비극 인물들의 차이(아리스토
텔레스에게서는 대립적이기까지 한)를 줄이고 동질성을 확대하
고 있는 것이다.

다섯째, 두번째 희극 『과부(*La Veuve*)』의 「독자에게」에서는 희
극을 이렇게 정의한다.

희극은 우리 행동과 우리 담화의 초상화일 뿐이다. 초상화의 완벽
함은 닮음에 있다. 이런 원칙에 입각해서, 나는 내 배우들의 입에 그
들이 재현하고 있는 인물들이 처한 자리에서(em leur place) 말하였
음직한 것만을 놓아주려고, 그리고 그들이 시인들처럼 말하는 게 아
니라 귀인들로서 말하게 하려고 노력한다.[50]

희극 인물들을 도시 귀족으로 승격시켜 비극 인물들과의 거리

✿

49 『멜리트』의 「검토」, I, pp.5~6.
50 I, p.202.

를 좁힌 코르네유는 여기서 다시 희극 인물들을 '우리'로 치환한다. 이 일반화, 보편화의 경향과 아울러, '그림', '초상화' 같은 비유들에 담긴 리얼리즘,[51] 작가가 자기 자신에게 부여한 객관적 위치, 그로 인해 무대와 객석 사이에도 자연스럽게 생기는 감상의 거리(distance) 등을 환기하는 위의 예문은 그가 희극에서, 즉 '연극'이라는 특수한 장르의 구조 안에서, 비극이 다루는 역사적 사실보다 더 '직접적인 체험'의 '철학적 변용'을 시도하고 있음을 보여준다.

여섯째, 그런 점에서 코르네유의 초기 희극들은 그가 말한 것처럼 미숙하다는 의미에서의 '습작'이 아닌, 인간과 인간사에 대한 그의 체험과 관찰이, '그 즉각적인 힘을 하나도 잃지 않은 채' 연극이라는 특수한 형태에 담기며 인간적 삶에 대한 '형이상학'으로 구체화되는 '시작(試作)'으로 볼 수 있다. 그러므로 그의 초기 희극들을 통해 그 형이상학을 규명하는 것은, 그 자신이 이미 얼마간 경계를 흐려놓은 희극 사이클과 비극 사이클 사이에 연결 고리를 만들고, 코르네유의 전 작품이 그리는 '혁신과 연속',[52] 진화와 일관성 속에서 그의 초기 희극들이 차지했어야 할 정당한 자리를 찾아주는 일이 될 것이다.

우리는 위와 같은 가설과 희망에 의해, 그리고 희극에 대해 코르네유 자신이 내린 정의에 충실하게, 극행동의 구조, 인물들의

51 이 리얼리즘은 당연히 19세기의 발자크적 리얼리즘(묘사적 리얼리즘을 포함하는)은 아니다. 그것은 실재와 연극이라는 장르의 관계를 보는 코르네유의 관점의 리얼리즘이다.
52 이 인용에 대해서는 이 책 123쪽 하단에서 124쪽으로 이어지는 인용문 참조.

행동과 담화, 그들 사이의 관계 및 그들이 부딪치는 장애와 갈등에 중점을 두고, 한편으로는 인간적 사실들을 바라보는 코르네유 특유의 관점을, 다른 한편으로는 그의 희극이 제시하는 당대 인간상의 특징들을 살펴보려 한다.

그리하여 이 책의 내용은, 코르네유 수용의 역사와 이 연구의 방향을 밝힌 **서설**, 이 연구의 각론으로서, 그의 희극들을 발표순으로 분석하며 그 진화를 살펴보는 **I. 코르네유 희극의 진화 과정**, 총론으로서, 거기서 도출되는 인간상을 동시대 문학 및 역사 사회적 흐름 속에서 살펴보는 **II. 코르네유 희극에 나타난 근대인의 초상**, 그리고 I, II에서 전개한 연구 내용을 최종 정리하고, 코르네유에 관한 최근 연구들을 제시하여 이어져야 할 과제들을 짚어보는 **결어: 마무리와 전망**으로 이루어진다.

덧붙여 4대 비극에 대한 연구들 중 두 편(「코르네유 4대 비극의 진화」 「『폴리왹트』를 어떻게 읽을 것인가」)을 **보론**으로 담는다. 위에서 언급했듯이 이 두 논문은 희극 연구의 필요성을 일깨우고 방법론을 재고하게 하여 초기 희극 연구로 이끌었다. 이 연구의 서막 같은 글이기도 하면서, 한편으로는 희극과 비극의 연결점을 드러내주기도 한다는 점에서 여기에 보충하여 싣는다.

I
코르네유 희극의
진화 과정

데뷔 이후 코르네유는 8년 동안 두 편의 예외를 제외하면 내리 여섯 편을 희극만 썼다. 매번 새로운 문제의식을 담으면서 말이다. 각각의 작품들은 하나의 중심 주제를 다루며 다른 주제들은 씨앗만 뿌려두듯, 가볍게 스쳐간다. 전작에서 가볍게 제시된 장애는 다음 작품에서 중심 주제가 된다. 그렇게 젊은이들의 사랑 행각을 중심으로 인간관계에 개입하는 문제들을 탐구하고, 사랑의 단계를 따라 새로운 문제를 제기하면서 여섯 편의 희극 사이클이 만들어지는 것이다.

1. 사랑의 매혹과 시련,
그리고 두려운 세상
─『멜리트』와 『과부』

코르네유가 자기의 초기 작품을 '습작'이라고 부른 것은 1660
년, 그러니까 1644년과 1648년에 출간한 전집 다음에 낸 세번째
전집의 「독자에게」에서였다. 최초의 작품집인 1644년판 「독자에
게」에서는 그보다 더 심하게, 이렇게 말한다.

나는 내 초기 작품들이 모두 죽어버리게 내버려두었을 것이다.[1]

그리고는 독자의 만족과 자기의 평판을 위해, 고쳤다기보다
는("그러려면 거의 전체를 다시 써야 했을 것이기 때문에") 가
장 봐주기 어려운 몇 부분만 지웠다고 말한다. 이어 자기가 신인
이었다는 점, 그리고 말주변이 없는 촌사람인 자신의 화법이 인

☦

[1] "Au lecteur"(1648), II, p.187.

물의 대사에 담길 수 있었던 점을 들어 변명한다. 이런 변명으로 미루어 볼 때, 그는 자신이 「극시의 유용성과 그 부분들에 관한 논설」²에서 다룬 극행동의 여섯 가지 요소들 중, 주로 어법(diction)에 문제가 있었다고 생각한 듯하다.³ 반면, 극의 구성에 관해서는, 단호하다.

극의 구성으로 말하자면, 그것들을 다시 만든다 해도, 거의 고치지 않을 것이다.⁴

「극시의 유용성과 그 부분들에 관한 논설」에서 그는 그 구성을 이렇게 요약 제시한다.

✠

2 *Discours de l'utilité et des parties du poème dramatique*. III, p.123. 그는 여기서 아리스토텔레스가 극시의 몸통을 만드는 것으로 제시한 여섯 요소, 주제(le sujet), 행습(les moeurs), 감정(les sentiments), 발성(la diction), 음악(la musique), 그리고 무대 장식(la décorations du théâtre)에 대해 성찰한다.

3 코르네유는 전집을 낼 때마다(1644, 1648, 1660, 1682) 작품들을 수정했다. 초기 희극들의 수정은 주로 적합성(bienséance; '예절의 법칙'이라고 번역하기도 하는) 법칙이 강화되는 경향을 따르고 있다. 예를 들어, "미모, 매력, 몸매, 좋은 안색은/이불 홑청은 뜨겁게 해도, 음식을 데우진 못하지"(『멜리트』, 1막 1장, 117행)는 "미모, 매력, 기지, 좋은 안색은/가슴은 뜨거워지게 하나, 음식은 못 데우지"(1660)로 수정된다. 우리는, 나중에 삭제된 돈, 재산에 대한 노골적인 언사, 관능성의 거침없는 표현들이, 검술의 '찌르기'처럼 날카롭고 공격적인 대사들과 함께, 기존 연극의 영향이나 문사들의 간섭을 거의 받지 않은 코르네유를 보여줄 뿐 아니라, '시적, 연설적, 웅변적' 장광설이었던 당대 연극의 대사를 진정한 연극적 대사, 다시 말해 사실적 '대화'로 나아가게 한, 코르네유 희극의 한 혁신적 요소(*cf.* Conesa, *op.cit.*, pp.17~47)였다는 점에서, 현대의 독자들조차 불편할 수 있으나 '가장 생생한'(Georges Couton, "Note sur la présente édition", I, p.xciv) 초판본을 기본 텍스트로 사용한다. 기타 판본에서 단순히 적합성 법칙에 따른 수정이 아니라 해석상 의미 있다고 생각되는 수정 부분을 채택해서 인용할 때는 인용 출처 옆 괄호에 판본 연도를 밝힌다.

4 「독자에게」(1648), II, p.188.

나는 거의 언제나, 마음이 통한(en bonne intelligence) 두 연인을 세우고, 모종의 사기로 불화하게 하고, 그들을 갈라놓았던 그 사기가 밝혀지게 함으로써 다시 결합시켰다.[5]

읽다 보면 헷갈릴 정도로, 이름마저 비슷한 인물들이 바쁘게 돌아가는 그의 희극 구조를 이렇게 압축하면 그의 궁극적 관심사가 인간관계의 탐구, 그중에서도 사랑, 자발적 감정으로 맺어져 처음 경험하는 타자와의 관계, 그것에 개입하는 다른 타자들과의 관계에 대한 탐구임이 드러난다. 그 탐구의 시작인 첫 두 작품, 『멜리트』와 『과부』는 시작 단계의 사랑을 보여준다.

『멜리트(*Mélite*)』

에라스트는 희망을 버리지 못하고 냉담한 멜리트를 짝사랑하고 있다. 그는 자기 사랑을 비웃는 친구 티르시스에게 멜리트를 소개한다. 티르시스는 멜리트와 사랑에 빠지고, 친구의 배신에 분개한 에라스트는 둘의 사랑에 훼방을 놓기로 결심한다. 그는 멜리트가 또 다른 친구 필랑드르에게 사랑을 고백하는 가짜 편지를 만들어 필랑드르를 끌어들인다. 티르시스의 여동생 클라리스의 애인이었던 필랑드르는 꼬임에 빠져 클라리

⚜

5 III, p.128.

스와 절교한다. 티르시스가 그를 비난하자, 그는 다른 두 통의 가짜 편지를 보이며 멜리트의 변심을 증명한다. 티르시스는 멜리트가 자기에게 보였던 사랑의 증거들과 가짜 편지들에 담긴 배신의 증표들 사이에서 번민하고 절망하여 자살을 결심한다. 티르시스가 죽었다는 거짓 소문에 멜리트가 기절하고, 멜리트가 죽은 것으로 오인한 에라스트는 회한에 사로잡혀 실성한다. 둘 다 죽지 않았음이 밝혀지면서 오해는 풀리고, 실성했던 에라스트가 정신을 돌이켜 용서를 구하자, 티르시스는 용서의 표지로 필랑드르에게 버림받은 클로리스를 에라스트와 맺어주어 두 쌍의 연인의 결합으로 끝맺는다.

인물

요약에서 보듯이 이 연극에는 코르네유가 자랑한 대로 "익살스런 하인, 기숙객, 허풍선이, 의사들 같은 우스꽝스러운 인물이 등장하지 않으며", 주요 인물들은 모두 "테렌티우스나 플로티우스가 희극에 등장시킨 인물들보다 격이 높은" "귀족들"[6]이다. 에라스트의 계략을 돕는 하인과 유모가 짧게 등장하지만, 계략이 실패하여 곧 진실이 밝혀지느니만큼 역할은 미미하다.

재산상의 차이가 있지만, 그 때문에 그들이 친구가 아닌 것은 아니며, 재산의 가치는 의식하고 있지만 그 필요에 구속될 것은

---

[6] 『멜리트』의 「검토」, I, p.6. 각 작품에 대한 「검토」는 1660년판부터 달린다.

없는 한가로운 자들이다. 극행동은 전적으로 귀족이며 친구들인 젊은이들 사이의 관계에 맡겨져 있다.

그들이 귀족이라는 것은 무엇을 의미하는가? 아니 차라리 이 희극에서 무엇이 그들의 귀족 됨을 증명하는가? "전투와 위험에 빠지는 것에 의하여 우월성을 견지하는 것이 귀족이라면"[7] "직업도, 가족도, 시민적이거나 군사적 의무도 부과되지 않은" "체험과 인간적 대지 밖에 있는 이들"[8]에게 그것을 증명할 것은 아무것도 없다. 시간이 있기만 하면 애인의 집에서 소일하며, 애인을 너무 오래 기다리게 하여 면박을 받을 것을 근심하는(3막 7장) 것에서 보듯, 연애에 몰두할 여가만이 유한계급의 표지로 주어져 있을 뿐이다. 상대방에게 공감을 표하는 일 없이 늘 이론(異論)을 제기하는 이들은 자의식에 가득 찬 개인이긴 하지만, 서로에게서 구별될 어떤 개별성도 갖고 있지 않다.

자질의 차이도 말할 수 없다. 술책을 쓴 배신자와 희생자 사이에도 덕성의 차이가 없다. 코르네유가 '사기'라고 칭한 행동을 꾸민 것은 에라스트이지만, 친구를 돕겠다고 시까지 써주며 거짓 맹세로 먼저 그를 속인 것은 티르시스다.

에라스트

그렇지만 의심스러운데. 이 초상화에서
네가 너 자신의 감정을 좇은 것은 아닌지.

✚

7 Doubrovsky, *op.cit.*, p.77.
8 Nadal, *op.cit.*, p.69.

티르시스

그런 죄악이 내 마음속에 한 번이라도 들어왔다면,

하늘이 전대미문의 벌을 내게 내릴걸!

에라스트

알았어, 네 말만 믿는다.

명예가 네가 한 말을 기억하게 해줄 것을 아니까.

티르시스(혼자서)

사랑 문제에서는 어떤 말도 지킬 필요 없지.

가장 친한 친구들도, 열정이 몰아대면,

어느새 약속을 잊는 걸 자랑삼게 되지.(1막 3장, 240~250행)[9]

　인물들은 거짓을 남발하고, 신의와 '명예(honneur)'도 버리고 연속적인 배신(티르시스는 에라스트를, 에라스트는 티르시스와 필랑드르를, 필랑드르는 티르시스와 클로리스를)의 드라마를 엮어낸다. 이 배신의 드라마가 가능해지는 것은 또한 이들의 공통적인 특성의 한 국면을 드러내주는데, 어리석은 술책을 쓴 에라스트, 그에게 넘어가서 클로리스를 배신하고 보지도 못한 멜리트의 연인이 된 줄 착각하는 필랑드르, 확인도 없이 술책에 휘말려 자살을 결심하는 티르시스는 모두, 코르네유가 지적하였듯이, 속이기도 잘하지만 타인의 거짓말에 '잘도 넘어가는,'[10] 신의

9 대사의 인용문 출처는 시행들 끝에 '(0막 0장, 0행)'으로 표시한다.

10 『멜리트』의 「검토」, *op.cit.*, p.6.

도, 통찰력도, 신중성도 없는 쌍둥이 풋내기들인 것이다.

사랑을 얻은 자와 잃은 자 사이의 매력의 차이를 말할 수 있을까? 1막 1장에서의 대화를 보면 보상 없는 순정을 바치고 있는 에라스트가 친구를 속이고 멜리트를 차지한 티르시스보다 순수해 보인다. 세 인물의 사랑의 대상이 됨으로써 가장 사랑스러울 것으로 생각되는 멜리트의 자질에 대해서도 전혀 구체적으로 제시되지 않는다. 사랑에 빠져 있는 에라스트의 대사로 그녀의 대단한 아름다움이 암시되지만;

> 그녀가 태어난 날, 불멸의 신이지만 비너스도
> 그토록 아름다운 그녀를 보고 창피해 죽을 생각을 했네.(1막 1장,
> 73~74행)

배신하게 될 클로리스를 향한 필랑드르의 아첨도 다른 언어로 되어 있지 않다.

> 당신의 모든 것이 너무도 완벽할 뿐 아니라
> 가장 변덕스러운 바람둥이라도 성실하게 만들 그 무엇을
> 그대의 얼굴에서 보지 못하고서야 당신을 섬길 수 없죠.(1막 4장,
> 277~278행)

멜리트를 잃고 죽음의 접경까지 갔던 에라스트의 상심은 클로리스를 얻음으로써 치유된다. 요컨대 대치 가능성이 이들의 공통점인 것이다.

이들은 신분을 정당화할 그 어떤 자질도 없이, 가치를 증명할 그 어떤 기회도 주어지지 않는 무풍의 여가 상태에서, 폐쇄적 동아리를 이룬 채 부산스럽게 움직이고 있다. 그러나 그렇기 때문에 이들이 극적 인물로서 부적합한 것은 아니다. 코르네유가 극의 동인을 끌어내는 것은 바로 그러한 상태로부터이기 때문이다. '우리'로 묶여 있는 인물들 사이의 무차별성은 이들 사이의 경쟁심과 '적의'[11]를 격렬하게 자극한다. 여기에서 사랑의 위력이 나온다. 사랑은 배타적인 선택이고, 이들에게는 사랑밖에는 선택될 장, 자기의 우월성을 드러낼 장이 주어져 있지 않기 때문이다. 선택된 자는 사랑 받는다는 그 사실 때문에 '드문 장점(rares qualités)을 가진 자'[12]가 된다. 사랑을 잃으면 그는 사생결단을 생각한다. 사랑받지 못하면 그의 존재 자체가 부정·배척되기 때문이다.

사랑 – 관계

이미 사랑하는 두 사람이 결정된 상태에서 출발하는 차후의 희극들과는 달리 『멜리트』는 태어나는 사랑에서 출발한다. 그리고 사랑 자체의 힘과 그 파급 효과만을 보겠다는 묵시적 선언인 듯 당대 무대를 장악하고 있던 전원극은 물론이요, 모든 연애 이야기의 단골 장애물인 부모의 간섭과 재산 문제도 일찌감치 치

✢

11 Doubrovsky, op.cit., p.77.
12 2막 8장, 757행.

위버린다. 멜리트의 냉대를 받으면서도 하염없는 짝사랑을 바치고 있는 에라스트의 하소연에 제법 세상 물정을 아는 듯, 티르시스는 이렇게 거드름을 피운다.

나는 내 욕망을 내 이익에 맞춰 조절해.
만일 도리스가 나를 원한다면, 아무리 그녀가 못생겼어도,
나는 아맹트나 이폴리트보다 그녀가 낫다고 생각할 거야.
그녀가 내 집에 가져올 수입이 가치 있으니까.
사랑은 그렇게 해야지, 풍부한 재산은
부부 간의 사랑을 강력하게 묶어주는 끈이지.(1막 1장, 111~116행)

그러나 그렇게 뽐내던 그는 멜리트를 보자마자 사랑에 빠지고, 에라스트를 배신한다(1막 3장). 그뿐 아니라, 에라스트가 필랑드르에게 티르시스의 동생 클로리스를 버리고 멜리트를 사랑할 것을 종용하면서, 멜리트의 장점을 "더 많은 부유함"이라고 하자, 필랑드르가 "오, 애인을 바꾸기엔 더러운 동기다!"[13]라고 탄식하는 것을 보면, 재산을 사랑의 조건으로 삼는 것이 아직은 비열한 일로 인식되고 있다.

한편 멜리트는 재산상의 차이와 그에 따른 부모의 반대를 두려워하는 티르시스의 불안을 대번에 불식시킨다.

내 모든 일은 어머니 뜻에 달렸으니,

✤

<hr>

13 2막 7장, 672행.

다른 연인이라면 어머니 명을 따르고자 할 거예요.

그러나 복종 말고는 아무것도 증명하지 못한 채

어머니가 당신을 선택해주시길 기다리는 건

티르시스, 그건 너무하죠. 그대의 보기 드문 장점들이

제게 그런 격식을 지켜야 할 의무를 면해줍니다.(2막 8장, 753~758행)

이처럼 『멜리트』는, 인물들의 자질과 조건을 평준화하고, 희극 장르의 대표적 외적 장애인 부모의 권위와 재산 문제도 치워버림으로써, 인물들에게 최대한의 자율권을 부여하여 사랑 자체에 끼어드는 감정들을 다룬다. 그리고 이 사랑과 배신의 드라마를 통해 인물들의 행동과 사고를 자극하는 가장 근본적인 감정이 무차별성에 의해 자극된 경쟁심임을 드러내준다.

티르시스와 멜리트의 사랑에서조차 우리는 코르네유의 사랑에 대한 일반적인 평가, 즉 '상대의 가치에 입각한 존경의 사랑'을 발견할 아무 근거도 찾을 수 없다. 가라퐁(R. Garapon)이 생각한 것처럼 『아스트레(l'Astrée)』[14]의 실방드르가 피력하는 이상적 사랑, 즉 "자기 안에서 죽고 타인 안에서 다시 사는"[15] 희생적 사랑 또한 찾을 수 없다. 첫 만남에서 사랑에 빠진 티르시스와 멜리트에 대해 코르네이유가 제시하는 정보는 단 한 가지뿐이

✠

14 1607년에서 1627년에 걸쳐 출간된 오노레 뒤르페(Honoré d'Urfé)의 전원 소설. 실방드르는 진실한 애인으로 등장한다.

15 Robert Garapon, *Le premier Corneille*, Societe d'édition d'enseignement superieur, 1982, pp.90~94.

다. 티르시스는 "사랑의 냉혹한 적"[16]이었고, 멜리트는 "사랑을 받아준 일도, 누구에게 사랑을 준 일도 없는"[17] "차가운 마음"[18]의 소유자라는 것이다. 그러므로 오랫동안 친구의 애정을 무시한 오만한 여인, 사랑에 대해 냉소적인 남자, 다시 말하여 더 어려운 정복의 대상이기에 그의 사랑을 통해 누릴 수 있는 비교 우위만이 그들 사이의 공감을 설명한다. 멜리트를 얻은 티르시스의 만족감이, 동생 클로리스를 향한, 일견 잔인하지만 구체적인 내용은 전혀 없는 다음과 같은 비교로 표현되듯이 말이다.

내가 본 여인은 너하고는 아주 달라. (1막 5장, 360행)

티르시스와 멜리트의 사랑에 대한 이러한 견해가 추정으로 보인다면, 티르시스에게 복수하기 위해 필랑드르를 끌어들이는 에라스트의 전략이 사랑의 이러한 속성을 보다 선명하게 드러내줄 것이다. 먼저, 허영심과 경쟁심의 자극;

아름다운 멜리트가 용감한 필랑드르를

우러러볼 만한 엘리트로 만든 것이 사실이구나.

그가 그렇게 오직 자신의 미덕으로

에라스트와 티르시스가 헛되게 다툰 것을 얻었구나!(2막 7장, 643

~646행)

✠

16 1막 2장, 140행.
17 1막 2장, 158행.
18 1막 2장, 170행.

대상의 비교;

그녀의 아름다움과 비기면 너의 클로리스가 뭔데?(2막 7장, 661행)

마지막으로 그를 향한 두 여인의 마음의 비교;

한 여자는 경멸당할 위험을 무릅쓰고 널 사랑하고
다른 여자는 네가 자기에게 반했기 때문에 널 사랑하지.
한 여자는 자기보다 덜 예쁜 여자에게 매여 있는 너를 사랑하고
다른 여자는 오로지 저만 사랑하는 사람에게 마음을 줄 뿐.(2막 7
장, 676~680행)

위에서 보이듯이 이들은 경쟁심과 허영심을 만족시키고, 더
완전한 사랑의 확신을 주는 대상에게 기운다(에라스트는 그 심
리를 알고 이용한다). 티르시스 역시 짝사랑이 아니라는 확신 속
에서만 상대방을 사랑한다.

사랑이 완전히 내 편이어야지, 아니면
얼굴이 예쁘다고 날 사로잡지는 못해.(2막 5장, 549~550행)

2년 반이나 멜리트를 짝사랑해왔고, 이 모든 소동의 원인이 된
에라스트는 바로 그의 '지조 있는 마음(persévérance)'[19]을 내세워

✣

19 5막 막장. 1959행.

필랑드르의 배신을 경험한 클로리스의 마음을 얻어낸다. 이처럼 이들이 사랑에서 구하는 것은 자기 존재의 증명, 존재의 안정감인 까닭에, 사랑하는 이의 배신은 슬픔보다는 자기 아닌 다른 자를 선택한 데 대한 원한과 분노를 불러일으키고;

> 에라스트(독백. 멜리트가 배신했다 생각하고)
> 감히, 알랑거리는 배신자를 나보다 더 좋아해?(2막 3장, 469행)

> 에라스트(독백. 필랑드르를 향하여)
> 아니 도망을 가? 배신자, 너의 변덕이 널 죄인으로 만들었는데,
> 네가 안전할 것 같으냐?
> 돌아와, 돌아와서 네가 훔친 자리를 방어해봐.
> 네가 좋다는 그 여자는 결투 한판 벌일 만한 가치는 있으니,
> 불성실한 그 여자가 네게 마음을 줌으로써,
> 나보다 나은 자를 골랐음을 증명해봐라.(3막 3장, 917~922행)

거기에 대응하는 최상의 방식은 배신자의 자만심을 북돋우지 않도록, 자신의 '수치'를 드러내지 않는 것이다.

> 에라스트
> 아첨하는 배신자를 나보다 더 좋아하다니.
> 하지만 너의 비열함 때문에 내가 분해서 폭발할 걸로,
> 크나큰 원한으로 내 고통이 얼마나 큰지
> 백일하에 드러나게 하리라 생각지 마라.

나의 분노가 그토록 만천하에 드러나면

네 경박한 영혼의 자만심만 부풀려주리라.(2막 3장, 1660년 이후 판,

469행 이하)

티르시스

그러나 수치를 숨기고, 가짜 위안이라도 얻자.

아무도 모르게 죽어서

내가 자기 때문에 죽었다는 허영심을

그 배신녀가 갖지 못하게 하자.(3막 3장, 1660년 이후 판, 끝부분)

클로리스

바람둥이가 날 떠나서, 나도 그놈을 떠난다.

내가 그 때문에 너무 괴로워하면 그에게 너무 은혜를 베푸는 것이

될 거야.

애인을 잃었다고 너무 슬퍼하는 여자들은

자기를 버린 자에게 너무 특권을 주는 거야.(3막 5장, 1065~1068행)

이상에서 보듯이 『멜리트』를 통해 코르네유가 시도하는 것은 사랑 자체에 대한 분석이 아니라, "사랑이라는 정념을 축으로 다른 정념들을 회전시키는 것"[20]이다. 여기서 다루어지고 있는 것은 사랑 자체의 경험보다, 사랑이 확인되기 전의 불안과 속 깊은 근심, 멜리트-티르시스의 쌍이 확정되자(그 과정은 1막과 2막 사이

✛

20 Nadal, *op.cit.*, p.98.

로 생략되어 있다) 드러나는 친구들 사이의 경쟁 관계, 사랑의 상실 앞에서 인물들이 보여주는 반응들이다. 멜리트로부터 냉정한 대접만 받아왔던 에라스트는 친구 티르시스의 배신을 알게 되자 두 사람 사이를 파괴할 계략을 꾸미고, 오빠의 뜻에 따라 필랑드르의 연인이 되었던 클로리스는 멜리트의 바람기를 비난하면서 그녀가 자신과 같은 처지에 빠지기를 빌고, 멜리트의 언약을 받았던 티르시스는 희망과 의혹 사이에서 번민하다(3막 3장) 죽기로 결심한다는 차이가 있지만, 최종적으로 그들이 취하는 행위의 중심에 상처 입은 '자아'가 있음은 동일하다. 이들이 이 희극에서 겪는 것―, 사랑의 체험이라기보다는 배신의 체험이요, 결투, 자살, 실성 등, 극단으로 치닫게 한 그 체험을, 우리는 타인의 성실에 의지하였던 자아의 위기, 주체성의 위기라고 부를 수 있을 것이다.

말―진실

그러므로 『멜리트』가 "전원극적 수사학으로 채워져 있으며", "결혼 축가로 끝나는 것"은 사실이라 하더라도, "풍요 제의의 에로틱한 순진성"[21]을 보여준다고는 말할 수 없다. 타인의 말에 "너무도 잘 넘어가기" 때문에 어리석은 계략을 세우고 거기에 휘말린다는 사실에서 그들의 순진성을 말할 수는 있으리라. 차기작 『과부』에 등장하는 또 다른 책략가 알시동이 처음부터 클

✤

21 Marc Fumaroli, *Héros et orateurs*, Droz, 1996, p.399.

라리스를 손에 넣기 위하여 필리스와 도리스를 속이는 것에 비하여, 에라스트의 복수에는 공감과 동정의 여지가 있음도 인정하자. 그러나 마지막을 장식하는 결혼 축가가 거기에 이르는 동안에 인물들 모두가 겪은 '의심'이라는 감정적 체험을 다 지울 수는 없다. 모든 인물이 서로에게 차례로 실제 '배신자(traître)' 요 '맹세를 어긴 자(parjure)'가 된 이 극에서 가까스로 구해진 두 쌍의 결합이 선사하는 낙관적 안심보다는 의심의 정당성이 오히려 더 설득력 있어 보이지 않는가? 젊은이들이 안도하며 무대를 떠난 뒤에 혼자 남은 유모의 독백은 우리의 이런 우려를 지지해 주지 않는가?

> 내가 보여주겠어. 너희들의 성급한 열정에서
> 너희가 스스로 생각하는 지점에 있지 않다는 걸.(5막 막장, 1648년
> 판 이후)

이런 질문에 입각하여 이 극을 채우고 있는 전원극적 수사학의 지위를 재고하는 것은 인물 및 관계들에 대한 검토와 아울러, 전원극 및 희비극(tragi-comédie)과 이 '습작'이 갖는 거리를 드러내줄 것이다.

인물의 분석에서 이미 언급하였듯이 사랑하는 사람에 대한 최상급의 상투적 찬사와, 온 힘을 다하여 자기를 증명하려는 인물들의 '젠체하는 투'[22]는 나달의 말대로 "말 속에서 자기를 찾고

✛

---

22 Nadal, *op.cit.*, p.94.

말 속에서 전부를 소진하는"[23] 전원극과 희비극의 언어이다. 그러나 코르네유의 인물들은 서정적 토로나 연설에 가까웠던 그 언어를, 상대와 나를 구별하고 상대를 논리로 제압하기 위한 무기로 사용한다. 그리고 그렇게 만듦으로써 코르네유는, 코느자가 지적하듯이, 진정으로 극적인 대화를 무대 위에 실현시킨다.

그는 당대에 부정할 수 없는 지상권과 위세를 누렸던 수사학적 미사여구의 무게에서 희극을 해방시킴으로써 극적 장경(spectacle)을 실재(réalité)의 보다 정확한 재현으로 옮겨가는 데 주안점을 두었다. (……) 특히 연설조의 언어에서 효과적 언어로, 가짜 대화인 선적인 언술에서 진짜 대화로 이행함으로써, (……) 달리 말하자면 코르네유와 더불어 희극은 재현하기(représenter) 위해 점차 읊조리기(raconter)를 멈추게 된다.[24]

새 부대에 담긴 묵은 술인 이 대화, 『멜리트』인물들의 말하기는 "감정 속에서 체험된 것이라기보다는 머리에서 만들어진 것"[25]이요, 인생 연습생인 인물들이 처음으로 그들의 관계가 시험받는 무대에 올라 날리는 자잘한 펀치들로 이루어진 대화다. 그들이 상대와 자기를 구별하고 상대를 제압하기 위해 사용하는 언어는 흉내이지만 절실한 흉내의 언어다. 그리고 이로부터 드러나는 것은 두브로브스키가 말한 것처럼 어떤 언어에 이르기 위한

✠

23 *Ibid.*, p.22.
24 Conesa, *op.cit.*, p.10.
25 Doubrovsky, *op.cit.*, p.37.

'귀족적 투기'[26]라기보다는, 말 자체의 공허성이다. 반복하지만 이 극은 연애극이기도 하지만, 배신의 극이기도 하기 때문이다.

극도로 자기중심적인 이들은 매 순간 자기 정당성의 착각 속에서 죄의식도 없이 배신을 행하고 상대방을 배신자라고 부르며 분노를 터뜨린다. "아름다운 안색은 쉬이 시들고",[27] "미모, 매력, 좋은 몸매는 이불 홑청은 뜨겁게 하나 음식을 데우지는 않으며",[28] "숭배할 만한 아름다움에 입맛을 잃으려면 결혼하기만 하면 된다"[29]면서 에라스트를 비웃던 티르시스의 논리는 멜리트를 보자 눈 녹듯이 사라진다. 멜리트를 마음에 두는 것을 '범죄'로 부르고 난 직후, 그는 "약속을 잊는 것을 자랑" 삼는다. "가장 변덕스러운 바람둥이도 성실하게 만들 것"이라던 클로리스를 배신하는 필랑드르의 아첨은 말할 것도 없거니와, 만나보지도 못한 멜리트에게 바치는 그의 긴 독백[30]은 또 얼마나 전원극 풍으로 근사한가. 그런데 이 표변이 오직 멜리트가 그를 위해 썼다는 가짜 편지로부터 야기된 것이다!

여기에서 당시 전원극과 희비극에 흔해빠진 공상적(romanes-que) 주제를 차용한 것으로만 간주되어온 가짜 편지의 의미가 드러난다. 멜리트가 필랑드르를 위하여 쓴 것으로 위조된 편지는 먼저 필랑드르를 속이고, 티르시스에게 건네어져 그를 절망

✤

26 Cf., ibid., pp.35~37.
27 1막 1장, 59행.
28 1막 1장, 117~118행.
29 1막 1장, 82~83행
30 3막 1장.

시킨 다음, 클로리스의 손에 들어간다. 클로리스는 그 편지를 멜리트에게 보여주어 수치심을 안겨줌으로써 멜리트와 필랑드르를 이간질할 궁리를 한다.[31] 거짓 증거로 사용되기 위하여 만들어진 말, 그것을 소유한 사람의 목적에 따라 어떻게든 사용될 수 있는 말.

이 희극을 장식하는 또 다른 소재인 티르시스의 시에 대해서도 우리는 같은 말을 할 수 있다. 사랑에는 냉소적이지만, "한탄과 경고와, 한숨과 흐느낌과 괴로움과 눈물로 된 말들은 사랑하는"[32](이 또한 말과 진실 사이의 이율배반을 보여주는데) 티르시스는 에라스트에게 "네가 쓴 것으로 하라"[33]며 한 편의 시를 쓴다. "에라스트의 사랑을 묘사하였고", "나의 자유로운 기질은 시인 기질로밖에는 내 시에 깃들어 있지 않다"[34]던 그는 바로 그 시를 자기 사랑의 증표로 멜리트에게 주며 이렇게 말한다.

글로 쓰인 맹세를 원한다면
내 열정이 당신을 위해 쓴 이 소네트가
내 영혼의 바닥까지 당신에게 보여줄 거요.(2막 8장, 1648년 판, 767행 이후)

이 손에서 저 손으로 떠다니는 편지, 이 사람 저 사람의 진실

✤

31 3막 5장.
32 1막 3장, 223~224행.
33 1막 3장, 239행.
34 2막 4장, 533~534행.

을 입증하는 시, 기표들(signifiants)의 범람, 기의의 부유성(浮游性). 여러 영역에서 나타나는 '진실에 대한 갈증'[35]이 이 시대의 특징이었다고 한 아이양(M. Haillant)의 말을 받아들인다면, 『멜리트』는 전원극과 희비극의 수사학에 대한 의혹의 표현이다. 퓌마롤리(M. Fumaroli)가 말한 "전원극적 수사학의 부패"[36]는 이미 『멜리트』에서 시작되고 있는 것이다. 인물들은 외양(apparences)의 지배권에 시달리면서, 한편으론 스스로 외양을 꾸미고 바꾸면서, 범람하는 외양들에서 헛되이 자기 몫의 보증을 확인하려 애쓰고 있다. 에라스트가 멜리트의 편지인 것처럼 필랑드르에게 준 가짜 편지에 속아 필랑드르는 클로리스를 버린다. 이어 필랑드르는 멜리트의 배신을 증거하는 제2, 제3의 가짜 편지를 티르시스에게 던지고 가버려 그를 절망하게 만든다. 그것을 본 티르시스는 이렇게 탄식한다.

> 오 편지들아, 오 부당한 데로 떨어진 정표(情表)들아,
> 그가 대수롭지 않은 듯 무시하면서
> 수치스럽게도 내 재량에 맡겨버린 증서들이여,
> 모르겠구나, 너희들이 셋 중에 누구를 제일 욕되게 하는지.
> 나냐, 저 배신자냐, 아니면 그의 여자냐.
> 너희들은 우리에게 가르쳐주니 말이다. 그녀는 배신자,
> 그녀의 애인은 비겁한 놈, 그리고 나는

✣

35 Marguerite Haillant, ˝De l'amitié au XVIIe siècle˝, in *Thèmes et Genres littéraires aux XVIIe et XVIIIe siècles*, PUF, 1992. p.225.

36 Marc Fumaroli, *op.cit.*, p.399.

그녀의 가식을 꿈에도 모른, 판단력이 없는 놈이라고.

(……)

오! (내가 본) 그 사랑의 표시들은

그처럼 비열한 장난질의 일부였단 말인가?

그런데 나는 가짜 외양에 속아

경박한 희망을 바람으로 키웠구나.

밖으로 보이는 모습 전부가 속임수에 불과할 만큼

이다지도 어마어마한 사기를 본 적이 있는가?(3막 3장, 921~964행)

*

이처럼, 인물들은 자기애로 넘치면서도 자기를 증명할 어떤 자질도 갖고 있지 않으며, 자기의 자율권에 집착하지만 타인에 의해 휘둘린다. 덧없는 아름다움만큼이나 연약한 신의에 기초한 이들의 자기중심적 사랑은 의혹과 희망 사이에서 흔들리면서 불투명한 기호들의 압박을 받고 있다. 이러한 분석은 결국 해피엔딩으로 끝나는 "매우 기분 좋은(très agréable) 종류"[37]의 연극을 지나치게 어둡게 보는 것은 아닐까? 그러나 셰익스피어 식으로 말하여 "끝이 좋으면 다 좋다"는 말에는 씁쓸한 체념이 묻어 있음을 부정할 수 없다. 여기서 "『르와이얄 광장(La Place Royale)』은 여전히 희극이지만 그 바탕은 가혹하고 눈물에 가까운 것"[38]

✠

37 *Cf.*, 18쪽의 주 18 참조.

38 Nadal, op.cit., p.79.

이라고 했던 나달의 말을 떠올리지 않을 수 없다. 오해가 풀려 멜리트-티르시스의 쌍이 확고해질 때까지 인물들이 겪는 감정의 시련만으로 보자면 『멜리트』에서 『르와이얄 광장』까지는 그리 멀지 않다. 인물들이 보이는 내적 모순들, 자율권에 대한 과도한 집착, 결혼에 대한 부정적 견해, 속이기 위하여 사용되는 편지 등, 『르와이얄 광장』의 주제들은 이미 『멜리트』에 또 다른 극행 동으로 발아될 씨앗처럼 뿌려져 있다. 『멜리트』에서 스치듯 언 급된 것들조차 앞으로의 희극에서 반복되고 변주되면서 점점 더 심각한 주제로 떠오르게 될 것이다. 그러나 너무 앞지르기 전에 다음 극 『과부』에서는 어떤 주제가 부각되고, 그에 따라 코르네 유식 극행동이 어떻게 변주되고 진화하는지 차근차근 살펴보자.

『과부(la Veuve)』

위에서 보듯 『멜리트』가 당대 연극에 가져온 새로움, 즉 극행 동을 단순화하고, 현실적 소재를 다루며, 낭송이 아닌 대화를 도 입한 혁신을 생각할 때, "당시의 문학과 연극의 강한 영향 속에 서 만들어져, 어느 하나 자신에 의해 창조된 것이 없는 작품이었 다"[39]는 나달의 지적은 매우 피상적이라 할 수 있다. 위의 혁신 들을 통해 코르네유는 연극을 현실에서 관찰되는 인간과 인간관 계에 대한 탐구의 장으로 만드는 한편, 거기에 당대의 유행 장르

---

39 *Ibid.*, p.22.

들이 사용하고 있는 언어의 비현실성과 허구성까지 비판하고 있으니 말이다. 코르네유는『멜리트』다음 작품으로 희비극『클리탕드르(*Clitandre*)』(1631)를 쓰는데 1660년에 낸 작품집에 담긴『클리탕드르』의「검토」는 이런 우리의 지적을 뒷받침해준다. 거기에서 그는『멜리트』가 "극적 효과가 별로 없고, 문체가 너무 일상적"이라고 평한 직업 문사들에 대한 반박으로 "그런 종류의 극이 진정한 극적 아름다움을 지니고 있음을 증명하려고", "사건들로 가득 차고 더 고상한 문체로 되어 있으나 가치는 없는"[40] 작품을 구상하여,『클리탕드르』를 쓰게 되었다고 말한다. 그 말을 받아들이면,[41]『클리탕드르』를 써 보여 반어법적으로『멜리트』를 정당화한 것이고, 그런 다음『과부』(1632)를 쓴 것은 아주 의식적으로『멜리트』의 세계, 즉 인물들의 관계가 사실주의적 극행동을 이끄는 극으로 돌아옴을 의미한다. 그의 말대로『과부』는 경쟁자의 책략에 의해 위기를 겪는 서로 사랑하는 인물들의 재결합이라는 기본 골격을 유지하며, 여전히 인물들의 심리에 주안점을 둔다. 그러나 코르네유의 인간 탐구가 집중되는 지점은 이동한다.『멜리트』는 알 수 없는 타인의 마음 때문에 경험하는 근심과 불안, 분노, 배신감 등의 내적 동요에 초점을 맞췄다면『과부』는 재산, 지위, 부모의 권위 등 외적 조건에 무게의 중심이 놓인다.

⚜

40 『클리탕드』의「검토」, I, p.175.
41 비록 쿠통은 이제 막 데뷔한 코르네유가 문사들에게 도전하기 위해 일부러 가치 없는 작품을 썼다는 것은 믿기 어려운 사후(事後) 재구성이라고 말하고 있지만.(*cf*., I, 1205)

인물

　필리스트는 클라리스의 호감을 확신하면서도 2년 동안이나 고백을 못한 채 그녀의 주변을 맴돌고 있다. 재산과 지위의 차이 때문이다. 친구 알시동은 그의 누이 도리스와 사귀는 척하고 있지만, 실상은 클라리스의 유모를 매수하여 클라리스를 공략 중이다. 그것을 들키지 않으려고 도리스와의 관계를 유지하고 있는 것이다. 도리스는 오빠의 말에 순종해서 알시동을 받아주고 있으나, 그의 마음이 진실이 아닌 것을 알고 있다. 어머니 크리장트는 그 사실을 알고 도리스를 부유한 필랑드르와 맺어주려고 중매를 진행시킨다. 알시동을 소개했던 오빠와 필랑드르에게 시집보내려는 어머니가 대립하고, 도리스는 자기 선택권을 인정하지 않는 두 사람의 강압에 괴로워한다.

　필리스트가 계속 머뭇거리자 클라리스가 먼저 사랑을 고백하고 당장 결혼하기로 한다. 급해진 알시동과 유모는 클라리스를 납치하기로 한다. 알시동은 필리스트가 자신의 애인인 클라리스를 가로챘다는 거짓말로 셀리당을 납치 계획에 끌어들인다. 도리스를 짝사랑하고 있었으나 알시동 때문에 물러났던 셀리당이 알시동의 거짓말에 속아 이 계획에 참여하지만, 곧 진실을 알게 되어 클라리스를 풀어준다. 유모의 발설로 납치의 전모가 드러나게 되자 절망한 알시동이 자기 죄를 고백한다. 알시동에게 동생을 주겠다고 한 자기의 약속 때문에 도리스를 몰아대던 필리스트도, 부자인 필랑드르에게 시집가라고 도리스를 압박했던 어머니 크리쟝트도 고집을 버린다. 알시동의 본색이 드러난 후 셀리당이 도리스에게 청혼하는데, 알고보니 그는 어머니 크리쟝트가 처녀 시절, 가난 때문에 결혼할 수 없었던 옛 애인의 아들이었다. 어머니도 승낙하고, 필리스트도 동의하고, 도리스도 받아들여, 두 쌍의 결합으로 막이 내린다.

　위에서 보듯 극 내용의 간단한 요약만으로도, 청춘 남녀의 애정 문제에 개입하는 재산과 지위의 문제, 누이에게, 딸에게 가해지는 친권자들의 권력 등, 애정 관계에 개입하는 외부의 간섭이 이 극을 이끄는 동력임이 드러난다. 주제의 중심 이동은 극행동을 이끄는 동력의 변화와 함께 인물들의 특성과 인물 구조의 변화를 불러들인다.

　『과부』가 인간관계의 외적 조건을 탐사하는 작품이라는 것은 우선, 『멜리트』에서는 극적 기능이 별로 없는 미미한 존재였던 유모와 부모의 역할의 강화에서 드러난다. 마치 『멜리트』의 마지막 대사에서 발설한 것[42]을 행위를 통해 증명하려는 듯이, 유모는 상전 클라리스의 사랑을 방해하고, 알시동을 돕기 위해 모든 막에 등장해서 적극적으로 극행동에 개입한다.[43] 그녀는 인물

42　52쪽의 예문 참조.

43　유모는 코르네유 희극에서 『멜리트』에 이어 두번째이자 마지막으로 등장한다. 같은 기능을 다음 극들에서는 '시녀(la suivante)'들이 수행하게 될 것이다. 유모는 하층 계급인 것과 동시에 후견인으로 기성세대의 지혜를 대변하는 존재다. 『멜리트』에서도 그러하였듯이 『과부』에서도 유모는 그가 섬기는 아씨와 대립한다. 이 대립의 양상도 발전하여, 『멜리트』에서 유모는 에라스트에 대한 동정심 때문에 아씨와 대립하나, 여기서는 돈, 그

들의 관계를 정확히 파악하고 있는 유일한 인물로서, 그것을 이용하여 클라리스의 납치를 사주 지휘[44]하며 적극적인 역할을 수행[45]한다. 그뿐 아니라, 그 계략이 폭로되는 것조차 그녀에 의해서다.[46] 『멜리트』에서 암시만 되었던 부모 역시 도리스와 필리스트의 어머니 크리장트로 구체화되어, 도리스의 장래를 결정하는 명령자로, 아들 필리스트의 대립자로 기능한다.[47] 유모는 자기 이익을 위해, 어머니는 자식을 위해 개입한다는 차이가 있지만, 전자는 자신의 '능란함'을 후자는 '지혜'를 내세우며 세상 물정에 대한 지식으로 젊은이들을 조종하려 한다는 점에서 기성세대의 기성 가치를 대변한다.

애정 관계로 얽혀 있는 중심인물들을 보자면, 『멜리트』에서 부각되는 것은 인물들 간의 무차별성이었다. 『과부』에서는 각 인물이 지닌 '조건', 다시 말해 사회적 입지의 차이가 우선 두드러진다. 클라리스와 필리스트는 서로 사랑하고 있다는 것을 확

리고 자신의 이익 때문에 알시동과 연합한다. 셰익스피어, 몰리에르의 희극들에서와는 달리 하인들이 주인의 이익이나 욕망에 반하여 행동한다는 것, 그들의 행동의 동기가 돈과 결부된 자신의 이익이라는 점이 주목할 만하다.

44 *Cf.*, 2막 6장.

45 *Cf.*, 3막 9장.

46 *Cf.*, 4막 6장.

47 이차적 인물에 불과하고 극행동에서의 역할도 미미하지만, 크리장트는 코르네유의 현실에 대한 인식을 드러내주는 데 매우 중요한 지표가 된다. 그녀는 도리스 혼사에서 명예보다 실리를 내세우며 필리스트에 대립하는데, 실은 그녀 자신 그러한 "저주받을 관행"의 희생자였음이 밝혀진다(5막 6장). 돈에 의해 침해되는 인간관계에 대해 부정적 인식과 경험을 가지고 있으면서도, 돈의 필요, 나아가 그것의 매력을 인정하는 점에서 그녀는 사회적 요구에 대한 도리스, 필리스트의 이중적 입장을 공유하면서, 부르주아적 질서의 지배를 부동의 사실로 만든다.

신하면서도 지위와 재산의 차이 때문에 고민하고 있고, 알시동은 이 차이를 두 사람 사이의 결정적 장애로 여겨 클라리스를 차지할 희망을 품고 계략을 꾸민다. 도리스는 어머니 크리장트로부터 알시동보다 더 부유한 대학생 플로랑주와 결혼하기 위해 알시동을 떼어버리도록 종용받는다.

세대 간의 차이, 재산과 지위의 차이뿐 아니라, 인물들 각자의 태도와 행위로 인한 개별화도 이루어진다. 이를 위해 코르네유는 강화와 집중의 방식을 사용하는데, 극중에서 사용되는 책략을, 장난 같은 가짜 편지(『멜리트』)에서 명백하게 범죄적 행위인 '납치'로 극단화하고, 알시동을 범죄적 책략을 획책함과 동시에 도리스를 배신하는 인물로 설정함으로써(그렇게 해서 그는 『멜리트』에서 티르시스-멜리트의 사랑의 방해자였던 두 인물, 에라스트와 필랑드르가 결합된, 강화된 악역이 된다), 인물 구조상의 대립성을 강화하는 것이다. 알시동은 친구의 애인인 클로리스를 가로챌 기회를 잡기 위해 그의 여동생 도리스를 사랑하는 체 속이다가, 뜻대로 되지 않자 클로리스를 '납치'할 계획을 세우고, 그것을 성사시키기 위해 가짜 명분을 만들어 친구 셀리당의 선의를 이용하는 한편, 자기 행위를 정당화하기 위해 도리스와 필리스트가 먼저 배신한 것처럼 꾸며 먼저 비난하고 공격한다.

이처럼 철저하게 이기적인 책략가 옆에, 근거 없는 비난까지 받고도 그와의 약속을 지키는 것을 명예로 삼는 필리스트가 있다. 그런데 코르네유는 세부적 태도에서의 동질성을 강조함으로써, 두 인물의 대비를 도덕적·인격적 차원에서 해석하는 것을 가로막는다. "보상받기만을 위하여 정열을 불태울 때 사랑은 천한 것이 되"고, 자신은 "오직 사랑하는 행복만을 구할 뿐"[48]이라는 필리스트는 실상, 클라리스를 얻기 위해 알시동과 마찬가지로 유모의 계략을 이용하고 있다.

> 그 점에 대해서는 유모가 나를 위해 마음을 쓰고 있다네:
> 내가 바라는 목적에 다가가도록
> 그 수완 좋은 할망구는 수천 가지 계략을 쓰고 있지.(1막 1장, 94~96행)

또, "명예에 아무 오점을 남기지 않는 일이기만 하다면", "심장을 도려내라는 명령이라도 받겠다"[49]는, 사회적 명분에 대한 경직된 집착은 그를, 극중 인물 모두가 간파한 알시동의 흑심을 끝까지 알아보지 못하게 하는 맹목으로 이끈다. 누이의 행복보다 "내 약속"[50]을 우선시키는 이 자기중심적 명예욕은, 클라리스를 소유하기 위해 '납치'까지 불사하는 알시동의 난폭함에 못지않은 난폭함으로 제시된다. 결국, 겉으로는 장점처럼 보이는 성실성으로 말미암아 그는 알시동에게는 "우둔한 자(simple)",[51] 어

---

48 2막 4장, 621~624행. 모순되는 대사로 가득 찬 이 극에서, 이런 대사를 근거로 그에게서 "대가 없는 사랑을 바라는 진정한 애인"을 본 가라퐁의 견해(Garapon, *op.cit.*, p.97)는 완전한 오해다. 필리스트는 다른 곳에서 "우리의 복종은 여자를 거만하게 만든다"(1막 1장, p.247)고 말한다. 상대가 달라지면 말도 달라져서 인물들의 진의는 관객만이 짐작할 수 있다. 코르네유가 "이들 대화의 가장 큰 묘미는 (……) 모호한 말과 명제들에 있다"(『과부』의 「독자에게」, I, p.203)고 한 것은 인물들의 이중성, 불투명성을 지적한다.

49 3막 7장, 1079~1080행.

50 3막 7장, 1070행.

51 1막 2장, 107행.

머니에게는 "난폭한 성질(ce naturel sauvage)",[52] 누이에게는 "냉혹한 오빠"[53]가 된다.

그러므로 이들의 행동에서 코르네유가 드러내고자 하는 차이는 인격적 차이가 아니라 사회적 질서에 대한 사회적 태도의 차이다. 필리스트는 클라리스의 사랑을 알고 있으면서도, 지위와 재산상의 차이라는 사회적 장애를 내면화하여 스스로를 그 사랑에 합당치 못한 자로 여긴다.

> 내가 보통 쓰는 수법을 썼으면
> 그녀에게 가지도 못하고 말도 못 붙였겠지
> 재산도 지위도 다르다 보니,
> 나는 그녀의 애정을 바랄 수 없었으니까.(1막 1장, 57~60행)

친구 앞에서는 클로리스가 보이는 호의를 자랑하며 이미 그녀의 마음을 얻은 듯 과거형으로 말하고, 자신의 소심한 태도를 일종의 작전으로 포장하지만, 속마음은 사회적 질서에 위배되는 관계에 대한 두려움으로 가득하다.

> 그녀는 열을 내며 어떤 신호를 보내
> 자기 가슴을 열어 보이건만
> 난 자격이 없는 것 같아서
> 놀리는 것으로 여긴다.(2막 1장, 434행)

✠

---

52 3막 7장. 1115행.
53 4막 9장. 1572행.

반면, 알시동은 사회적 질서에서 자기 욕망의 실현 가능성을
보고, 그것이 위태로워지자 '납치'까지 감행하면서 가짜 명분을
만들어 합리화한다. 이처럼 사회적 질서에 의지하거나 그것을
이용하면서 적극적 위반을 도모하는 알시동과, 열등감을 감춘
채 사회적으로 합당한 선에서 행위를 조절하고 때를 기다리는
필리스트 사이에 셀리당이 있다. 셀리당은 도리스에 대한 알시
동의 기득권을 인정하여 그녀를 침묵 속에서 짝사랑하는 데 만
족해왔지만;

　　자네의 도리스는 언제나 내 영혼의 여왕이었다네;
　　그녀에게 매료된 것을 한 번도 드러내지 않은 채
　　나는 항상 그녀를 위해 남모를 열정을 간직하고 있었네.(3막 1장,
　831~833행)

도리스를 얻을 수 있는 기회에 '명예를 어긴 자에 대한 응징'이
라는 명분이 주어지면, 기꺼이 '납치'라는 범죄에 동참하고;

　　자네가 그의 애인을 납치하자고 했을 때
　　납치라는 말에 혐오를 느꼈지만,(3막 1장, 797행)

　　자네 보물을 훔쳐갔으니
　　그 비열한 필리스트는 자기 보물을 빼앗겨도 당연한 것이네.
　　그가 저지른 행위는 자네의 행위를 정당화하지.
　　그러니 범죄를 범죄로 갚는 것은 수치스러울 것이 없네.(3막 1장,
　817~820행)

알시동의 속임수가 드러나자 그 속임수에서 자신의 실리를 취하며 기뻐한다. 그는 기회주의적 일면을 배제할 수 없는 현실주의자인 것이다.

> 그의 계략에서 그보다 내가 한몫 보게 되었다.
> 그의 속임수가 나를 도와주고, 게다가 너무 잘 진행되어서
> 내게는 도리스를 주고 그에겐 아무것도 남겨주질 않는구나.(5막 2장, 1636~1638행)

한편 두 여주인공의 태도는 뚜렷한 대비를 이룬다. 클라리스는 지위, 재산, 정숙(pudeur)의 원칙, 친족의 권위 등 사회적 압박을 뛰어넘어 자기 욕망의 권리를 선언한다.

> 이 나이에 과부가 되어서, 허구한 날 남편의 죽음을 슬퍼만 한단 말인가!
> 만회할 수 있는 상실인데 말이야.
> 한 남자의 애인이라는 그 달콤한 명칭을 거부하고?(2막 2장, 465~467행)

반면, 도리스는 서로 대립하며 각자의 논리로 자기를 몰아대는 어머니와 오빠의 강박을 '가혹한 굴종, 괴상한 횡포'라며 괴로워하면서도 "순종적인 처녀"여야 하는 사회적 "의무"[54]에 복종한다.

---

[54] 4막 9장, 1583, 1573, 1592행.

명령만 하세요, 어머니, 나의 의무는

내 힘에 닿는 것이면 그 무엇도 소홀히 하지 않을 겁니다.(1막 3장,

239~240행)

그러나 이 차이 역시 그들의 사회적 입장에서 기인하는 것으로, 클라리스가 이 극에서 과부로 설정된 이유를 우리는 바로 그 점에서 찾을 수 있다. 알시동을 동정의 여지가 없는 협잡꾼으로 만들고, 필리스트를 우직하리만치 충실하게 만들어 대비를 강화하되 천성과 자질의 차이를 약화시켰듯이, 코르네유는, 클라리스에게는 부모의 권위와 남편의 권위에서 해방되었을 뿐 아니라 부유하기까지 한, 당시의 여성으로서는 가장 자유로운 상황을 부여하고, 도리스에게는 가난과 더불어 어머니와 오빠의 권위라는 이중의 압박을 가함으로써, 사회적 입장의 차이에서 비롯된 태도의 차이를 그려 보이는 것이다.

『멜리트』의 인물들에겐 친구들 사이의 경쟁심과 배신 이외의 장애란 없었다. 그들은 현재의 감정에 충실한 비사회적이고 이기적인, 그런 만큼 무책임하고 순진한 개인들로 남아 있을 수 있었다. 이제『과부』의 인물들은 사회적 질서를 인식하고 있으며, 그 인식을 바탕으로 자신의 태도와 행동을 결정해야 한다. 소극적 태도와 적극적 행동(필리스트와 알시동을 가르는), 비열함과 성실성(알시동과 셀리당을 가르는), 저항적 태도와 순종적 태도(클라리스와 도리스를 가르는)는 그들의 본성적 차이가 아니라, 사회적 입장의 차이에 기인한다.

사회

인물을 통해서 살펴본바, 『멜리트』에서 『과부』로의 변화가, 그들의 사회에 대한 인식과 태도에서 찾아진다고 할 때, 그 인식의 구체적 내용은 무엇인가. 그것은 돈과 지위라는 세속적 가치의 지배로 압축된다.

『멜리트』에서 돈의 위력은 티르시스가 에라스트의 짝사랑을 조롱하기 위해 늘어놓는 냉소적인 결혼관에서 피상적으로 취급되고, 멜리트의 진심에 대한 불안에서 근거 없이 떠오른 근심으로만 언급될 뿐이다. 그러나 여기서는 딸의 장래를 염려하는 어머니의 경험에서 우러난 지혜로 피력되고;

재물은 이 시대에 크나큰 감미로움을 갖고 있단다.(3막7장, 1086행)

위에서 보았듯 필리스트의 실제적 고민거리이며, 도리스도 수긍하는 현실적 힘이다.

오늘날 재물이 세상에서 어떤 가치를 지니고 있는지
저도 잘 알고 있어요.(2막 5장, 710행)

물론 젊은이들의 동의는 돈의 가치에 대한 긍정적 동의는 아니다. 그들은 돈이 인간관계를 간접화하고 감정의 자발적 표현을 가로막는 장애와 억압으로 작용한다고 인식한다. 도리스는 '어머니의 탐욕'[55]을 저주하고, 필리스트는 돈이 개입된 결혼을 '더러운 거래'라고 부르며 중매쟁이를 내쫓는다.

사랑을 더러운 거래로 만들어
미풍양속을 병들게 하는 페스트야!
다른 데 가서 그 가증스런 장사를 해라.(3막 6장, 1061~1064행)

그러나 그런 심정적 반발에도 불구하고 이들이 돈이 지배하는 세상의 질서를 받아들인다는 점이 오히려 그것의 진정한 위력을 드러내는 것이다. 어머니의 선택에 절대적 순종을 약속하는 도리스, 사회적 제약의 내면화로 인해 자기의 진심을 드러내지 못하는 필리스트에게서 보듯이 말이다.

돈은 어쩔 수 없이 삶 안에 명령적 요소로서 자리 잡고 있다. 인물들은 하인들을 돈으로 매수해야 하고, 친척의 유산을 받기 위해 아첨하며 그의 죽음을 기다려야 한다.[56] 그리고 이처럼 금전에 의해 만들어지는 타산적인 관계가 처세의 방식이 된 세상에서는, 속이기 위해, 그리고 속지 않기 위해 '능란'해져야 한다.

내 누이는 능란하게(accortement) 어머니 말을 듣는 척했던 거야.(3막 3장, 945행)

그가 너를 몹시 원하는 것은 확실하다.

卆

55 4막 9장, 1576행.
56 *Cf.*, 2막 5장, 703~706행.

하지만 보다 능란한(accorte) 처녀로서

차후엔 좀 다르게 그를 맞이하도록 해야 해.(1막 3장, 236~238행)

그렇지만 우리는 그의 재산을 손에 넣게 될 거요. 난 능란한(accorte) 솜씨로

그런 종류의 사람들을 사로잡는 방법을 알고 있거든.(2막 5장, 707~708행)

'능란함'의 필요, 속이고 꾸미는 것의 현실적 필요에 대한 자각은 우정과 애정에 대한 보편적 불신과 세상에 대한 부정적 인식으로 귀결된다. 그들이 살고 있는 세기는 "잘 숨기는 것을 미덕으로 여기는 세기"[57]요, 그들을 둘러싸고 있는 세상은 "무슨 약을 써보려 하건, 그것을 능가하는 혼돈(chaos)"[58]이라는 것이다.

그런 부패는 '명예'라는 개념까지 부패시킨다. 코르네유는 세상의 부패를 개탄하는 말을 협잡꾼 알시동의 입술에 놓아주고,[59] 타협 없이 명예에 집착하는 필리스트를 인물들 중에서 가장 경직되고 가장 통찰력 없는 자로 만들고, 그 중간쯤이요 가장 보편적인 인물인 셀라동이 자기의 욕망 추구를 '명예'로 포장해서 합리화하는 것을 보여주어, 그들이 걸핏하면 입에 올리는 '명예'를

✛

57 3막 3장, 911~912행.

58 3막 3장, 918~920행.

59 주 57의 대사는 알시동의 대사의 일부이다. 그는 "세상 사람들의 행태는 본마음과 아무 상관 없다는 걸 생각하고 있었다"며, "우리가 사는 이 세기에는/(……) 두 마디만 입 밖으로 나와도/속이려는 이중의 뜻이 없는 법이 없고,/입으로 어떤 의사를 밝혀도 머리로는 전혀 딴 생각하기 일쑤"라고 개탄한다.(3막 3장, 911~916행)

조롱한다. 납치를 계획하며 알시동과 유모가 나누는 대화가 보여주듯이 말이다.

알시동

얼마든지 〔납치할 용기야 있지〕, 〔하지만〕 어디로 도망쳐야 할지
모르겠고
그렇게 시꺼먼 행동을 도와줄 만큼
명예를 괘념치 않을 친구가 없는데.(2막 6장, 774~775행)

유모

조력자가 모자라진 않을걸요, 눈 어두운 분, 생각해봐요,
도리스를 뺏어간 걸. 가서 그녀의 오빠에게 싸움을 걸어요.
가짜 분통을 사방에 퍼뜨리라고요.
겉보기엔 나리의 사랑이 모욕을 받았으니,
너무 많은 친구들이 급히 달려와
복수하겠다고 나설걸요.(2막 6장, 779~784행)

그리하여 명예로 포장된 범죄에 셀리당이 가담하고, 셀리당은 거기서 실리를 취할 기회를 얻는다. 이처럼 '명예'에 대한 이들의 집착은 자기 판단과 가치관의 문제라기보다는, 세평이라는 또 다른 사회적 압박의 내면화의 징표일 뿐이다.

그러므로 이렇게 타락한 사회에서는 차라리 세상의 타락을 받아들이는 것이 합리적인 일이 되고, 그것에 맞서려 한다면, 범죄에 범죄로, 거짓에 거짓으로 대항하는 길이 있을 뿐이다.

필리스트

사실 세상의 타락에 화를 내는 것은

우리 같은 사람들에겐 미친 짓에 불과하지.(3막 3장, 922~923행)

셀리당

친구 잡기 놀이를 시작한 이상,

기는 사기꾼 위에 나는 사기꾼을 보게 될 거다.(4막 7장, 1521~
1522행)

왜냐하면 부패는 만연되어 있고, 인물들은 신분적 제약에 의
해 넘을 수 없는 계급의 울타리 속에 갇혀 있기 때문이다. 알시
동의 배신 앞에서 도리스가 절망적으로 내뱉듯이 말이다.

필리스트와 한 핏줄이어서

싫어도 네 친구 중의 하나를 사랑해야 하는 것이 분하다.(4막 8장,
1564~1565행)

물론 희극인 이 극은 클라리스와 필리스트가 결합하고, 오빠
와 어머니는 그들의 고집을 철회하며, 도리스는 셀리당을 새 애
인으로 갖게 되는 "소원 성취의 절정(comble de mes voeux)"[60]으
로 끝맺는다. 그러나 그 결말은 3막에서야 혜성처럼 등장한 셀리
당의 계략에 의한 것이다. 그리고 그 계략조차, 셀리당이 도리스

---

60 5막 10장, 2005행.

를 사랑하고 있지 않았다면, 그가 도리스 어머니의 옛 애인(가난 때문에 포기하지 않을 수 없었던)의 아들이 아니었더라면, 게다가 재산까지 충분하지 않았다면, 그 같은 결과를 끌어낼 수 없었을 것이다. 그리고 지극히 다행스러운 결말에도 불구하고 셀리당을 받아들이는 도리스의 동의는 여전히 오빠의 결정, 어머니의 권유에 따르는 세번째 절차로서, 그 또한 순종으로 포장되어야만 한다.[61] 그러므로 오빠가 자기 명예 때문에 누이를 압박하고, 부모의 권위와 가난 때문에 애인과의 결별을 감수했던 어머니가 같은 권위 같은 처세관으로 도리스를 몰아세운 사실은 지워질 수 없고, 가족 내의 위계와 금전이 지배하는 세상 질서의 위력은 여전히 공고하다.[62] 결국 지상의 문제들은 고스란히 남고, 행복한 결말 창조의 진정한 공로는 이 극에서 유난히도 많이 환기되는 '하늘'[63]에게 돌아간다.

말

『멜리트』의 인물들이 거짓을 남발한다면, 그것은 의식적인 것이 아니라, 자신을 능가하는 말, 지킬 수 없는 말에 스스로 현혹

✢

61 "이제 당신의 가치가 오빠와 어머니의 권위와 합치되니,/이성도 내 복종과 일치합니다."(5막 막장, 1991~1992행)

62 셀리당이 충분히 사위 자격이 있음을 피력하는 크리장트의 대사, "아니, 나를 믿게. 자네의 제안은 우리를 영예롭게 하네./나는 자네의 재산을 알고, 자네의 가문을 아네."(5막 6장, 1772~1774행)

63 Cf., 1막 1장, 88행. 1막 5장, 337행. 3막 7장, 1113행. 4막 6장, 1472행. 4막 9장, 1594행. 5막 10장, 2002행.

되어 있기 때문이었다. 나달이 말한 대로 『아스트레』 이후 소설들을 채우고 있는 끊임없는 토론에서 그러하듯이 실제로 느끼는 것보다 더 잘 말하는[64] 그들의 언어는 『멜리트』를 '전원극적 수사학'에 대한 의혹과 비판으로 읽을 수 있게 하였다. 『과부』에 오면 우리는, 인간관계를 지배하고 있는 현실 논리를 인식하고 그 절대성을 수락함으로써 사회화되었을 뿐 아니라, 말에 대해서도 그 수사학의 공허성을 이미 통찰하고 있는 인물들을 만난다. 알시동은 『아스트레』의 언어로 도리스를 속이며;

> 내[알시동]가 말하는 걸 들으면, 셀라동의 사랑도
> 알시동의 사랑엔 결코 비할 수 없는 것이 되지.(1막 3장, 135~
> 136행)

라고 뽐내지만, 도리스는 그 거짓에 거짓으로 응수한다.

> 나를 맹세로 뒤덮어도 소용없어요, 나는 금세 그의 거짓말을 간파
> 하거든요.
> 그가 보내는 대로 내가 되받아치지 않는 것이 없어요.
> 우리는 서로 같은 동전을 주고받아요.(1막 3장, 179~182행)

도리스에게 구애하는 플로랑주의 휘황한 언어도 다음과 같이 일축된다.

✢

64 Nadal, *op.cit.*, p.78.

그는 읽은 것을 말하고 있는 겁니다.(1막 4장, 274행)

연인들의 언어는 이처럼 놀이를 위한 명목적 가치만을 지니고 허공에서 교환되는 가짜 화폐인 것이다.

그러나 이 극이 수사학적 과장의 허구성만을 폭로하는 것은 아니다. "수천 가지 작은 헌신들이" 이미 서로를 향한 그들의 '말없는 맹세를'[65] 확신하게 한다는 필리스트 말에도 불구하고, 그들의 고민은 사랑이 말로써 최종 확인되기 바라는 애타는 마음의 필요 또한 드러내준다. 또한 '읽은 대로 말하는' 플로랑주의 도리스에 대한 연정을 거짓으로 못박을 이유가 없는 것처럼, 갈등의 순간에 과장된 비장함으로 발설되는 필리스트의 독백이 진실하지 않은 것은 아니다. 말하는 자의 진의에 위배되고 진실을 은폐하기 위해 발설되는 상식적인 언사(Propositions)들 또한 그 의미 가치를 완전히 상실하지는 않는데, 가령 알시동이 필리스트를 비난하기 위하여;

두 마디만 입 밖으로 나와도
우리를 속이기 위한 이중의 뜻이 없는 법이 없고,
입으로는 이 계획을 말하면서
머리로는 전혀 다른 생각을 하기 일쑤이다.(3막 3장, 912~916행)

라고 할 때 그 말은 바로 알시동의 그 말 자체에 해당된다. 또 알

✠

---

[65] 1막 1장, 67행, 71행.

시동이, 클라리스에게 필리스트가 죽었다고 전하라며 셀라동을 교사(敎唆)할 때, 알시동이 자기 계략의 성공을 확신하는 이유로 내세우는 다음과 같은 단정은, 현재의 클라리스와 필리스트에게는 적용되지 않지만, 죽은 남편과 클라리스의 관계에 대해서는 진실이 된다.

> 사랑한댔자 별것 아니야, 눈물은 곧 마르고,
>
> 죽은 자들은 오래된 죄의 계열에 놓이게 되거든.(4막 4장, 1389~
> 1391행)

나아가 모든 인물을 '단순한 자', '얼빠진 자', '경솔한 자'로 부르는 알시동의 경멸적 언사는 그렇게 부르는 바로 그 순간의 그 자신에게로 돌아와, 그는 이 극의 부제인 '배반당한 배신자'가 된다. 그뿐 아니다. 이미 진실을 다 파악하고도 짐짓 그 앞에서 속는 체 연기를 계속하는 셀리당을 두고 "그의 선의를 이용해서 내가 온 세상을 속이고 있다"[66]고 믿는 알시동의 최종적 패배는 말을 수단으로 삼은 자에게 가하는 말 자체의 보복을 보여준다. 『아스트레』의 언어로 치장하고, 명분을 쌓아 공들여 만든 그의 거짓은 다름 아닌 셀리당의 "즉석에서 우연히 시작되고 무턱대고 이어진 거짓"[67]에 의해 패배한다.

이처럼 이 극이 보여주는 말의 위상과 능력은, 사회적 조건 속

✠

---

66 5막 3장, 1690행.
67 4막 7장, 1510~1511행.

에서 각 인물의 태도가 그러하였듯이 다양하다. 진실을 확증하기 위해 필수적인 최종적인 말, 아름다운 말, 도달해야 할 말, 진실을 숨기는 말, 거짓이되 거짓을 벗기는 말…… 이 다양한 말잔치는 코르네유가 이 극을 두고 "인물들 대화의 가장 큰 묘미는, 독자에게 결론을 맡기고 있는 모호한 말과 명제들"[68]이라고 한 것을 상기시킨다. 인물들이 의도적으로 사용하는 거짓들, 이중적인 어의들은 바로 말이 지닌 양가성과, 말에 대해 이 극이 갖는 모호한 입장을 드러내준다.

*

『멜리트』에서 인물들이 지닌 귀족 신분의 극적 필요성은 그들을 다른 근심 없이 오직 사랑에만 몰두할 수 있게 하는 여가 상태의 보장뿐이었다. 인물들은 상처받기 쉬운 자존심과 자아에 대한 열렬한 집착으로 귀족의 정서적 특성을 드러낼 뿐, 그 자존심을 정당화할 어떤 자질도 갖고 있지 않았다. 『멜리트』에서 인물들의 대사가 드러내는 것은 설익은 신념, 허황된 미사여구의 덧없음이다. 그들의 체험은 엇갈리는 증거들의 불확실성, 그것에 의해 위협받는 자아의 상처로 국한된다. 사랑하는 대상의 선택에 의해서만 동패들 사이에서 우위를 점할 수 있는 작은 세계 안에서, 사회적으로는 갓 태어난 것이나 진배없는 인물들이 갑작스런 타자의 출현과 표변에 의해 겪는 주체성의 위기를 보여주고 있는 것이다.

╬

68 64쪽 주 48 참조.

『과부』는 주체를 구성하는 사회적 조건 속에 인물들을 놓아둔다. 인물들은 신분이 정해놓은 한도 내에서 애인을 고르고, 부모의 권위에 복종해야 하며, 재산과 지위의 차이 때문에 고민하고, 속이고 조종하려 드는 하인을 매수해야 한다. 표면적인 위기는 알시동의 납치 행위에서 비롯되지만, 상황을 지배하는 진정한 갈등 요인은 돈의 지배라는 부르주아적 질서다. 도리스의 분노를 알아보지 못하는 어머니 크리장트는 딸의 복종을 "재산이 가져다주는 이익을 보고, 오늘날 최고의 가문을 만들어내는 굳건한 이유들에 순응하기 때문"[69]으로 해석한다.

　거래의 원칙이 최우선이 된 관계들을 조종하는 것은 말의 힘이다. 알시동이 셀리당을 포섭하는 것도, 셀리당이 그의 거짓을 알아내는 것도 말에 의해서다. 젊은이들은 여전히 영광과 명예를 구하고, 자신의 가치를 입증할 기회를 원하지만, 부르주아적 질서에 포섭된 이 악덕의 시대에 사기꾼으로 인하여 야기된 사태를 수습하는 힘은 그것을 뒤집는 방법적 거짓으로부터 올 뿐이다. 전원극의 수사학에 대한 문제 제기를 통해 첫 작품『멜리트』에서부터 시작된 말과 실상의 불일치에 대한 코르네유의 탐구는『과부』에서 사회적 차원으로 확장되고 깊어진다.

✢

69　1막 4장. 290~292행.

2. 사랑의 권태와 변심,
그리고 비정한 세상
—『팔레 상가』와 『시녀』

『멜리트』와 『과부』는 각각 태어나는 사랑, 아직 고백하지 못한 사랑을 다룬다. 코르네유는 두 극에서 사랑의 취약성을 각각 다른 측면에서 탐구하며, 전자에서는 신호들의 불투명성이 야기한 타자에 대한 의혹을, 후자에서는 사랑을 간섭하고 제약하려 드는 외적 조건들을 그 취약성의 원인으로 제시한다.[70] 전자에서는 심리학자의 시선이, 후자에서는 사회학자의 시선이 가해지고 있는 것이다.

똑같은 것을 만들 생각도 없지만, 한 번 쥔 주제를 놓는 법도

✤

---

70 두브로브스키는 누구보다 먼저 코르네유의 희극들의 이러한 전개를 지적하고도, 차후 작품 분석의 초점을 '영웅-주인공'으로 옮겨가 '귀족적 기획'이라는 전제된 도식에 작품을 환원시켰다. 그 때문에 상황 속의 인간을 다루는 연극의 장르적 특수성을 방기하였고, 초기 희극의 한 축을 이루는 인간 조건의 사회구속성이라는 주제를 비극까지 연결시키지 못한 것으로 보인다.

없는 코르네유는 희극 사이클이 끝날 때까지, 인간 조건의 이 두 국면에 천착한다. 그렇게『멜리트』와『과부』에 이어『팔레 상가 (*La galerie du Palais*)』와『시녀(*La Suivante*)』는 각각 심정의 복잡성과 사랑에 개입하는 사회적 질서의 위력을 다루면서 희극 사이클의 두번째 단계를 이룬다. 인간의 내면과 사회적 질서에 대한 이 탐사의 진전은 그 탐사의 장을 제공하는 사랑의 단계와 평행한다.『팔레 상가』와『시녀』의 젊은이들은 처음 사랑에 빠진, 대상의 매혹 앞에서 두려움을 느끼거나(『멜리트』) 고백하기 어려운 처지를 고민하는(『과부』) 풋내기들이 아니다. 우리는 이제 오래 지속되고 공인된 사랑에 의문을 품고 시험해보려 하거나(『팔레 상가』), 사랑을 다른 목적에 결부시켜 전략을 짜는(『시녀』) 젊은이들을 보게 된다.

『팔레 상가(*La galerie du Palais*)』

셀리데와 리장드르는 서로 사랑하는 사이다. 그런데 셀리데의 이웃 친구 이폴리트도 리장드르를 남몰래 사랑하고 있다. 이폴리트는 리장드르의 친구 도리망의 구애도 물리치고 셀리데와 리장드르를 갈라놓고 리장드르를 차지하기 위한 책략에 몰두한다. 리장드르의 사랑을 시험해보라는 이폴리트의 사주에 셀리데는 리장드르를 매정하게 대한다. 셀리데의 표변에도 불구하고 그녀를 변함없이 사랑하려던 리장드르 역시, 질투심을 이용해서 마음을 돌리라는 시종 아롱트의 꼬임에 말려들어 이폴리트를 사랑하게 된 것처럼 위장한다. 오해 속에서 리장드르와 도리망이 결투하려는 순간, 오해는 풀리고 두 연인은 화해한다. 이폴리트는 어머니의 권고로 도리망을 받아들이고 연극은 두 쌍의 결혼을 앞둔 행복한 순간에 막을 내린다.

요약에서 보듯, 친구의 책략에 의한 사랑의 위기, 보조적 하인들의 활약, 의무(devoir)라는 사회적 가치를 통해 젊은이들의 의식을 지배하는 부모의 존재, 두 쌍의 결혼 결정으로 끝나는 결말까지, 우리는 전작에서 이미 확인한 요소들을 여기서도 본다. 그러나 이미 『멜리트』에서 『과부』로의 이행에서 그러했듯이, 코르네유는 세부에 차이들을 도입함으로써 동일한 구조 속에 새로운 문제의식을 끌어들인다. 우선 그 세부적 차이들을 짚어보자.

디테일의 미세한 변화들

무엇보다 이 이야기의 주축을 이루는 리장드르와 셀리데의 사랑이 2년이나 지속되어온 '오래된' 사랑이라는 것을 지적하자. 코르네유는 극적 관행을 깨고, 1막 1장에 보조인물인 하인들을 등장시켜 이들 사랑을 깨트리려는 모의가 진행 중에 있음을 알려준 뒤, 서둘러 셀리데와 아버지 플레랑트의 장면으로 이어가, 셀리데로 하여금 그녀의 사랑에 대한 아버지의 전폭적 동의뿐 아니라 결혼이라는 결론으로 리장드르의 희망을 채워주라는 권고까지 받게 한다.[71] 순풍을 탄 사랑, 팔레 상가를 오가며 만나는 남자들의 문학 토론, 여자들의 상품 구매, 여자 친구들의 식사 모임…… '사랑'밖에는 주제가 따로 없는 인생, 한가롭다 못해 지루할 것 같은 일상 속에서, 2년간 지속되어온 관계를 부수려는 작업이 물밑에서 진행되는 가운데, 셀리데는 오래 끌어온 관계가 서로에게 묶이는 관계로 변화되어야 할 시점에 서게 된 것이다. 1막에서 제시된 사랑의 이 단계, 이 상황이 이 극의 줄거리의 기반으로, 인간에 대한 코르네유의 새로운 관찰을 가능하게 한다.

이 극에서 **책략가가** 남자가 아닌 주인공 급의 여자로 설정된 점 역시 주목할 필요가 있다. 대수롭지 않아 보이는(앞선 극에서도 유모-책략가가 있었으므로) 이 변화는 가짜 편지나 납치라는 적극적인 책략이 사라졌다는 또 다른 변화와 연결되면 중요한 의미를 갖는다. 『멜리트』와 『과부』에서 책략으로 사용되는 가짜 편지와 납치는 전원극과 소설에서 유래된, 당대 연극의 흔해 빠진 공상적 요소였고, 그런 만큼 '우리 행동과 담화의 초상화'를 그리려는 코르네유가 아직 떨쳐버리지 못한 관례적인 소재였다.

✛

71 "딸아 더 이상 네 사랑을 감추려고 하지 마라./수치심도 갖지 말고, 비난도 두려워 마라. (1막 2장, 25~26행)", "그의 소원을 들어주고, 네가 바라는 것을 따라라./사랑하렴. 리장드르를 사랑해, 내가 승낙하고,/너의 순수한 열정을 허용하니,/과감히 그에게 완전한 확약을 주렴./행복한 결혼이 그의 희망을 따를 거라고."(1막 2장, 42~46행) 한편 도리스의 어머니(『과부』)처럼 마음에 없는 결혼의 경험을 갖고 있고, 동명이기도 한 이폴리트의 어머니 크리장트 역시 『과부』에서와는 정반대의 입장을 취하며 딸의 감정을 존중한다. "저는 제 딸을 너무 애지중지하기에,/애정 문제로 딸애를 속박하고 싶지 않네요."(3막 8장, 946~947행)

그러므로 비록 차후에 이 관례적 소재가 다시 도입된다[72] 하더라도, 일단 『팔레 상가』에서는 그 관례적 소재를 배제했다는 것은 두드러진 변화요, 사실주의적 지향에서 진일보했음을 의미한다. 그러나 그보다 더 의미 있는 것은, 적극적인 거짓과 외적 충격으로 사랑하는 대상을 탈취하려는 남자 책략가들과는 달리 이폴리트가 하인들을 동원해서 "영혼을 꼬드겨" 사랑하는 남녀의 화합을 깨트리는 심리전을 도모한다는 점이다.

> 플로리스(이폴리트의 시녀)
> 나는 세상을 알아요, 그리고 한 영혼을 꼬드겨서
> 화합을 깨트릴 수천 가지 방법을 알고 있죠.

> 이폴리트
> 그럼, 제발, 빨리 말해줘!(1막 10장, 319~321행).

> 플로리스
> 참을성도 없으시네! 결국 다 잘될 거예요.

> 이폴리트
> 결국 잘될 거라, 그것 말고는 내가 알 것이 없어?(3막 3장, 796~797행)

✠

72 코르네유가 '괴상한 정신(esprit extravagant)'이라고 불렀던 『르와이얄 광장(La Place Royale)』의 알리도르에 의해.(Cf., 『르와이얄 광장』의 「검토」, I., p.470)

가짜 편지 같은 적극적 거짓, 납치와 같은 폭력적 방식을 사용하는 전작의 책략가들보다 소극적이지만 더 교묘한 책략가, 상대방의 마음의 동요를 엿보고 이용하는 책략가가 주도하는 이 극의 내용은 자연히 나달이 말한 "영혼의 경험"[73]을 향하게 된다.

그런데 이 "영혼의 경험"은 밀폐된 사적 공간에서 탐구되지 않는다. 코르네유는 사회적 환경 안에서 관계의 문제를 다루는 기본 노선을 이탈하지 않는다. 코르네유가 고대극들의 예를 들며 장황하게 변명하고 있는 이 극의 제목,[74] 그리고 또 하나의 새로운 요소로서 1막, 4막에 삽입된 팔레 상가의 풍경은 주인공들의 갈등을 당대의 일상 속에 위치시키는 효과를 가진다.

사랑의 심리학을 가두게 될 코르네유의 사실주의적 배경(décor)은, 더 이상 관례적 세계가 아니라 실제적 세계를 묘사하고, 사건들에 생활의 색깔을 부여하며, 순수한 서정주의와 장식(décoration)을 피하려는 배려를 드러내주는 것은 의심할 바 없다.[75]

코르네유는 서로 번영을 빌어주는 사이좋은 서적상과 옷감장수를 1막에, 진열 장소를 두고 다투는 옷감장수와 잡화 상인을 4막에 배치하여, 상승하는 부르주아 계급의 역동성과 갈등을 주인공들의 관계 안에 발생한 갈등과 대칭적으로 대비시키

---

73 나달은 『팔레 상가』를 코르네유 극의 독자성인 "영혼의 경험"이 희극의 한계를 넘어 기술상의 문제를 야기하고 있는 작품으로 평한다. *Cf.*, Nadal, *op. cit.*, p. 23.

74 *Cf.*, 『팔레 상가』의 「검토」, I., p. 302.

75 Nadal, *op. cit.*, p. 67.

고,[76] 그 안에서, 연애밖에는 다른 걱정이 없는, "그다지 높지 않은 귀족"[77]의 한가로움을 부각시키고 있는 것이다. 마음대로 드나들며 야회까지의 빈 시간을 대단치 않은 소비로 때울 수 있도록 허락하는 이 열린 장소에서, 젊은이들은 상품의 촌스러움을 트집 잡거나, "능력보다 의욕이 앞서며 체험도 없이 사랑을 읊는"[78] 시시한 시인들을 비평하면서, 사랑과 시에 대한 피상적인 한담을 나눈다. 극 전체의 구도에 배경을 제공하고 분위기를 창조하지만 극행동에는 전혀 영향을 미치지 않는다는 점에서 이 장면들이, 코르네유의 자평처럼, "관객들의 호기심을 사실답게 (vraisemblablement) 자극할" 뿐, "전적으로 불필요"[79]하다고까지 말할 수도 있으리라. 그러나 이 장면들이 전달하는 주인공들의 일상, 그들이 말하는 피상적인 견해들은, 그것들이 비록 한가한 여담으로 보일지라도, 아니 바로 그렇기 때문에, 그들이 겪을 '사랑의 근본적 시련'의 깊이를 재는 기준점이 된다. 그리고 이 시련은 일상을 교란하는 외적 사건을 통해서가 아니라(4막 8장

✣

76 이 밖에도 이 극이 대비와 대칭의 효과를 많이 사용한다는 사실에 주목한 것은 기슈메르였다. "셀리데의 냉담에 답하는 리장드르의 꾸민 냉담, 리장드르의 절망에 뒤잇는 셀리데의 절망, 이폴리트와 셀리데의 거짓과 변덕에 대립하는 리장드르와 도리망의 성실의 대칭과 대조의 효과가 교묘하고 섬세한 변주들로 이미 알려진 동기들을 변모시키며 주제를 새롭게 만든다."(Roger Guichemerre, *Visages du théâtre français au XVIIe siècle*, Klincksieck, 1994, p.25)

77 『팔레 상가』의 「검토」, I, pp.303~304.

78 1막 7장, 148~149행. 이 한담 비평은 실상 아직 사랑의 쓰라림을 겪기 이전의 발화자 그 자신을 향한다. 코르네유가 이런 아이러니를 많이 사용한다는 것은 그의 희극들이 '말'에 대한 탐구이기도 하다는 사실을 보여준다.

79 『팔레 상가』의 「검토」, I., p.302.

의 상가 장면에서 우리는 자살의 위협과 결투의 위기까지 야기되는 사랑싸움 중에도 여전히 구매가 계속되는 것을 본다), 일상의 물밑에서 벌어지는 심리전을 통해 체험될 것이다.

『팔레 상가』의 "예외적이며 소박해서 기분 좋은 장경"이 "호기심을 자극"[80]하되 심각한 드라마를 예상케 하지 않는 것처럼, **보조자**들에게서 나타나는 변화 또한 위에서 암시받은 것들을 강화한다. 보조자의 역할을 하는 이폴리트의 시녀 플로리스나 리장드르의 시종 아롱트는 『과부』의 유모처럼 돈 때문에 상전을 속이고 책략을 꾸미지 않는다. 이폴리트의 연애 교사를 자처하며, "나이를 먹을수록 나날이 계략이 늘고, (……) 한 영혼을 꼬드겨서, 합쳐진 마음을 불화하게 하는 수천 가지 방법들을 알고"[81] 있음을 자랑하는 플로리스가 이익을 얻어내는 것은 상품 구매를 충동질해서 상인에게 받아내는 대가로, 그 또한 타인의 심리를 이용한 교묘한 방법이요, 극중의 계략과는 직접적인 관련이 없다. 리장드르의 하인 아롱트 역시 셀리데의 오만에 대한 감정적 반발로 이폴리트를 돕는다.

아롱트

얼마나 오만한 기질인가! 얼마나 교만한 태도인가!

주인님이 내 말을 믿으면, 당신은 아무것도 얻지 못해.(1막 3장, 71~72행)

✠

---

80 *Ibid.*
81 1막 10장, 318~320행.

요컨대, 부모부터 하인들까지 이 극의 모든 인물이 감정의 가치를 최우위에 놓는 감정적 인물들이다. 상전을 이용할 생각이 없는 하인들과, 자식을 강박할 생각이 없는 부모들의 후원―, 보조 인물들의 태도와 역할의 이 같은 변화는, 그들이 마치『과부』에서 젊은이들을 괴롭혔던 외적 장애를 모두 치워주기 위해 합심이라도 한 것처럼 보이게 한다.

사랑 — 관계

이상에서 살펴보았듯이, 여성 책략가의 설정, 공상적 소재의 배제, 사실적 배경의 도입, 보조 인물의 역할과 태도의 변화 등은 모두 하나의 방향을 향하여 수렴되고 있다.『과부』의 세부 상황들이 인간관계의 사회적 조건을 탐구하려는 코르네유의 의도를 드러내주었다면,『팔레 상가』의 변화들은 사실주의를 증대시키는 한편, 그 사실주의적 관찰의 대상을 인간관계의 내부에서 발생한 갈등과 마음의 동요로 국한하려는 의도를 보여준다.

주인공들의 자질과 관계가『멜리트』와 동일한 것 역시 같은 의도의 소산이라 할 것이다. 도리망의 사랑을 받는 이폴리트와 리장드르의 사랑을 받는 셸리데에게 우열은 없다. 이폴리트가 빼앗고 싶어하는 리장드르와 셸리데가 선망하는 도리망 사이에도 우열이 없다. 친구로 설정된 셸리데와 이폴리트, 리장드르와 도리망의 우정은 사랑이 개입하자 속절없이 깨어진다.

이폴리트의 작전은, 이처럼 옅은 우정과 동질성이 특징인 작은 집단 내에서 배타적인 관계를 만든 연인들 사이에, 경쟁심, 질투,

의혹이라는 독을 풀어 떼어놓는 것이다. 이폴리트는 셀리데와 리장드르를 이간질하기 위해 셀리데의 자존심을 자극하고;

내가 알 게 뭐야? 그[리장드르]는 한 번도 네게서 가혹한 대접을 받은 적이 없고,
사랑은 너희 두 사람 가슴에서 동시에 타올랐어,
그리고 난 다른 많은 사람들을 따라 감히 말할 수 있어,
너의 정열이 먼저였고 너에 대한 그의 정열은 둘째였다고.(2막 5장, 527~530행)

그가 얼마나 성실한지 시험하도록 부추긴다.

그는 자기를 바치기도 전에 환대를 받았지,
아무것도 두려워할 것이 없었고, 견뎌야 할 것도 없었고,
애쓰기도 전에 보상받은 거야.
(……)
그 정도의 댓가라면, 성실하기 얼마나 쉬울까!
(……)
사랑의 힘은 고통 속에서 나타나는데,
나는 그가 그만큼 확고한 마음을 보증하는지 아주 의심스러워.(2막 5장, 531~537행)

그런데 셀리데 자신이 먼저 순탄하고 오래 묵은 자기 사랑에 진력나 있지 않았다면, 이폴리트의 이런 이간계가 파고들 수 있

었을까? 그리고 친구 이폴리트에게 새로운 숭배자가 나타난 것에 자극받지 않았다면 오래 묵은 사랑에 대한 반란의 마음이 표출될 수 있었을까?

> 도리망이 널 귀찮게 한다고!
> 뭐야, 벌써 너의 행운이 샘날 것 같아!
> 벌써 내 마음이 좀 언짢아지네,
> 그 사람보다 리장드르를 먼저 만난 것이."(2막 5장, 506~508행)

"법도에 어긋나지 않는 그[리장드르]의 정열이(son ardeur légitime) 나를 사로잡았고, 나는 그것을 높이 평가하며, 그의 능력을 존경하고, 날 찾아오는 것이 기쁘고, 그와 말하는 게 즐겁고, 그가 앞에 있는 게 너무너무 좋다"[82]던 그녀는, 친구가 받는 구애를 질투하며 변심을 꿈꾼다.[83] 그렇게 자존심과 의심과 질투를 자극하는 이폴리트의 교묘한 부추김은, 순탄한 사랑의 권태가 이미 셀리데의 마음에 만들어놓은 균열을 파고들어 그녀를 혼란에 빠트린다.

> 얼마나 이상한 싸움이냐! 나는 그를 버리고 싶어 죽을 지경인데
> 내 남은 사랑은 그를 가혹하게 대할 수 없구나.
> 변심이 내 마음에 뭔가 감미로운 희망을 주는데도

✠

82 1막 1장, 36~37행.
83 "그[리장드르]의 변심이 내 변심을 허락했으면 좋겠다." 2막 5장, 516행.

배신자, 배은망덕자라는 이름은 두렵고,

변심의 결과는 열렬히 바라면서 그 성질은 혐오스러우니

이다지도 내 영혼은 모순들로 혼란스럽다.

내 영혼은 원하지만 감행하지 못한다. 냉정해져도

경멸하는 것으로 보이지는 않을 거야, 꾸며내지 않으면.

나의 리장드르가 지닌 모든 장점이 무더기로 내 사랑에 쏟아지겠지.

버리려 하니 그의 가치가 더 잘 보이는구나.

그리고 벌써 내가 잃을 것의 대단함이 나를 겁나게 하는구나.

바로 이 점으로 흔들리는 이 마음을 정리하기 위해

억지로 꾸며낸 내 홀대에 그가 어찌 반응하는지 보자.

나의 가식으로 그의 사랑이 진짜인지 아닌지 시험하리라.

아아, 그의 눈길이 내 마음에 새로운 상처를 내네.

준비해라, 내 가슴아, 내 말에

내 사랑을 속이기에 충분한 자유를 주어라.(2막 5장, 571~588행)

이폴리트가 퇴장하고 리장드르가 등장하기까지의 짧은 시간에 독백으로 읊는 셀리데의 이 대사는 그녀의 자유롭고 싶은 욕망, 죄의식, 평판에 대한 두려움과 아울러 리장드르에 대한 미련, 그의 진심을 시험해보고 싶은 욕구 등 마음의 복잡한 갈래들을 보여준다. 딱 하나, 리장드르 쪽에서 자기를 버렸을 때 경험하게 될 심정만 빼고 말이다.

한편, 자기 사랑이 위태롭다고 여기지 않는 동안 리장드르는 도리망을 열심히 도울 수 있었다. 그러나 차가워진 셀리데의 마음을 돌리기 위하여 이폴리트를 사랑하는 체할 때, 그는 이폴리트를 사모하는 도리망의 오해 가능성도, 이폴리트의 감정도 고려하지 않는다.

리장드르가 변심한 척하자, "완전히 수치와 경멸로 뒤덮인"[84] 셀리데를 두고 이폴리트는 이렇게 말한다.

눈물이 흘러내리는 걸 막을 수 없을 테지.
내가 리장드르를 사랑하지 않는다면 동정할 텐데. (3막 9장, 997~998행)

이처럼, 『팔레 상가』의 이기적이고 자기중심적인 인물들은, 무차별성, 또 그것으로 자극된 경쟁심, 자아에 대한 집착을 그려 보였던 『멜리트』의 인간학을 반복한다. 하지만 이것이 『팔레 상가』의 젊은이들이 사랑의 시련을 통해 겪는 체험의 전부가 아니다.

이들은 『멜리트』의 인물들처럼 "직업도, 가족도, 시민적이거나 군사적 의무도 부과되지 않은, (……) 체험과 인간적 대지 밖에" 있는 존재[85]들이 아니다. 이들은 『멜리트』의 인물들처럼 자기감정에 충실할 자유를 누리지만, 그 자유는 '주어진' 자유이다. 『멜리트』에서는 짧게 한 번 언급되었을 뿐 전혀 등장하지 않았던 부모들이 여기서는 거의 모든 장에서 언급되고 등장하고, 끊임없이 이들의 관계에 개입(선의에서라고 하더라도)한다는 바로 그 사실에서 그러하다. 그들은, 자유를 주되 지배권까지 거

✚

84 3막 9장, 990행.
85 Nadal, *op.cit.*, p. 69.

두어 가지는 않는 존재에 귀속된 자들이다. 명예와 의무의 개념, 부모의 "그토록 성스러운 권위"[86]가 이미 의식을 지배하는 가운데 주어진 자유는 이들의 태도를 이중화한다. 자기감정에 따라 행동하면서 복종을 다짐하는 이중성 말이다.

> **셀리데**
>
> 하지만 그건 결국 약간의 배려,
>
> 하루도 안 가는 가벼운 움직임일 뿐이에요.
>
> 아버지만이 제 사랑을 만들어 낼 거예요.
>
> 제 의지가 뒤따르는 아버지의 의지가……(1막 2장, 38~41행)

> **이폴리트**
>
> 제 모든 바람들에 어머니의 권위는 절대적이에요.
>
> 그러니 어머니가 그걸 바라신다면, 저는 벌써 결심한 것이고,(4막 8장, 965~966행)

공인되고 학습된 가치에 대한 은밀한 반란을 내포하고 있는 이 이중성은 애인과의 관계에도 그대로 적용된다. 티르시스와 멜리트의 관계(『멜리트』)와는 달리 셀리데와 리장드르의 관계가 "더할 나위없는 사랑으로 2년이나"[87] 계속된 것으로 설정된 이유가 여기에 있다. 『멜리트』에서 인물들이 겪는 시련은 상대방

✢

86 4막 11장, 1406행.
87 4막 4장, 1186행.

의 배신으로 시작된다. 반면, 『팔레 상가』의 드라마를 만들어내는 것은, 자기의 맹세에 대한 스스로의 반란이다.

> 내 가슴은 지조를 지키고 있는 게 괴로워.
>
> 내 마음의 밑바닥까지 털어놓자면,
>
> 내 열정을 보존하고 있는 것은 내 맹세뿐이야.(2막 5장, 512행)

이 반란으로 시작된 시험을 두브로브스키처럼 자유의 시험이라고 불러야 할 것인가?[88] 이것은 지나치게 영웅주의적 해석이 아닌가? 왜냐하면 그보다 현실적인 코르네유는, 리장드르와의 약속을 깨트리고 싶으면서도, 깨트릴 수 없는 이유를 상대방의 진실에서 확인하려는 "부유하는 정신(esprit flottant)"[89]을 그려 보이니 말이다. 게다가 그 실험에서 그녀가 발견하는 것은 자신의 종속성[90]뿐인 것이다.

맹세의 속박을 느끼는 자기를 발견하고, 비난받지 않고서는 변심할 수 없게 된 상태에 진력내고, 자기 사랑에 대한 의심을 상대방에게 투사하여 의혹을 갖게 되고, 싫증난 애인의 장점을 재발견하고, 그 애인의 배신을 체험하고, 복수를 위해 도리망에게 "자기를 제공하는" 수치를 불사하고, 그것조차 거절당하

⳾

88 *Cf.*, Doubrovski, *op.cit.*, pp.50~52.

89 3막 4장, 831행.

90 이폴리트의 심리전에 말려들어 자기 사랑과 리장드르의 진심을 차례로 의심하게 되었던 것처럼, 리장드르가 배신했다고 믿게 되자, 다시 그녀는 복수를 위해 이폴리트가 사주한 계략에 의지한다.(*Cf.*, 4막 3장)

는 비참에 떨어지고—, 이것이, 호강에 겨워 "버릇이 나빠진 아이"[91]처럼 리장드르의 "완벽한 사랑"에 거만해진 셀리데가 사랑을 시련에 부쳐본 결과 얻은 체험이다.

다른 인물들의 체험 역시 이와 다르지 않다. 애인 곁에서 체험한 사랑의 달콤함들, 서투른 시인의 말뿐인 시구들로는 표현할 수 없는 사랑의 수천 가지 신비들을 도리망에게 설파하던[92] 리장드르는 셀리데의 돌연하고 이유 없는 변심 앞에 서게 된다. 셀리데의 변심에도 불구하고 자기 성실을 지키려 한 그의 영웅적 결심도 질투와 복수심, 그리고 아롱트의 비열한 충고에 무너지고, 거짓에 거짓이 꼬리를 무는 순환에 휘말린다. 셀리데가 사랑의 권태 속에서 경험한 것, "존재 자체 내의 반란"[93] 마음속의 전투를 체험하면서 말이다.

이 무슨 가혹한 싸움이 내 마음을 찢어놓는가!(4막 4장, 1241행)

이처럼 자기 안에서 확고함을 발견할 수 없는 인물들이 『멜리트』의 인물들보다 깊은 상처를 입으며 도달하게 되는 것은 타인이라는 장악할 수 없는 존재의 벽에 부딪쳐 결국 자기에게로 되돌아오는 결단의 시련이다. 그 결단이 이폴리트처럼 대가조차 바랄 수 없는 악의 속에 굳어지는 것이건;

✛

91 Couton, *op.cit.*, p.24.
92 *Cf.*, 1막 7장.
93 Nadal, *op.cit.*, p.80.

행복은 포기한다만 악의는 포기하지 않겠어.

그럴 기회를 발견하기만 한다면,

다시 한 번 둘을 갈라놓으리라.(4막 5장, 1290~1292행)

리장드르와 도리망처럼, 눈에는 눈으로 대응하는 모방의 순환을 배격하고 진실과 정면으로 맞서는 방식을 택하는 것이건 말이다.

리장드르

그들이 신의가 없다 해서, 내가 이성을 잃어야 하나?(4막 4장, 1236행)

도리망

하지만 당신이 취하고자 하는 길을 따르는 것은,

그를 벌하는 것이 아니라 그의 죄를 모방하는 것이요.(4막 3장, 1159~1160행)

*

『멜리트』가 막 생겨난 사랑의 불안, 한 여인을 사이에 둔 경쟁, 상대방의 배신을 통해 인간관계의 초보적 문제를 제기하고, 『과부』가 신분과 재산의 차이로 인한 젊은이들의 고민을 통해 인간관계의 사회적 조건을 탐구하였다면, 『팔레 상가』는 전작에서 다루어지지 않은 문제, 즉 주체의 내부에 생긴 자의식 균열의 문제를 새롭게 부각시킨다. 셀리데의 갈등은 이폴리트의 사주나

리장드르에 대한 오해가 있기 이전에 이미 그녀의 마음속에 있다. 성실하고 싶지 않은 욕구, 변심의 유혹이 그것이다. 리장드르 역시 성실하고자 하는 결심과 복수의 유혹 사이에서 내적 갈등을 겪는다.

고정된 정체성에 대한 반감과 부정, 가장(déguisement)과 변심이라는 소재가 이 작품에서 갖는 중요성은, 비평가들이 코르네유의 작품과 바로크의 관련성에 주목했던 사실을 상기시킨다. 그러나 『멜리트』와 『과부』가 실방드르(Silvandre)[94]식 수사학으로 채워져 있으면서도, 그것에 대한 의혹으로 읽혔듯이, 『팔레 상가』 역시 '변심'이라는 바로크적 주제를 다루되, 바로크식 시각에 대한 부정적 응대이다. 정의할 수 없는 자기에 대한 자의식으로 고민하기는커녕 순간적이고 다채로운 현시를 즐기는 것, "바람 부는 대로 날리는 기쁨, 연속되는 정체성의 변화를 통해 복수(複數)화되는 기쁨"[95]을 즐기는 것이 바로크라면 말이다. 성실에 진력이 난 셀리데는 그 은밀한 자유의 욕구를 일라스(Hylas)[96]의 이데올로기로 만들어 밀고 나갈 수 없다. 자유에 대한 욕구와 함께, 평판에 대한 두려움, 오래된 사랑에 대한 책임감, 게다가

✝

94 오노레 뒤르페(Honoré d'urfé)의 전원 소설 『아스트레』의 인물로서 상대방의 가치에 대한 인식에서 출발하여 의지와 희생으로 완전한 합일을 이루는 사랑관을 피력한다.(*Cf.*, Garapon, *op.cit.*, pp.83~90)

95 Jean Rousset, *La littérature de l'âge baroque en France*, José Corti, 1983, p.44.

96 실방드르에 대립하는 사랑관을 가진 『아스트레』의 인물. 마레샬(Mareschal)의 『일라스의 변덕(*l'Inconstance d'Hylas*)』을 위시해서 많은 전원극에 등장한다. 그의 대사 "너무 길게 가는 모든 기질이 내겐 불쾌해"(Rousset, *Ibid.*, p.41에서 재인용)를 90쪽 하단에서 91쪽으로 이어지는 셀리데의 독백과 비교해볼 것. 일라스가 자유의 권리를 내세워 즐기는 상태를 셀리데는 불안과 의혹으로 바라보며 벗어나고자 한다.

상대의 마음을 완전히 소유하고픈 욕구까지 뒤엉켜 공존하기 때문이다. 이 복잡한 요구를 한 번에 해결할 방법으로 채택된 가장(déguisement)의 방식은 이 극의 모든 혼란의 원인이 되었고, 그 와중에 인물들은 모두에게 고루 할당된 배신(행하고 당한)의 체험을 쓰라리게 겪는다.

바로크의 현란함으로 장식된 불투명한 세계, 중심 없는 세계에서 거품처럼 가볍게 부유하는 기쁨 대신, 코르네유는 매우 현실적인 상황의 불확실성 속에서 인물들이 마주치는 혼란과 고통을 그린다. 희극에서? 희극에서. 그리고 바로 비극이 될 뻔한 이 드라마를 희극으로 구해내는 방식에서 진정 코르네유적인 "고독자의 길"[97]이 나타나지 않는가? 가장과 타협의 방식을 단호히 거절하고 자기 결단에 의지하게 되는 리장드르와 도리망에 의해 출구가 마련되는 것에서 말이다.

라신의 비극에서 '사랑하다'는 동사는 자동사라고 롤랑 바르트(R. Bartes)가 말한 바 있다. 라신에게서 사랑은 부정하거나, 억누르거나, 감추려 해도 의식과 이성의 통제를 뚫고 표면으로 떠올라 주체의 주체성을 장악해버리는 절대적 **상태**이다. 코르네유에게 사랑은 언제나 **관계**다. 그 사랑은 절대적이지 않다. 그 사랑은 두 사람의 합일을 의미하지도 않는다. 사랑은 자기 성실성을 담보로 타자의 성실성을 약속받을 때 유지된다. 달콤하지만 자유의 제약이다. 『팔레 상가』는 코르네유가 요약한 극행동 구조를 따르고 있지만, 책략가의 훼방은 극행동의 근본적 동인

97 Rousset, *op.cit.*, p.52.

이 아니다. 극행동의 진정한 동인은 어떤 장애도 없이 오래 지속된, 안정되고 공인된 사랑 자체에서 일어난 '변심'(코르네유의 초기 희극에 자주 등장하는 'change')이요 자기동일성(identité)의 파열이다. 그것은 주체 내부에 갈등과 불안을 야기한다. 자기동일성의 파열이 야기한 불안은 곧 이타성(altérité)의 문제를 제기한다. 자기를 알 수 없다는 의식은 너를 알 수 없다는 의혹으로 전이되고, 이 의혹은 세상 전체에 만연된 기표들의 불안정성으로 확산된다. 불안정한 세계에 불안정한 상태로 존재하는 코르네유의 애인들은 자기 사랑을 영원히 유지할 이유도 끈기도 스스로에게서 발견하지 못한 채, 그들의 연약한 행복을 깨뜨리려는 갖은 외풍 속에 위태롭게 서 있다.『팔레 상가』는, 모욕을 받아들이고 성실을 지키기로 결심하는 리장드르, 기만과 술수를 거부하는 도리망을 통해 거기에 대항하는 한 방식, 한 가능성을 제시한다. 먼저 아롱트의 사주에 흔들리도록 함으로써 아주 조심스럽게, 아주 희미하게이기는 하지만 말이다. 내적 갈등을 해소하고, 타자에의 종속성에서도 탈피하고, 부유하는 마음을 고정시킬 추를 찾는 몸짓이, 마음의 갈등을 주제로 삼은 이 극에서 반작용처럼 고개를 들고 있는 것이다.

『시녀(*La suivante*)』

크리장트(이폴리트의 어머니)
두 쌍의 결혼이 내 마음을 황홀하게 하는구나.

플로리스

그렇지만, 기쁨이 모두에게 꼭 같도록,

나리와 마님의 결혼식도 올리셔요.

크리장트

우리 두 사람 모두 식어버린 나이인데다

그건 너무 희극의 결말 느낌이 들겠지.[98]

『팔레 상가』는 위와 같은 대사로 끝난다. 사기와 계략이 아니라 사랑이라는 정념 자체에 스며든 권태와 의혹을 드라마의 동인으로 삼아, 내적 분열, 타인에 대한 종속성, 분노와 수치 등 갖가지 '영혼의 경험'을 다루었던 그 극을 아슬아슬하게 희극으로 구해내는 결말이 지나치게 인위적으로 느껴졌던 것일까? 아무튼 코르네유는 『팔레 상가』에서 희극의 위기를 경험했음에 틀림없다. 왜냐하면, 『팔레 상가』에 이어 상연된 『시녀』에 부친 헌사에서 그가 다음과 같은 말로 희극을 정의하고 있기 때문이다.

원칙적으로 사기와 계략이 희극 놀이에 속하는 것이다. 정념들이 거기 끼어드는 것은 오직 우연에 의해서일 뿐이다.[99]

『팔레 상가』의 희극성을 스스로 의심하는 듯한 이러한 정의,

✠

98 『팔레 상가』, 5막 막장, 1822~1826행.
99 『시녀』의 「편지(Epitre)」 I, p.387.

지금까지 살펴본 세 편의 희극이 점점 더 심각해지고 어두워져 가고 있었다는 사실, 이어 1633~1634년, 같은 시즌에 『시녀』 와 『르와이얄 광장』을 무대에 올린 후 그의 최초의 비극 『메데 (*Médée*)』(1635)가 씌어진다는 사실, 다시 사랑과 자유를 대립 시키게 될 다음 작품 『르와이얄 광장』의 알리도르와 비극 인물 들 사이의 유사성을 지적하는 비평가들이 많다는 사실 등은, 『시 녀』가 비극으로 넘어가기 전에 마지막으로, 사기와 계략을 이용 한 순도 100퍼센트의 희극을 만들려는 의도에서 창조된 작품이 아닐까 하는 추정을 가능하게 한다. 나달의 다음과 같은 평가는 그런 추정의 일례가 될 것이다.

코르네유는 『시녀』에서, 이 작품을 눈부신 것이 되게 할 만큼, 모 호함과 착각의 **요정 나라**에서 온전히 솟아난 희극성의 방식을 확실히 한다. 『르와이얄 광장』에 가면 그는 희극을 다시 성격과 심정의 텍스 트 자체로 가져온다. **일련의 희극들 속에서 잘 자리 잡고 있는** 『시녀』, 다른 희극들과 너무도 비슷한 『시녀』에는, 오직 『르와이얄 광장』에서 만 분명하게 재발견할 수 있는 **어떤 특정 입장**이 있다. 그러나 전자와 후자에서 극작가가 추구하는 목적은 같지 않다. 『시녀』는 착각을 진 전시키고, 『르와이얄 광장』은 성격을 진전시킨다.[100]

나달은 여기서 희극성을 보존하기 위해 『시녀』가 취한 방식을 비현실적인 것으로 규정하고 있으며, 그것을 사랑에 관한 코르

✤

100 *Ibid.*, p.105. 강조 필자.

네유의 공상적(romanesque)이고 프레시오지테적인 인식에 연결시킬 것이다.[101] 과연 그럴까? 우리는 오히려, 코르네유가 겉으로는 공상적이나, 사실은 매우 현실적인 극행동을 통해 인물들의 관계를 흔드는 내적 동기(심정)와 외적 동기(사회적 질서)를 번갈아 탐구하고 있음을 확인시켜준다는 의미에서『시녀』가 '잘 자리 잡힌' 위치에 놓였다고 생각한다. 이 극이,『과부』에 이어 두 번째로 사회적 신분을 제목으로 삼고 있다는 점이 벌써 그것을 명시한다.

극행동

> 플로람은 테앙트의 소개로 아마랑트를 만나 그녀를 사랑하게 되었지만, 지금은 그녀의 상전인 다프니스를 향해 테앙트와 경쟁하는 관계다. 아마랑트는 플로람을 지키기 위해 테앙트를 돕고 있지만, 다프니스가 플로람에게 마음이 기운 것을 알고는 그 사랑을 훼방 놓기로 결심한다. 다프니스의 아버지 제라스트가 플로람의 누이 플로리즈에게 반해 결혼을 희망함으로써 사정은 더욱 복잡해지고, 거기에 제3의 구애자 클라리몽까지 가세한다. 중매쟁이 셀리를 통해, 플로람은 제라스트에게 누이 플로리즈를 줄 테니 자기에게 다프니스를 달라고 제안한다. 제라스트는 플로람의 제안을 받아들이고, 딸 다프니스에게 그녀의 사랑을 승인한다고(플로람의 이름은 말하지 않고) 말하는데,

✢

---

101 *Cf., Ibid.,* p.190.

뒤이어 딸의 애인이 클라리몽이라는 아마랑트의 거짓말에 넘어가 승인을 거둬들이고, 자기가 정해주는 사람(이번에도 상대의 이름은 말하지 않고)에게 시집갈 것을 명령한다. 아버지의 돌변에 두 연인은 절망에 빠진다. 그 와중에 또 다른 친구이며 세 구애자 사이에서 첩자 노릇을 하던 다몽은 테앙트와 플로람에게, 이어 플로람과 클라리몽에게 결투를 사주하는데…… 제라스트에게 그가 원하는 결혼이 성사되지 않으면 자기 조카 클라리몽을 사위로 받아달라고 온 플레몽에게 제라스트가 그러마고 말하는 장면을 본 중매쟁이 셀리가 분노하며 비난하자, 제라스트는 당사자를 모두 모아 자기의 신의와 권위를 증명하겠다고 한다. 모두 모이자 곧 아마랑트의 거짓이 탄로난다. 아버지의 승락을 받은 다프니스와 플로람, 플로람의 누이를 아내로 맞이할 희망에 부푼 제라스트가 서두르며 무대를 빠져나가고, 덩그러니 남은 아마랑트가 그들과 세상을 저주하며 막이 내린다.

이 허망하리만치 복잡한 『시녀』를 출판(1637)하며 코르네유는 익명의 수신자에게 보내는 「편지(Epître)」[102]에서 까다로운 고전주의 입법가들에 맞서, 이렇게 쓴다.

✤

102 이 「편지」는 1637년을 달군 『르 시드』 논쟁 중에 쓴 것이다. 『르 시드』를 공격했던 아카데미 문사들의 비판을 담은 「『르 시드』에 관한 아카데미 프랑세즈의 소견(Les sentiments de l'Académie française sur le Cid)」은 같은 해 11월 26일에 출판 허가를 받았다. 이 「편지」에 당당함뿐 아니라 신랄함까지 담긴 것은 이런 사정 때문일 것이다.

저마다 자기의 방식이 있다. 나는 다른 이들의 방식을 전혀 비난하지 않으며, 내 방식을 고수할 뿐이다. 지금까지 나는 내가 아주 잘해왔다고 생각한다. 내가 틀렸다고 생각되면 더 나은 방식을 찾을 것이다.[103]

우리는 상연되기 위한 시를 만들고 있으므로, 우리의 첫째 목적은 궁정과 관중을 즐겁게 하는 것이요, 상연에 많은 사람을 불러들이는 것이다. 만일 가능하다면 규칙들이 거기에 더해져야 한다. 학자들을 불쾌하게 만들지 않고, 만장일치의 박수를 받기 위해서 말이다. 그러나 무엇보다 관중의 찬동을 얻도록 하자. 그러지 못한다면 우리의 작품이 아무리 규칙적이어도 소용없다.[104]

여기서 보이는 당당함은 "이것은 나의 습작"이라며, 출판함으로써 오히려 작품의 성가를 떨어트릴 것을 염려하는 『멜리트』작가의 겸손[105]과 얼마나 멀리 떨어져 있는가. 이 당당함에는 자기 작업의 비밀과 기술에 통달하고 관중의 사랑을 받는 데 성공한 작가의 자부심이 녹아 있다. 그리고 이 자부심이 『시녀』에 이르러 숨김없이 드러난다는 점이 코르네유 희극의 진화 과정에서 이 작품이 지닌 첫번째 의의가 된다. 왜냐하면, 이 당당함과자부심은 규칙에 정면 도전하여 그것의 가치를 부정하는 사람

✛

103 『시녀』의 「편지」, I, p.385.
104 *Ibid.*, p.387.
105 『멜리트』의 「독자에게」(1644), I, p.5. 이 겸손도 비극 작가로도 성공한 후의 여유를 보여주는 것이니, 완전히 진실한 겸손은 아니다.

의 것이 아니라, 그것을 자기의 것으로 정복할 수 있었던 사람의 자신감에서 우러나오는 것이기 때문이다. 과연 코르네유는 「검토」에서 몇 가지 결함이 없지 않으나, 충분히 규칙적인 작품으로 『시녀』를 평가한다.[106] 그리고 우리는 『시녀』를 충분히 규칙적인 것으로 만들 수 있었던 그의 만족감을 수긍할 수 있다. 코르네유가 처음으로 삼단일 법칙을 완전히 만족시킨 『시녀』가 어떤 작품보다 혼란스럽고 복잡한 줄거리를 가지고 있기 때문이다. 거기에는 전작에서 다루어진 모든 소재가 한꺼번에 엉켜 있다. 플로람과 다프니스의 관계를 이 연극의 주축으로 놓으면, 테앙트, 플로람, 아마랑트, 다프니스의 관계는 『멜리트』와 『과부』『팔레 상가』를 포개놓은 것과 같은 관계를 이룬다.

에라스트가 사랑에 냉소적인 티르시스를 멜리트에게 소개하듯이(『멜리트』) 테앙트는 플로람을 자기 애인 아마랑트에게 소개한다. 테앙트는 아마랑트를 우정 때문에 플로람에게 양보하는 듯 꾸미고 있으나 실상 그것은, 알시동이 자기 목적을 위해 애인 도리스를 셀리당에게 양보하듯이(『과부』) 아마랑트에게서 벗어나 다프니스와 맺어지기 위해서다. 플로람은 아마랑트에게 연인 연기를 하지만, 마치 알시동이 클라리스에게 접근하기 위하여 도리스의 연인으로 가장한 것처럼(『과부』), 아마랑트의 상전 다프니스에게 접근하기 위해서다. 아마랑트는 이폴리트가 셀리데와 리장드르의 사이를 이간질하려 거짓을 꾸며내듯(『팔레 상가』), 막마다 거짓으로 관계를 교란시킨다. 여기에 더하여, 이폴리트

✛

106 『시녀』의 「독자에게」, I, p.390.

에게 가혹한 푸대접을 받는 도리망(『팔레 상가』)처럼 다프니스에게 냉대를 받는 제3의 추종자 클라리몽이 개입하고, 플로람의 동생 플로리스에게 반한 다프니스의 아버지 제라스트의 연사까지 끼어들어 이야기는 뒤죽박죽으로 돌아가다 일시에 해결된다.

이처럼 복잡한 줄거리를 의식해서, 코르네유는 「검토」에서 테앙트의 계략과 아마랑트의 계략이 극행동의 단일을 위반하고 있다는 비판을 반박한다. 두 계략이 동시에 이루어지고, 하나가 실패한 뒤 다른 하나가 생기는 것이 아니며, 테앙트의 계략은 저절로 파괴되므로 아마랑트의 사기만이 진정한 매듭이라는 것이다.[107]

그런데 위에서 보이듯, 플로랑트에게는 플로랑트의 계략이 있었고, 제라스트에게는 제라스트의 계획이 있으며, 테앙트와 플로람 사이를 오가며 서로에게 서로의 계략을 폭로하고 둘 사이의 결전을 유도하려는 친구 다몽마저 그 나름의 계략을 가지고 이 소란스러운 각축전에 참여하고 있다. 이렇게 모두가 자기 계략의 중심 인물이 되어 음모에 몰두해 있고, 거의 모든 막마다 새로운 인물이 등장[108]하여 관계를 변화시키는 극에서 어떻게 '극행동의 단일'이 가능해지는가? 모두가 하나의 계략을 가지고 움직이되, 그 계략들이 욕망의 공동 대상인 다프니스를 향하여 서로를 이용하고 방해하게 함으로써 가능해진다. 테앙트는 플로람을 이용하고, 플로람은 아마랑트를 이용하며, 아마랑트는 클라리몽을 이용한다. 동시에 다프니스는 아마랑트를 방해하고 아마랑트는 플로람을 방

☧

107 *Ibid.*, p.389.
108 2막: 제라스트. 3막: 클라리몽. 5막: 폴레몽.

해하고 플로람은 테앙트를 방해한다. 이처럼 타인에게 의존하여 자기의 계획을 관철하고, 타인을 염탐하여 진의를 파악하고, 타인을 이용해서 남의 계획을 분쇄해야 하는 인물들은 최종 목표인 다프니스의 집 앞에서 만나 서로를 떠보고, 들키지 않으려 도망치며 '장소의 단일'과 '장면의 연속'을 충족시킨다.

그런데 이미 1막에서 다프니스와 플로람의 관계가 예견되고, 2막 1장에서 플로람의 누이에 대한 제라스트의 연정이 밝혀지는 이상, 해피엔딩은 처음부터 결정된 것이나 다름없다. 코르네유의 말대로 "그들을 불화하게 한 것이 오해에 불과하고, 그 오해는 제라스트, 플로람, 다프니스, 이 세 사람이 함께 있지 않는 한에서만 유지될 수 있는 오해일 뿐이므로",[109] 아마랑트의 갑작스런 기지로 우연히 시작된 이 오해는 조만간 풀릴 수밖에 없다. 그리하여 이 극의 시간은 법칙이 요구하는 범위 중에서도 가장 제한된 범위인 '상연의 시간'을 "거의 초과하지 않게 된다".[110]

이렇게 『시녀』는 차례로 새로운 인물을 등장시키고, 각자 자기 연극의 연출자가 되어 타인의 연극을 파괴하는, 다중심의 형태[111]를 취함으로써 집중과 밀도를 지향하는 고전주의 공식과는 정반대의 전략으로 고전주의 극작술의 법칙을 충족시킨다. 마지막 한 쌍이 남을 때까지 파트너를 바꾸며 빠른 리듬으로 돌아가는 원무처럼 말이다. 장의 중간에 등·퇴장[112]이 이루어지는가 하

✠

109 『시녀』의 「검토」, I. p.417.
110 *Ibid*.
111 *Cf*., Rousset, *op.cit*., p.205.
112 *Cf*., 2막 4장.

면, 비정형적인 장면[113]이 연속되며 무대 안의 인물들은 빠르게 교체된다. 숙고하고 분석하는 긴 독백이 사라지고, 서정적 대사와 논쟁의 장면도 사라진다. 이렇게 부산스러운 연극에서 코르네유 자신이 지적한, "다른 극들에서보다 허약한 문체"[114]는 결함이라기보다는 형식에 부합하는 필연이었다고 말할 수 있을 것이다.

압축된 시간/분산된 이야기, 축소된 장소/증가한 움직임, 적극적 행위가 없는, 따라서 실제적 위기와 절정이 없는 평면적 극행동/순간적 거짓들이 빚어내는 예측 불가능성과 속도감. 이렇게 요약할 수 있는 이 극의 외적 특성들은 어떤 인간적 사실들을 그려 보이는가? 이제 극행동을 구성하는 내적 구조를 분석하여 이 물음에 답함으로써, 우리가 "현실 탐구, 인간 탐구의 과정"으로 파악하고자 한 코르네유 초기 희극에서 『시녀』가 점하는 위치를 규정할 차례다.

인물

위에서 언급했듯이 코르네유는 전작에서 취급한 인간관계의 행태들을 『시녀』에서 모두 반복한다. 그것도 이야기의 진전에

✛

113 한 인물의 등장과 동시에 다른 인물이 퇴장하여 전형적인 장 바꿈 같지만, 실은 한 인물을 다른 인물이 보지 못하도록 차단하는 경우인 1막의 5장과 6장 사이, 4막의 4장과 5장 사이, 그 밖에 설명 없이 인물들이 자리를 뜨는 경우들(1막 8장, 3막 10장, 4막, 3장, 5막 3장).
114 『시녀』의 「검토」, I, p.388.

따라 펼쳐놓는 것이 아니라 단숨에 제시한다. 그것이 시간에 따라 펼쳐지는 극의 내용이 아니라 출발점이라는 말이다. 극이 시작되자마자, 1막 첫 장에서 우리는 아마랑트를 플로람에게 넘겨주고 다프니스를 얻으려는 테앙트의 계략을 알게 되고, 그 계략이 한 수 높은 플로람의 계략에 다시 이용되었음을 알게 된다.

> **테앙트**
> 이 무슨 치명적인 불행으로
> 내 스스로 연적에게 문을 열어주었더란 말인가?
> 내 아무리 몇 가지 꾀를 자랑해보아도
> 아마랑트를 속이면서 내 자신이 속고 있구나.
> 내가 원하는 바를 쉽게 이루려고 고른 친구가
> 그것을 내게서 앗아갈 궁리만 하는구나.(1막 2장, 87~92행)

결국, 두 사람 다 아마랑트를 이용하여 다프니스를 얻으려 노력하고 있는 것인데, 정작 아마랑트는 그들의 계략을 모두 통찰하고 있을 뿐 아니라, 다프니스의 마음이 플로람에게 기울고 있다는 것까지 간파하고[115] 계략을 써서 그들 사이를 훼방하기로 결심한다. 처음부터 같은 목적으로 같은 수단을 쓰고 있는 것으로 제시된 이들의 유사성은 극이 진행될수록 여러 차원에서 확인

✠

---

[115] 아마랑트: 마음의 움직임을 아무리 모르는 사람이라도,/그녀가 플로람에게 화가 난 것을 금방 알겠다./내가 짐짓 나에 대한 그의 충심을 자랑하니까/세게 얻어맞은 듯했어./(······)/내가 보기에 가장 덜 질투하는 게 테앙트야./그 점을 눈치 챈 것이 오늘 일이 아니지./(······)/플로람도 마찬가지, 그녀와 말하고 싶어 죽을 지경이지.(1막 9장, 317~331행)

된다. 플로람과 테앙트는 다프니스의 애인 자격에서 보아도 평등할 뿐 아니라,[116] 다프니스를 얻기 위해 아마랑트를 친구에게 넘기는 행위(테앙트)와, 같은 목적에서 서슴없이 누이를 넘기는(플로람) 행위에서도 동질성이 드러난다. 세 청년(플로람, 테앙트, 클라리몽)에게서 사랑받는 다프니스와 모두로부터 버림받는 아마랑트도 매력에서 차이가 없고,[117] 불화를 야기하고 혼란을 불러온 아마랑트의 앙심은 상전 다프니스의 거만함과 잔인성에 상응한다.[118] 이처럼, 이름마저 전작의 등장인물들을 연상시키는 인물들에게서 우리는 전작의 인물들로부터 도출하였던 모든 특성, 리트만(Th. Litman)이 지적한, "서로에게 거짓되고 고약한", "이기적이고 잔인한 청춘"[119]의 특성들을 고스란히, 더욱 강화된 상태로 재발견한다. 그리고 모두가 공유하는 그 특성은 개별성을 구성하는 것이 아니라 오히려 무화시킨다. 그래서 "빨리 읽으면 구별이 되지 않고", "개성적 인격(personne)을 지닌 인물(personnage)은 전혀 없다"[120]는, 희극 인물들에 대한 두브로브스키의 지적은 『시녀』에 이르러 종합적 평가와 같은 무게를 얻는다.

그럼에도 불구하고 이들은 전작의 인물들에 대하여 몇 가지

---

116 테앙트: 우리 둘의 조건이 똑같으니, 우리의 사랑은/그녀에게 똑같이 수치스럽거나, 똑같이 명예로울 수밖에 없다.(1막 3장, 119~120행)

117 균형을 위하여 코르네유는 아마랑트의 매력을 줄곧 강조한다. 아마랑트의 매력은 '강력한(puissant)'(1막 1장, 9행) 것이며, 다프니스를 얻기 위한 경쟁에서 플로람에게 패배한 뒤에까지 테앙트는 이렇게 말한다. "그녀의 모습은 전혀 내 머리에서 지워지지 않았다./하지만……"(5막 1장, 1410행)

118 *Cf.*, 아마랑트를 속임수로 조롱하는 2막 4장, 3막 10장 전체.

119 Théodore Litman, *Les comédies de Corneille*, Nizet, 1981, p.100.

120 Serge Doubrovsky, *op. cit.*, p. 35.

구별점을 갖는다. 우선 위에서 보듯이 그들은 이미 『멜리트』의 인물들의 특성이었던 '잘 속는 성질'[121]을 가지고 있지 않다. 여전히 남을 이용하고 속일 수 있다는 가능성을 믿고 있지만, 서로 상대의 마음을 꿰뚫어 보고 있기도 한 것이다. 또 그들은 이제 전작의 인물들을 격정으로 부풀렸던 그 근거 없는 자부심을 갖고 있지 않다. 극이 시작되면서부터 "매순간 서로(다프니스와 플로람)의 눈 안에서 둘의 시선이 얽히며", "그 말없는 대변자가 사랑의 번민을 너무도 잘 말해주고 있음"[122]을 직시하고도 테앙트가 여전히 희망을 놓지 않는 것은 고작, 플로람과 자기의 처지가 "동일하다"[123]는 데 한한다. 마침내 패배가 확정되었을 때에도 그는 "알랑거리는 배신자를 나보다 더 사랑한"[124] 여인에게 에라스트가 품었던 것 같은 분노와 원한(『멜리트』)을 품지 않는다. 다몽은 플로람과 테앙트의 결투를 사주해보지만, 테앙트는 실리가 없다며 거부한다.

> 테앙트
> 결투는 해로워, 그리고 결투를 하게 된들,
> 우리 둘 다 그녀를 얻지 못해.
> 우리 중 하나는 죽고, 하나는 달아날 테니,
> 제삼자가 그 수고의 열매를 가질 거야. (2막 13장, 649~652행)

✠

121 『멜리트』의 「검토」, I, p. 6.
122 1막 2장, 101~105행.
123 1막 2장 119행.
124 『멜리트』, 2막 3장, 469행.

다시 다몽이 클라리몽을 내세워 결투를 시켜보려 하지만;

다몽

플로람과 그〔클라리몽〕 사이의 무모한 결투로

두 사람 모두 대가를 못 얻게 하면 가장 확실치 않을까?(2막 13장,

663~664행)

그 역시 소득이 없으리라는 현실적인 판단으로 포기된다. 전작의 인물들을 자살, 실성 같은 극단적인 상태로 몰아갔던 패배의 상황은 불쾌한 현실에 등 돌리고 고요히 무대를 떠나게 하는 '멜랑콜리'를 유발할 뿐이다.

(……) 잘 생각해보면,

그들이 싸우고 안 싸우고 간에, 그저 내 희망일 뿐,

(……)

(……) 게다가 그의 죽음이

그에게서 그런 보물을 앗아간다고 해서, 그걸 내게 주지는 않지.

(5막 1장, 1371~1376행)

그들을 내버려두고, 이탈리아로 갈 생각이네.

내 멜랑콜리를 달래고,

나의 야심에 찬 마음이 원했던 대가를

플로람이 내 눈앞에서 뽐내는 걸 보지 않기 위해. (5막 1장, 1405~

1408행)

이처럼 적극적 행동이 사라진 무대에는 착각과 오해라는 가벼운 헛소동만이 남는다. '정념'뿐 아니라 심각한 위기도 배제된 채 말이다.

여기서 우리는 인격의 차원에서는 아니더라도, 적어도 사태 판단에서는 성숙이라고 할 만한 것을 발견한다. 그들은 이제 더 이상 "오직 사랑에만 내재된 위험 속에서 결합하고 결별하는"[125] "야성적이고 격렬한"[126] 풋내기들이 아니다. 그들은 자신의 처지를 잘 알고 있다. 놀랍게도 그것은 약자의 처지이고, 이것이 『시녀』의 인물들과 전작의 인물들 사이의 가장 중요한 차이이다. 사회화의 첫 단계에서, 매혹적인 타인의 출현이 안겨준 번민을 겪던 인물들은(『멜리트』) 지위와 재산의 차이라는 사회적 조건의 구속을 의식하고(『과부』), 사랑이라는 정념의 가변성을 체험한 뒤(『팔레 상가』), 『시녀』에 이르면 이제 정념보다 분별이 앞서는 사회화의 마지막 단계를 보여준다.

세상

그렇다면, 이들의 처지를 만들어내고, 귀족이라는 신분으로서는 조롱거리가 될 만한[127] 이 분별심을 만들어준 것은 무엇일까? 그것은 돈의 지배가 절대적인 것이 된 사회적 질서이다.

✦

---

125 Nadal, *op.cit.*, p.116.

126 *Ibid.*, p.116.

127 다몽: "그녀가 너를 결투하게 만들까 봐 겁나는 모양이구나."(5막 1장, 1411행)
테앙트: "불행한 자를 조롱하는 것은, 너무 잔인해."(5막 1장, 1412행)

이미 코르네유는 『과부』에서 인간관계에 개입하는 돈의 위력을 그려 보였다. 그러나 『과부』에서 재산과 신분의 차이는 서로 사랑하는 클라리스와 필리스트에게 사랑의 '고백'을 어렵게 하는 장애였을 뿐이다. 반면 『시녀』에서 돈의 지배는 절대적인 것으로 자리 잡고 있어, 귀족 계급 내부에서조차 신분적 단절을 만들어 부유한 다프니스를 향한 가난한 청년들의 구애는 주제넘은 일이 되고;

아마랑트

그는 아가씨 마음에 들겠다는 허영심을 품고 있죠.

다프니스

그런 경우엔, 지나친 걸 바라는 주제넘은 자들을
내가 마땅히 벌할 줄 안다는 걸 보게 될 거야.(1막 8장, 306~308행)

아마랑트를 이용하지 않고서는 다프니스에게 접근할 수도 없게 한다.[128] 그런데 바로 이 금지가 그 대상에 대한 욕망을 자극하고,

✿

128 베르회프는 사랑하는 대상에게 접근하기 위해 타인을 이용하는 코르네유의 남자 주인공들의 특징적 태도를, 모롱(Cf., Mauron, op.cit., pp.244~269)의 분석에 의거하여, 여성 앞에서의 심리적 공포로 설명한다(Cf., Verhoeff, op.cit., p.59). 대상과의 직접 대면을 회피하는 이런 태도는 폴리왹트(『폴리왹트』)에게서까지 찾아볼 수 있으니 이들의 분석은 일면 타당하다. 그러나 돈 많은 처녀를 배우자로 맞이하려는 가난한 청년들로 설정되어 있는 여기서는 물론이요, 폴리왹트도 지배국 총독의 딸을 아내로 맞이한 피지배국의 귀족인 점을 생각하면, 이런 태도는 심리적인 동시에, 또는 그에 앞서, 사회적인 것이라 할 수 있다. 다프니스의 오만이 잘 드러나 있는 위의 인용문이 짐작케 하듯이 말이다.

결혼에 사회적 성취라는 새로운 매력을 부여하여 친구였던 젊은
이들을 경쟁하게 만드는 것이다.

> **테앙트**
> 그녀[아마랑트]를 향해 나를 몰아대는 열정에도 불구하고
> 결국 나는 그녀의 상전을 향해 눈길을 돌렸네.
> 보다 높고 보다 지성스러운 나의 계획은
> 훨씬 영광된 성공을 다짐하고 있어.(1막 1장, 13~16행)

> **다몽**
> 아마랑트를 섬기는데 그[플로람]는 대단히 공들이고 있지.
> (……)
> 그렇게 해서 너의 다프니스가 자기를 만나는 데 익숙해지게 하려
> 는 거지.
> (……)
> 그녀의 재산은 그를 능가하고, 그는 그녀와 신분은 같으니,
> 그녀를 얻음으로써, 야심차게도,
> 자기 가문의 광채를 더 높이려는 거야.(1막 1장, 69~76행)

『과부』의 인물들 누구도 돈이 추구해야 할 가치이며, 결혼에
서 고려되어야 할 최우선의 요건이라고는 여기지 않았다. 돈의
지배는 누구나 인식하고 있는 필요악 같은 것으로 거론된다. 부
유한 청년과 딸을 맺어주려는 어머니의 배려는 '탐욕'으로, 그
혼사는 '더러운 거래'요, '가증스러운 장사'로 불렸다. 그러나

『시녀』의 인물들은 돈이 개입된 연사(戀事)를 파렴치한 배금주의로 여기지 않을 뿐 아니라, 경쟁자가 아닌 친구에게라면, 숨겨야 할 것으로조차 생각하지 않는다. 오히려 그것은 '영광'과 '가문의 광채'를 얻는 일이요, 변덕스러운 심정의 정열을 이기는 '야망'인 것이다.

　다프니스가 플로람을 사랑하게 되었다는 사실, 가난한 청년(플로람)과 부유한 처녀(다프니스)의 혼인이 결국 성사되었다는 것이 돈의 지배에 대한 사랑의 승리를 의미하는 것일까? 전혀 그렇지 않다. 애초부터 플로람의 사랑이 순수하지 않았다는 사실 때문에도 그렇지만, 돈의 절대적 지배권을 알기에 '기적'[129]으로 여겨진 이 둘의 결합을 현실적으로 성사시키는 것은, 플로람의 누이를 향한 늙은 아버지 제라스트의 사랑의 승리이고, 그 승리는 실상 돈의 승리이기 때문이다.

　　그녀에게 날 잘 말해주고, 내 모든 것을 약속해주게.
　　늙은이의 사랑이 그녀를 성가시게 한다면,
　　재산의 발판을 마련하는 셈이라고 말하게,
　　넘치는 내 재산과 많고 많은 선물이
　　늙은 나이 탓에 부족한 원기를 보충해줄 거라고 말하게.(2막 1장,
352~356행)

　이렇게 해서, 플로람과 제라스트 사이에 동생과 딸을 교환하

129　3막 9장, 930, 931행.

는 '거래'가 이루어진다.[130] 이러한 교환의 과정에서 그들은 문제가 된 인물들의 감정을 전혀 고려하지 않는다. 가장의 권위는 소유의 권리여서, 제라스트는 자기 욕망의 충족을 위해 딸을 줄 수 있고, 플로람은 제라스트가 "따님을 내게 주면, 단숨에 우리 가족 모두를 얻게 될 것"[131]을 장담한다. 코르네유는 끝내 플로람의 여동생 플로리즈를 등장시키지 않음으로써, 『과부』에서 도리스가 오빠와 어머니를 향해 퍼부었던 저항의 말[132]조차 담길 여지를 『시녀』에 남기지 않는다.

이런 점에서, 코르네유가 종전에 해오던 대로(『멜리트』, 『과부』), 사랑의 대상인 여주인공이 아니라, 버림받고 패배하는 아마랑트를 타이틀 롤로 삼은 사실을 주목할 필요가 있다. 그녀가 잠시나마 실효를 거둔 거짓을 통해 이 극의 우여곡절을 창조하는 연출가라는 이유, 돈 때문에 추구되는 결혼과 거래에 의해 성사되는 혼사를 교란함으로써 돈이 지배하는 질서에 대항하는 역

✠

130 제라스트와 플로람의 거래는 줄 것이 있는 자만이 사랑을 얻는다는 사실을 말해준다. 제라스트는 부자이기 때문에 플로리즈를 얻을 수 있는 가능성을 갖게 되고, 플로람은 플로리즈를 줄 수 있게 되었기 때문에 다프니스를 요구할 수 있다. 베르회프는 플로람이 자기 누이를 줌으로써, "자기 아이들을 마음대로 하는 아버지 권력의 찬탈자가 되고" "이 새로운 아버지는 전통의 아버지와 마찬가지로 권위적"이라고 말한다(Verhoeff, *op.cit.*, p.75). 이처럼 코르네유의 젊은이들은 기존 질서에 반항하는 것이 아니라 그것을 계승 체화한다. "몰리에르에게서라면 반항하는 젊은이를 만나게 될 지점에서, 코르네유는 이 〔거래〕에 동의하고 있다"(Litman, *op.cit.*, p.102)고 한 리트만의 지적도 같은 사실을 강조한다. 코르네유가 동의까지 하고 있는가는 문제삼을 수 있으나, 적어도 흔들 수 없는 '사물의 법칙'으로 여기고 있음은 분명하다. 지금까지 등장한 부모의 역할에서 보다 훨씬 강화된 제라스트의 권력은 사회적 질서의 경화를 상징하고, 바로 그가, 오직 그가, 이 극을 희극으로 끝낼 수 있게 했다는 점에서 그 질서의 절대성 또한 상징한다.
131 3막 1장, 689~690행.
132 *Cf.*, 『과부』의 4막 9장.

할을 담당한다는 이유에서만이 아니다. 귀족이면서도 가난하기 때문에 일종의 '계급탈락자'로 제시된 아마랑트의 지위 자체가 그녀를 이 모든 사회적 실상이 드러나는 특권적 자리로 만들고 있다는 사실 때문이다. 아마랑트는 표면적으로 전작에서의 유모 및 하인들의 역할을 계승하고 있지만, 귀족이고, 상전과 연적의 관계에 있으면서, 자기 목적을 위해 싸우고 있다는 점에서 그들과 구별된다. 그런데 위에서 보듯 돈이 사랑이라는 정념마저 구속하는 사회, 그래서 제라스트가 말하듯, "조건이 평등치 않을 때, 사랑은 성실하게 이루어지지 않는 것"[133]이 불문율이 된 사회에서 아마랑트의 싸움은 질 수밖에 없게끔 예정되어 있다.

돈의 지배는 다프니스와 아마랑트를 명령하는 자와 복종하는 자의 관계로 고착시킨다. "그가 내 마음에 든다면?"이라는 다프니스의 질문에 아마랑트는 "양보할 수밖에 없다"[134]고 대답한다. 아마랑트의 이 대답은, 그 고착 상황에 대한 인종을 내포한다. 아마랑트가 다프니스-플로람을 방해하려 하면서, '원칙들의 수호자'[135]인 제라스트와 부유한 구혼자인 클라리몽을 원군으로 끌어들이는 것도 이런 인종을 바탕으로 한 것이다. 그리고 이 인종은 복종하는 자의 지위에 처하게 할 아마랑트와의 결혼을 '불명예'로 간주하고, 명령하는 자로 떠받쳐줄 다프니스의 간택을 '영광'으로 여기는 구애자들의 가치관을 정당화한다. 이런 상황에서 혈통만 귀족일 뿐 가난한 시녀로 전락한 아마랑트는 설 자리

✠

133 3막 6장, 835~836행.
134 2막 11장, 539행.
135 Doubrovski, *op.cit.*, p.54.

가 없다. 다프니스가 플로람(아마랑트의 애인이었음을 기억하자)과의 밀회를 위해, 괜한 심부름으로, 아마랑트를 거듭 세 번이나 무대 밖으로 내모는 2막 9장은 이들이 사는 세계의 잔인한 질서를 함축적으로 재현한다. 아마랑트가 견뎌야 하는 가혹함, 그녀가 생각해낼 수 있었던 책략의 허약함(그녀를 배척하는 질서의 최고권자인 제라스트를 잠시 속이는)이 전작의 능동적이고 뻔뻔한 모사가들과 이 인물의 대비를 만든다. 아마랑트는 세상의 질서에 맞서 그것을 흔들어보려 휘저은 소용돌이에 스스로 갇혀버린다.

> 다시 또 새로운 미궁에 빠졌구나,
> 오 맙소사! 그 누가 이런 혼란을 경험했단 말인가?
> (⋯⋯)
> 그들 아니면 내 머리가 어떻게 된 거야,
> (⋯⋯)
> 내 약한 정신은 넋이 나가, 아무것도 이해할 수 없구나.(5막 4장, 1481~1493행)

그리고 그 궁지를 벗어나기 위해 자기 계획을 수포로 돌리게 될 상황을 오히려 원하게 된다는[136] 아이러니는 다프니스와 아마랑트 간 싸움의 불공정한 조건이 운명의 차원으로까지 경화되었

---

136 "〔이 혼란을〕 끝장내기 위해서, 셋을 한꺼번에 덮쳐야 해./그래서 저들이 서로 만났을 때, 뭐라고 하는지 들어봐야지./대체 저 알 수 없는 수작들이 다 뭔지 알아내기 위해 말이야."(5막 4장, 1494~1496행)

음을 확인하는 것에 다름 아니다.[137]

*

이렇게 『시녀』의 인물들의 특징, 그들이 관계 맺는 방식, 그리
고 그것의 사회적 동기 등을 살펴보았을 때 우리는 『시녀』가 충
분히 규칙을 만족시킬 수 있었던 보다 깊은 이유를 깨닫게 된다.
동일한 원칙에 의해 동일한 것을 희망하고, 동일한 방식으로 그
것을 추구하는 인물들이 얽혀 있고, 착각과 오해가 야기한 잠시
의 헛소동을 거쳐 결국 원칙의 승리가 확인되는 이야기가 그려
내는 세계상은 시공간의 질적 변화와 열림을 요구하지 않기 때
문이다. 우리는 또 그 세계가 나달이 말한 '요정 나라'[138]와는 아
무 관계가 없다는 것도 확인할 수 있다. 철저히 '현실 원칙'에
의해 지배되고 있는 『시녀』의 세계는 '눈부시다'기보다는 '어두
운'[139] 것이며, "이제 아씨와 더 이상 어떻게 살아야 할지 알 수
없다"[140]는 아마랑트의 대사처럼 "비좁고 살 수 없는(inviable) 세
상",[141] 숨가쁜 투쟁의 세계이다. 그리고 그 투쟁은 세상의 질서

✠

137 『과부』에서도 거의 모든 막에서 '하늘'이 운위되었다(cf. 74쪽 주 63). 『시녀』에서는 5
막 종장에서 아마랑트가 세 번 '하늘'을 부른다(5막 종장. 1679, 1681, 1695행).
138 Cf., 101쪽 나달의 인용문.
139 "『여자들의 학교(L'école des Femmes)』조차 이보다 어둡지 않고, 이보다 잘 끝난다."
(Couton, Corenille, p.25)
140 "아씨와 함께 있으면, 나는 아무것도 간직할 수 없고,/(……) 그렇게 테앙트도 나의
애정을 저버렸는데, 다시 한 번, 아씨는 내게서 플로람을 빼앗네요./(……) 아씨가 계속
이렇게 내 일을 부수면, 이제 아씨와 더 이상 어떻게 살아야 할지 알 수 없네요."(2막 11
장, 540~548행)
141 Douvrovsky, op.cit., p.77.

와 맞서 자기 욕망을 관철시키는 당당한 투쟁이 아니라, 질서를 수락하고, 거짓과 배신, 거래라는 방식으로 질서가 허용하는 틈새를 이용하여, 질서가 부여하는 광채를 얻으려는 싸움이다. 두브로브스키의 말대로 "주체가 세계 질서를 부정함으로써, 자기 왕국을 주장하는 낭만적 확언보다 더 비(非)코르네유적인 것은 없다."[142] 거짓으로 읊어지는 전원극 풍 구애의 표현들조차 방해하려는 사람의 인접성 때문에 짧게 끊기고, 적극적인 행동을 도모할 가능성도 배제된다.

우리는 이미 『멜리트』에서부터 현실 원칙이 인간관계와 언어를 훼손하고 있음을 보았다.[143] 그러나 티르시스에게 그것은 아직 사랑에 구속되지 않은 자의 자유를 뽐내기 위한 허세 또는 잠깐 스쳐가는 걱정거리에 불과했고(『멜리트』), 필리스트에게는 사랑으로 극복해야 할 타락한 세상의 원리였다(『과부』). 『시녀』에 이르면 현실 원칙은 감정마저 지배하는 절대적 원리가 된다.

두브로브스키는 『시녀』가 아마랑트를 통해 "역사의 진화─혈통뿐 아니라 돈도 중요한 계급의 기반이 된─에 의해 위협받는 귀족 계급의 고뇌"[144]를 보여준다고 지적한다. 우리는 이 지적을 더 확장할 수 있다. 역사적 진화가 돈을 다만 중요한 정도가 아니라 절대적인 것으로 만들었다고. 그 점은 아마랑트뿐 아니라, 모든 인물을 통해, 더 정확하게는 위에서 지적한 것처럼, 전작의 인물들과 『시녀』 인물들의 차이, 즉 그들의 사회적 성숙을

✠

142 *Ibid.*, p.54.
143 *Cf.*, 『멜리트』의 '말-진실' 부분, 『과부』의 '말' 부분.
144 Doubrovski, *op.cit.*, p.57.

통하여 드러난다. 그리고 이 성숙은 바로 코르네유의 현실 탐구의 성숙을 의미한다. 그리고 한 작가의 특성, 특정 관점이 이 성숙의 방향으로부터 도출된다고 할 때, 『시녀』가, 비극의 영역인 정념을 건드리지 않고 착각과 오해에 기반을 둔 희극 놀이를 보여주려 한 그의 의도와 달리, "비극보다 더 숙명론적이고 비관적인 세계"[145]가 되었다는 아이러니는 하나의 분명한 징표가 된다. 코르네유의 현실 인식이 전혀 낙관적이지 않으며, 그 속에서의 인간의 자유를 그다지 신뢰하지 않았다는 징표 말이다. 그렇다고 그가 이러한 인간 조건에 전적으로 찬동하고 있다는 것을 의미하진 않는다. 왜냐하면 "초월적 목표가 부재하는"[146] 이 출구 없는 세계에서조차, 비록 비겁성과 더불어, 왜곡된 형태로나마, '영광', '명예', '광채'에의 추구가 끈질기게 남아 있기 때문이다. 코르네유는 그 남아 있는 가능성을 열어두려는 듯이, 지금까지 폐쇄적 공간이었던 그의 무대에 작은 출구를 열어놓는다.

> 그들을 내버려두고, 이탈리아로 갈 생각이네.(5막 1장, 1405행)

여기서는 비록 도피의 출구이나, 기회의 출구가 될 수도 있는 문을 말이다.

⁜

145 Verhoeff, *op.cit.*, p.12. 베르회프가 코르네유 희극 세계 전체를 규정한 이 표현은 『시녀』에 의해서만 유보 없이 입증된다. 이 점에서 『시녀』는 형식과 내용의 두 측면에서 모두 전작들의 '한' 종합이요 결론이라 할 수 있다.

146 *Ibid.*, p.11.

3. 사랑의 질곡과 종말,
그리고 넓어진 세상
—『르와이얄 광장』과『극적 환상』

『르와이얄 광장』은 이 극의 부제가 된 '괴상한 연인(amoureux extravagant)'이 등장하고, 연인들의 결합이 아니라 파경으로 끝나기 때문에 많은 비평가들의 특별한 주목을 받았지만, 아무도 이 작품을 코르네유의 희극 사이클에 속하지 않는다고 보지는 않는다. 결말만 다를 뿐, 전작에서 사용한 극적 장치들을 다시 사용하며 극행동의 구조도 유사하기 때문이다.

반면『극적 환상』은 많은 비평가들이 희극 사이클에서 제외시킨다. 쿠통은『르와이얄 광장』까지 다섯 편의 희극을 분석한 뒤 결론처럼 다음과 같이 말한다.

코르네유의 예술은 혁신과 연속의 훌륭한 균형을 실현시킬 것이다. 그는 변덕스럽다. 그는 하나의 양식에 집중하고, 또 그것을 변형

시킬 줄 안다. 그는 관중의 취향에 양보하는 데 동의한다. 그러나 그는 비록 그 자신이 다져놓은 것일지라도 이미 다져진 길을 혐오하고, 손쉬운 것을 경멸한다. 그의 작품은 열성적인 탐구자의 것이고, 그것은 사고들(pensées)의 세계, 영혼들의 세계를 탐사하는 즐거움뿐 아니라, 예술적 형식의 세계 또한 탐사하는 즐거움을 추구한다.[147]

그러면서 그다음에 무대에 올린 세 편의 극『메데(*Médée*』『극적 환상』『르 시드』가 "이제까지의 희극과도 매우 다르며 그 각각도 매우 다르다"[148]고 이 세 작품을 묶어 희극 사이클과 분리한다. 실증주의적 연구가인 쿠통이 창작 시기에 따라 작품들을 분류하는 것은 이해할 만하다. 그러나『극적 환상』의 '다름'은 전작 희극들의 연장선상에서 보아야만 뚜렷해진다. 인물들은 전작들의 인물들과 대조할 때 그 유사성을 기반으로 차이가 드러나고, 독특한 극행동 역시 전작들의 극행동과 대조함으로써만 그 의미의 확장을 포착할 수 있다. 달리 말해,『극적 환상』역시 전작들의 '혁신과 연속'을 이으면서 종합한다.[149]

147 Couton, *op.cit.*, p.32.
148 *Ibid.*, p.30.
149 "원칙적으로 사기와 계략이 희극 놀이에 속하는 것"이라고 하였던 코르네유 자신의 말에 따라, 케르 역시 "희극으로 분류할 수 있을지 의심케 하는 특징들을 포함하고 있는"『극적 환상』을 연구 대상에서 제외한다(Kerr, Cynthia B.: "L'amour et la Fourberie, une étude des premières comédies de Corneille", in *Stanford french and italian studies*, Amna libri, 1980. p.5). 그러나 케르가 희극 분류의 기준으로 삼은 코르네유의 희극 정의는 위에서 보았듯이(*cf.*, 101쪽의 인용문(주 100) 이하) 논전 중에,『시녀』를 설명하기 위해 쓴 것이고, 코르네유 자신이『극적 환상』을 희극으로 제시했으니, 그것을 제외하는 데는 다른 설명이 필요하다. 두브로브스키 또한『르와이알 광장』에서 첫 희극들의 사이클

위의 견해는 두 작품의 면밀한 분석에 의해 입증해야 하겠지만, 그에 앞서 우리는 작지만 의미 있는 힌트를 발견하게 된다. 그가 두 희극 『르와이얄 광장』과 『극적 환상』을 동일한 형용사로 수식하고 있다는 사실이 그것이다. 코르네유는 전자의 주인공을 '괴상한 연인(amant extravagant)'이라 부르고, 후자를 '괴상한 농담(une galanterie extravagant)'〔극 전체를 지칭한다는 점에서 이 표현은 그가 말한 구성(la conduite), 즉 극행동 전반을 가리킨다〕라고 칭한다. '괴상한'이라 함은 문학적 상상을 극단까지 가져가보았음을 의미하는 것이 아니면 무엇이겠는가? 그것은 지금까지 우리가 추적해온 코르네유 탐구의 두 줄기, 즉 인간 탐구와 현실 탐구가 이 두 극 안에서 마지막 결론을 향하고 있다는 뜻이 아닐까?

『르와이얄 광장(*La Place Royale*)』

『르와이얄 광장』은 코르네유의 희극들 중에서도 예외적인 관심의 대상이 되었으며, 엇갈리는 해석과 평가를 받아왔다. 어떤 비평가들에게 이 작품은 '영웅주의의 탄생'[150]을 보여주는 것으

✛

이 끝난다고 보고, 『극적 환상』을 포함한 차후의 희극들은 "사고와 연극의 일관성 있는 움직임"을 형성하지 않으며, "비극 생산 중에 다양한 간격으로 끼워 넣어져 그것을 출발점으로만 포함될 수 있을 것"이라면서, "변증법의 연속적 움직임을 포착하려는" 자기의 연구에서 제외시킨다(Doubrovsky, *op.cit.*, p.76). '총괄적'이어야 한다는 자기 원칙을 어긴 셈이다.

150 Doubrovsky, *op.cit.*, 1963, p.68.

로, 희극들과 비극들 사이의 경첩[151] 역할을 하는 것으로 여겨진다. 그러나 어떤 비평가들은 이 작품이 삶에 대한 공포,[152] 또는 사랑 앞에서의 도피[153]를 다루고 있다고 본다. 한편 이 극은 바로크적 감수성과 태도를 보여주는[154] 작품, 또는 주기적으로 유행하는 동 주앙주의의 묘사[155]인가 하면, '성사(聖事)로서의 결혼이라는 기독교적 관념'(트리엔트 공의회가 퍼트린)에 의해 희극의 원형인 '풍요 제의의 에로틱한 순수성'이 완전히 파괴되는 일례가 되기도 한다.[156]

이처럼 다양한 평가들은 주로 이 극의 중심인물 알리도르가 지닌 독특한 면모에서 비롯된다. 이 인물에 대한 기존의 평가를 보자면, 희극 인물 중 유일하게 형이상학적 차원의 질문을 품고, '자유'에서 '절대'의 한 형태를 발견한 인물[157]이요, 정념에 예속되기를 거부함으로써 코르네유적 영웅 유형을 예고하는 인물,[158] 또는 지나친 논리 때문에 벌 받은 인물이 되기도 하고,[159] "변신

151 Verhoeff, *op.cit.*, p.25.
152 Jonathan Mallinson, *The comedies of Corneille, Experiments in the comic*, Manchester University Press, 1984, p.134.
153 Yvonne Bellanger, "La dérobade devant l'amour, Ronsard et Montaigne précurseurs d'Alidor", in *PFSCL XXV*, 48, 1998, p.113.
154 *Cf.*, Rousset, *op.cit.*, p.48 sqq.
155 Couton, *op.cit.*, 1958, p.27.
156 Fumaroli, *op.cit.*, pp.399~400.
157 Jean-Pierre Dens, "La problématique du héros dans *La Place Royale* de Corneille", in *Revue d'histoire du théâtre*(이하 RHT로 약칭), *Vol. 36, No 2*, 1984, p.206.
158 Litman, *op.cit.*, p.116.
159 "『르와이얄 광장』은 자기 자신에 대한 무모한 학대와 허무에 이르는 의지에 대한 암묵적 단죄에 이를 뿐인 과도한 논리에 대한 풍자이다."(Stegmann, *op.cit.*, p.571)

을 거듭하며, 자기 아닌 모습을 보여주는 데 완전히 몰두한"[160] '바로크적 인물'에서부터, 소유욕밖에 없는, "사랑이 자유가 아니라 나눔에 의해 개화한다는 것을 모르는"[161] 풋내기요, 용기도 신의도 없는, "삶에 대한 근본적 비겁성"[162]을 드러내는 인물 등, 다양한 편차를 보인다. 그리하여 알리도르는 작가 자신이 붙여준 '괴상한(extravagant) 애인'에서부터, 냉소적 리베르탱, 몽테뉴의 후예이며 라 로슈푸코의 예고자, 또는 사르트르적 인물로 여겨지는가 하면, 성불구자라는 의혹까지 받는다. 인용할수록 선명해지기는커녕 혼란만 가중시키는 이런 다양한 평가들에서 우리는 적어도 하나의 합치점은 발견할 수 있다. 그것은 반전에 반전을 거듭하는 복잡한 줄거리, 위장과 가짜 편지, 납치 등의 바로크적 주제들을 총동원하고 있음에도 불구하고(코르네유는 『시녀』에 이르러서야 마침내 충족시킬 수 있었던 삼단일 법칙을 여기서 다시 포기해버린다), 이 극이 줄거리와 외적 사건에 의존하는 극이 아니라 성격에 집중하는 연극으로 인식되고 있다는 사실이다.

그러나 오직 알리도르로부터만 『르와이얄 광장』의 의미를 끌어내려는 모든 시도들, 알리도르만 따로 떼어내 일라스, 또는 로드리그와의 유사성을 강조하는 연구들은, 모든 전작들과의 연관

✛

160 Rousset, *op.cit.*, p.50.
161 Madeleine Bertaud, *"La Place Royale* ou le jaloux extravagant", in *Pierre Corneille, Actes du Colloque, tenu à Rouen du 2 au 6 octobre, 1984*, ed. par Alain Niderst, PUF, 1985, p.326.
162 Garapon, *op.cit.*, p.102.

속에서 밝혀져야 할 뿐 아니라 극의 전체 구조 속에서 밝혀져야 할 코르네유의 '특정 입장'을 한 인물의 특정 입장으로 환원시키는 오류를 범하는 것이다. "시인은 결코 자기 인물들에게 부여한 괴상한 생각들에 대한 보증인이 아니다"[163]라는 코르네유 자신의 말은 바로 그런 오류에 대한 경계로 읽어야 한다. 『르와이알 광장』은 알리도르 혼자만의 독무대가 아니라, 그를 둘러싼 인물들 전체가 부딪치는 '광장'이며, 코르네유의 특정 입장은 그 부딪침이 빚어내는 극적 상황에 의해 구체화된다.

여기서 앞서 언급한 『르와이알 광장』의 특성이 중요해진다. 가짜 편지, 납치, 오해 등 바로크적 주제들과 반전을 거듭하는 복잡한 서사 구조에도 불구하고, 성격에 집중된 극이라는 모순 말이다. 그리고 이 점에서도 나달의 지적은 우리의 관심을 끈다.

현실적인 것에 대한 취향에 의해 그것〔전원극과 희비극이 퍼트린 사랑의 형이상학〕에 대립하려 했을 때, 바로 그때, 겉보기와는 달리 그는 그것에 가장 가까워진다. 이 점에서 『르와이알 광장』은 의미심장하다.[164]

비록 나달이 생각하는 겉보기와 속뜻의 구분이 우리의 그것과 일치하지는 않는다 하더라도,[165] 그 모순의 중요성은 지적되

✠

---

163 『르와이알 광장』의 「***씨에게(A Monsieur ***)」(1644). I. p.470.
164 Nadal, *op.cit.*, p.60.
165 우리의 관점은 코르네유가 이 극에서, 당대에 퍼져 있던 사랑의 형이상학을 취해, 그 것의 허구성을 드러내려 한다고 보기 때문에.

어 있기 때문이다. 우리는 인물과 서사 구조의 분석을 통해 이 모순에 다가가려 한다. 이때 우리를 이끌어가는 질문은 이런 것이다. 이 극의 극적 상황을 이루는 인물 각자 및 그들 사이의 관계의 특성은 어떤 것인가? 그러한 특성은 이 극의 전개에 어떤 영향을 미치고 또 받는가? 이 전체로부터 어떤 세계상이 드러나며, 전작들과의 관계 속에서, 세계에 대한 코르네유의 인식의 어떤 변화를 드러내는가?

인물

알리도르는 앙젤리크와 연인 사이이나, 그녀의 완벽한 사랑과 성실성이 오히려 감옥같이 여겨져 벗어나고 싶어 한다. 그 말을 들은 친구 클레앙드르는 앙젤리크를 짝사랑해왔음을 고백하고 알리도르는 그의 사랑을 적극적으로 돕겠다고 약속한다. 알리도르는 앙젤리크에게서 벗어나려고, 다른 여인에게 보내는 가짜 연서를 일부러 앙젤리크 손에 들어가게 한 뒤, 분노하는 앙젤리크를 모욕한다. 앙젤리크의 분노를 본 앙젤리크의 친구 필리스는 그녀를 짝사랑해오던 오빠 도라스트에게 이 기회를 이용해 청혼할 것을 조언한다. 앙젤리크는 홧김에 도라스트와 결혼을 약속한다. 일이 이렇게 돌아가자, 클레앙드르를 돕기로 약속했던 알리도르는 앙젤리크를 납치하자고 모의한 뒤, 앙젤리크를 만나 먼저 편지는 앙젤리크의 사랑을 시험해보려던 가짜 편지였다며 도라스트와의 혼약을 깨기 위해 같이 야

반도주할 것을 제안한다. 그러면서 자기의 혼인서약서라며 실은 클레앙드르가 서명한 서약서를 주는데, 앙젤리크는 그것을 확인도 하지 않고 알리도르의 계획에 동의한다. 밤이 되어 앙젤리크는 집을 나서지만, 앙젤리크의 뒤를 밟던 필리스가 클레앙드르에게 납치된다. 필리스의 오빠 도라스트가 추적하여 납치는 미수에 끝나고 알리도르와 클레앙드르의 계략이 모두 밝혀진다. 클레앙드르는 사죄의 뜻으로 필리스에게 구혼한다. 알리도르는 앙젤리크에게 돌아갈 결심을 밝히며 용서를 구하지만, 알리도르가 자신을 클레앙드르에게 넘겨주려 했음을 알게 된 앙젤리크는 알리도르의 참회를 뒤로한 채, 거짓과 위선으로 가득 찬 속세를 떠나기로 결심한다.

여기서 코르네유가 요약한 자기 희극의 구조를 다시 한 번 환기하자.

이처럼 이 첫 권의 희극들에서, 나는 거의 언제나 서로 마음이 잘 맞는 두 연인을 설정하고, 어떤 협잡꾼으로 인해 불화하게 만든 뒤, 바로 그 협잡꾼의 해명으로 다시 결합하도록 하였다.[166]

코르네유로 하여금 '거의 언제나'라고 말하게 만든 단 한 편의 예외가 바로 『르와이얄 광장』으로, 이 극은 연인들의 결합이 아

✤

166 「극시의 유용성과 그 부분들에 관한 논설」., III, p.128.

니라 결정적 헤어짐의 과정을 다루고 있다. 여기에는 외부의 책략가도, 자식의 사랑에 간섭하는 부모도 등장하지 않으며, 돈이나 지위의 문제도 개입하지 않는다. 이 극의 줄거리는, 사랑받고 사랑하면서도 헤어지기 원하는, 자기 사랑을 파괴하기 위해 열심인 '괴상한 애인' 알리도르가 계획한 사건에, 사랑과 우정으로 연관된 인물들이 각자의 애정관에 따라 참여함으로써 만들어진다. 오직 사랑을 얻는 것만이 목적이었던 전작들과 달리, 사랑에 관한 관점들의 충돌이 문제되도록 되어 있는 것이다. 그리고 이 관점의 충돌이 1막의 대부분을 채우면서, 등장인물의 개별성을 부각시킨다.

앙젤리크는 지금까지 등장한 어느 인물에게서도 찾아볼 수 없는 단호함을 가지고 절대적인 성실을 강조한다.

알겠니, 난 알리도르를 사랑하고, 그것으로 다 말한 거야.

나머지 누가 아무리 내게 맹세를 바친들,

난 눈멀고, 귀먹고, 무감각해.

그들의 불행을 동정하는 마음은 내 영혼을 건드릴 수 없어.(1막 1장, 34~37행)

서로에게 집중되어 다른 이들에 대해서는 '눈멀고' '귀먹고', '무감각'하게 하는 이 절대적 사랑은 사랑하는 두 사람의 영혼을 '결합'한다. 이 결합으로 성실한 애인들은 불성실한 애인들이 맛볼 수 없는 만족감으로 고양된다.

철부지야. 넌 네가 뭘 나무라고 있는지 몰라.

두 영혼의 결합이 얼마나 감미로운지도 모르고.(1막 1장, 89~90행)

성실한 애인들의 열정이 어떤 만족감으로 타오르는지

너는 한 번도 경험해본 적이 없는 거야.(1막 1장, 91~92행)

그렇다면, 사랑에 대한 이런 신비화, 이런 가치화, 사랑 이외의 모든 것을 무효화하는 이 '사랑론'은 경험된 것의 피력일까? 아니, 요약만으로도 확인할 수 있듯이, 앙젤리크의 만족감은 알리도르와 공유되지 않으니, 그녀가 말하는 '두 영혼의 결합'은 그녀가 만들어낸 환상에 불과하다. 알리도르의 예기치 못한 행동에 의해 무너지기 이전에 그녀의 친구 필리스의 핀잔이 그 환상에 흠집을 낸다.

벗어나. 그 가짜 금언들에서 좀 벗어나.(1막 1장, 97행)

과부 클로리스(『과부』)나 다프니스(『말벗』)를 불안에 빠트렸던 상황의 압력에 대한 불안도, 셀리데가 경험한 내적 분열도 없이, 앙젤리크로 하여금 흔들 수 없는 확신 속에서 배타적 성실을 실행하게 만드는 것은 사랑에 대한 경험이 아니라 사랑에 대한 격언, 그 격언들의 당위에 대한 믿음이라는 것이다. 그러나 자기 사랑관의 정당성, 합리성에 대한 믿음 안에서 앙젤리크는 단호하다.

너 자신도 옳다고 생각하련만

이성이 널 이기질 못하는 거지.

오빠를 생각하니 이성에 귀 기울이지 않는 거야.(1막 1장, 30~33행)

제대로 사랑하려면, 그렇게 사랑해야 해.(1막 1장, 44행)

   필리스는 쾌락주의와 스토이시즘이 절충된 현실주의자의 논
리로 앙젤리크에 대립한다. 필리스에 의하면 앙젤리크가 신봉하
는 사랑에 관한 관념은 그릇된 격언들이요, 그것을 믿는 것은 "맹
목"[167]이고, 그것을 얻고자 하는 것은 '허영'[168]이다. 한 사람만 사
랑하는 사람은 다양한 상대들이 줄 수 있는 쾌락을 제한한다. 그
뿐 아니라, 지나친 사랑은 상대방의 지배와 횡포를 불러들이고,
그의 변덕, 질투, 열정의 약화, 죽음, 변심에 따라 여러 가지 부정
적 상황에 직면하게 한다.

   즐거움을 주는 게 한 사람이면 별로 즐거울 게 없지.

   날 섬기는 사람이 아니라 상전을 모시는 것이지.(1막 1장, 49~50행)

   모든 점에서 그의 변덕에 맞춰서 살아야 하고,

   그의 기분을 맞춰주고, 질투를 겁내야 하고,

   시간이 흐를수록 그의 호의가 느슨해질세라,

   매일 새로운 호의를 퍼부어야 해.

⚜

---

167 1막 1장, 98행.

168 1막 1장, 48행.

그가 멀어지기라도 하면 우리 마음은 슬픔으로 꺾이고

그가 죽으면 우리를 절망시키고, 변심하면 우릴 죽이지.(1막 1장,

53~58행)

이처럼 필리스에게 사랑하는 사람들 사이의 관계는 '결합'이
아니라, 끊임없이 서로의 자율권을 위협하는 관계요, 덜 사랑하
면 잃고, 더 사랑하면 지는, 경쟁적 관계다. 그래서 앙젤리크의
사랑법은, 삶의 즐거움을 제한하는 일일 뿐 아니라, 타인의 구속
에 자기를 맡기는 것이다. 나아가 스스로 변덕스러운 인간 본성
과, 모든 것을 변질시키고 파괴하는 시간의 힘에 맡겨진 자연의
질서에 위배되는 것이다. 게다가 인간 본성과 시간의 힘에 맞서
버티도록 두 사람 사이의 성실을 강제하고 보장해줄 결혼조차 당
사자의 선택에 맡겨져 있지 않다.

사람들은 우리 의견은 들으려 하지 않아,

아버지가 우리 취향에 맞춰주는 법은 거의 없어.(1막 1장, 60~61행)

그런데 비관주의로 귀결될 수도 있을 이러한 이유들은, "내 얼
굴 곁에서 힘을 잃지 않는 어떤 고통도 없다"[169]는 필리스의 명랑
성을 통해 오히려 낙천적 철학의 근거가 된다. 왜냐하면, "성실이
란 어느 한 사람에게서도 발견할 수 없는 덕"[170]이요, "이승에선

✠

---

169 1막 2장, 137~138행.
170 2막 4장, 458행.

모든 것이 변하지만", "도처에 약이 있기"[171] 때문이다. 그러므로 앙젤리크를 반박하는 위의 논리들은, 『과부』의 도리스가 실제 상황에서 체화한 체념 섞인 순응주의가 아니라, "각각을 모두 사랑하고, 누구도 무시하지 않으며"[172] "모두가 내 마음에 들고, 누구도 귀찮지 않다"[173]고 여기기로 작정한 필리스가, "자기 인격에 맞게 고의로 선택한"[174] 논리들인 것이다.

　필리스의 논리가 성실의 불가능성, 사랑을 간섭하는 사회적 질서라는 전제 위에 서 있는 것이라면, 알리도르의 그것은 성실하고 완전한 사랑이 주는 압박, 사랑이 만들어내는 자기 소외에 대한 의식에서 출발한다. 불행은 애인의 변덕과 변심에서 오는 것이 아니라, 지나친 사랑에서 온다. 애인의 집을 "감옥"[175]이라고 부르는 그에게 사랑은 두 인격의 결합이 아니라 예속이다.

　　아아, 그게 내 불행이야, 내 생각의 대상은 너무 매혹적이라,

　　내가 어떻게 해도 내 생각을 절대적으로 지배하니.(1막 4장, 191
　　~192행)

　　오로지 나를 너무 사랑하는 것만으로, 그녀는 나를 죽게 해.

　　(……)

　　다른 구애자들이 생기면, 그녀의 열정이 나를 죽이듯

✚

---

171 2막 4장, 461행.
172 1막 1장, 64행.
173 1막 1장, 66행.
174 Litman, *op. cit.*, p.119.
175 1막 4장, 188행.

그녀의 오만한 눈길이 그들을 절망시킨다네.(1막 4장, 195~206행)

　그러므로 알리도르가 말하는 예속은, 필리스가 말한 예속과 다르다. 필리스가 말한 예속이 상대의 의지에 종속된 자의 예속이라면, 알리도르가 말하는 그것은 자기 정념에 압도된 자의 예속, 감각과 정념에 지배되어 자기 통제력을 잃은 자의 내적 예속이다.

　　내 생각은 나를 온통 그녀로만 가득하게 해.
　　나의 기쁨은 그녀의 눈길에만 매달려 있어.
　　내 발걸음은 돌아서려 하지 않아.
　　내 온갖 근심 때문에 쫓겨난 자유는 너무 확연히 보여주는 거야.
　　그녀의 압제와 함께 나의 나약함을.(1막 4장, 222~226행)

　그래서 사랑의 구속에 의한 현재의 예속은, 모든 희극의 도달점이요, 사랑의 종착역처럼 되어 있는 결혼이 가져다줄 예속에 대한 혐오로 이어지고;

　　어떤 대가를 치르든 내 족쇄를 부수고 싶네.
　　결혼이 그럴 힘을 앗아가, 압제에 의한 사랑을
　　의무에 의한 사랑으로 만들까 봐 두려워서. (1막 4장, 230~232행)

예속으로 인식된 앙젤리크와의 사랑은 '자유'와 '의지'의 이름으로 극복해야 할 대상이 되는 것이다.

(……) 사랑할 때 나는 내 의지가 온전히

나의 소망에 종속되길 바라네.

내 열정이 나를 구속하는 대신 내게 복종하기를,

내 맘대로 그것을 타오르게도, 꺼트리기도 할 수 있기를,

또 항상 나 자신 자유자재인 상태에서

내가 원할 때 맹세하고, 또 철회하고 싶어.

그런 식으로 살기엔, 앙젤리크는 너무 아름다워.(1막 4장, 215~
221행)

이 자유의 이념이 아무리 필리스의 그것과 닮았다 하더라도,
그는 필리스의 동류, 나아가 "일라스의 후예"[176]일 수 없다. 왜냐
하면 그의 '자유'는 지금 자유로운 자의 그것이 아니라, 자유의
계획일 뿐이요, 자유를 얻기 위해 그가 취하는 가면과 거짓은 변
화를 너무 좋아해서가 아니라, 너무도 매력적이고, 너무도 아름
다운 앙젤리크로부터 스스로 헤어날 수 없는 무력 때문에 찾아
진 위악적이고, 우회적인 수단이기 때문이다.

　　그녀가 너무 내 맘에 드니, 내가 그녀에게 불쾌해져야 해.(1막 4장,
　254행)

그는 동 주앙도 아니다. 그가 결혼을 혐오하는 이유 자체가 이
미 결혼이라는 제도적 속박에 대한 승인, 사회적 질서에 대한 승

✤

176 Rousset, *op. cit.*, p.50. 98쪽 주 97 참조.

복을 전제로 하기 때문이다. 그의 자유는 이 질서에 거슬러 행사되지 않을 것이다.

> 아무리 예쁜 처녀가 내 영혼을 흔들어도 소용없어,
> 그녀가 누군가의 아내가 되는 순간, 나는 그녀를 모르는 거야.(1막 4장, 293~294행)

그러므로 그의 '자유의 기획'은 외적 제약에 도전하는 것이라기보다는 극기의 노력이다. 그것은 자신의 남성성, 범부와 구별되는 영웅성에 대한 자부심을 고취시킨다.

> 내 정신이 평범한 것들 축에 속한다고 보나?
> 내 정신이 흔해빠진 감정에 머물 것 같아?
> 나라는 사람의 규범은 가락이 아주 달라요.(1막 4장, 209~211행)

결국, 정념을 감각적 세계의 매혹에 의한 감정적 속박으로 여기고, 그 속박이 자아를 살해한다고 느끼며, 그것을 극복하는 것에서 남성적 힘과 자부심의 근거를 찾는 한편, 남자들끼리의 우정을 강조하고,[177] 제도적 질서를 존중하는 그에게서, 우리는 바람둥이의 소망을 보기보다는 마초의 이념[178]을 발견한다. 그는

✢

177 *Cf.*, 1막 4장, 282행, 305~309행.
178 *Cf.*, "이건 용덕을(générosité) 실천하는 것일 뿐./사랑아(……)/달아나라, 건방진 놈아, 나는 주인이고 싶다./나 같은 남자가 사랑을 품은들 네 법률에 복종한단 말은 생기지 않으리라."(4막 1장, 991~995행)

사랑을 모르던 때의 티르시스(『멜리트』), 자기 목적을 위해서는 고약해질 수도 있고, 오히려 거기서 남성적 자부심을 느끼는[179] 알시동(『과부』), 사랑보다 사회적 실리를 중요시한 테앙트(『시녀』)를 연장하면서, 앙젤리크식 사랑의 절대화, 중세 기사도 로망에서부터 프레시오지테로 이어져온 사랑의 가치화에 대항하는, 그 또한 유력하고 끈질겼던 한 경향, 베니슈의 표현을 빌리자면 "남성성에 대한 배타적 종교"[180]를 육화한다.

이상에서 우리는 1막을 채우는 논쟁을 통해 부각되는 인물들의 개별성을 살펴보았다. 논쟁은 코르네유의 작품 대부분을 채운다. 코르네유 인물들의 말하기는 "찌르기와 반격으로 짜인 피륙"[181]이다. 『팔레 상가』를 제외한 모든 작품이 사랑에 관한 견해들이 충돌하는 논쟁으로 시작한다. 그러나 그 논쟁에서 등장하는 논리들은 대부분 같은 목적을 추구하는 상대방을 교란하고, 자기를 숨기기 위한 가짜 논리들이었다. 발설된 것은 애초에 거짓이거나, 뒤이어 부정된다. 『르와이알 광장』에서는 전혀 다르다. 인물들은 각자 자신의 믿음을 피력하고, 그 믿음이 인물 각자의 개별성을 구축한다. 이미 전작에서 등장한 모든 논리들이 반복되지만, 그 논리들은 이제 핑계가 아니라 이념이 되었고, 이 내면화된 이념은 자기 정당성을 입증할 논리를 갖추고 인물 각자의 정체성을 이루고 있다. 케르의 말대로 "생각의 교환이 아

<hr />

179 *Cf.*, "순진한 놈, 알아둬라. 네 누이는 결코 가질 수 없어/나같이 만들어진 남자들을 굴복시킬 점을."(『과부』, 1막 2장, 107~108행)

180 Benichou, *op. cit.*, p.41.

181 Douvrovsky, *op. cit.*, p.37.

니라 귀머거리들의 대화"[182]를 나누고 있는 이 이념형 인간들의 등장, 그것이 코르네유 희극 사이클이 보이는 진화의 마지막 단계로서『르와이알 광장』이 지닌 한 특성이다.

극행동

1막의 논쟁이 말로써 각자의 신념 체계를 드러내는 이론적 충돌이었다면, 줄거리는 행동과 반응을 통해 이념 이면의 인간 및 관계의 실상이 드러나는 터전이 된다. 극행동의 복잡성은 이 실상의 복잡성을 반영한다. 거기서 연유하는 극행동의 문제점은 코르네유 자신이 「검토」에서 정확하게 지적하고 있다. 극행동의 이중화와, 성격과 행동에서 드러나는 모순이 그것이다.[183] 그런데 코르네유가 결함처럼 제시하는 이 문제점들은 실상 하나로 엉켜 있고, 서로를 뒷받침하며 '극행동의 단일'을 넘어서는 내적 일관성을 작품에 부여한다.

코르네유는 「검토」에서, 알리도르가 앙젤리크를 모욕까지 해가며 벗어나고자 할 만큼 자기의 사랑이 성가셨다면, "친구의 이익을 위해 또 한 번 고생해서 자기에게 그토록 소중한 평화를 위험에 빠트리지 말고, 앙젤리크를 도라스트에게 가게 한 첫번째 노력으로 만족했어야 했다"고 말한다. 이 말을 그에 앞선 평가, 즉 알리도르는 "아마도 그렇게 나쁜 연인이기에는 너무 좋은 친

✠

---

182 Kerr, *op. cit.*, p.16.
183 *Cf.*, 『르와이알 광장』의 「검토」, I, pp.470.

구"[184]라는 평가를 상기하며 읽으면, 인물들을 바라보는 코르네유 특유의 아이러니가 느껴진다. 이 극에서 우정은 입으로 내세워지는 만큼 대단한 행동 동기가 아니기 때문이다. 필리스는 오빠를 돕기 위해 친구 앙젤리크의 불행을 이용하고(2막 4장), "네가 내 사랑을 위해 애써준 만큼 나도 네게 해줄 수 있기를"[185] 바라다던 클레앙드르도 필리스를 사랑하게 되자, 알리도르와의 협조 관계를 가볍게 버려버린다(5막). 마찬가지로 두 번의 계획을 세우고 실행하는 동안 한 번도 앙젤리크의 고통에 대해 생각해보지 않는 이 자기중심적 인물이, 어렵게 얻은 평화를 포기하고, 또 다른 계획을 세우는 것을 우정 때문이라고 볼 수 있을까? 스스로에게도 비열하게 여겨진 계략을 수행하며, 자기 입으로 "친구를 위하는 것보다 나 자신을 만족시키기 위한 것이요, 그에게 주는 것보다는 내가 해방되기 위함"[186]이라고 말하고 있지 않은가? 그런 점에서, 다음의 대사는 그의 행동의 보다 깊은 의미를 드러내준다.

내겐 아무 문제없어. 내가 사랑하는 여인이
또 다른 나에게 가기 위해 날 떠나는 것은.(1막 4장, 281~282행)

내가 주장해 마지않았던 목표 가까이에서
내 노고의 결실이 클레앙드르에게 가지 않는 것을 보게 되다니!

✚

184 *Ibid.*, p.471.
185 3막 4장, 755~756행.
186 4막 1장, 941~942행.

이런 조건에서는 내 행복도 불쾌하고,

클레앙드르가 행복하지 않다면, 나도 행복할 수 없어.

내가 자네에게 약속한 건 누구의 것도 될 수 없어.(3막 4장, 730~
733행)

나는 내 **친구**가 내 **보물**을 차지하게 하고 싶네.(4막 1장, 939행)

결국 클레앙드르는 '또 다른 나', 즉 그의 대리자이고, 그의
'주기'는 '보존하기'의 다른 방식[187]일 뿐인 것이다. 앙젤리크를
물건처럼 기부함으로써, 그는 앙젤리크의 애인 자격을 양도하는
대신 앙젤리크에 대한 권리를 유지한다. 결투를 통해 자력으로
앙젤리크를 소유하려는 클레앙드르를 저지한 그는 납치를(3막 4
장) 제안한다. 그렇게 앙젤리크에게 미치는 자기의 힘[188]을 과시
하고, 그럼으로써 앙젤리크와 클레앙드르 두 사람의 운명의 주
재자[189]로 남아 있으려 하는 것이다. 사랑을 자아에 대한 위협으
로 느끼고, "비인간적 멍에요, 기만적 이행이며, 영원한 형벌"[190]
인 결혼이 법적 의무까지 부여해서 그 위협을 절대화할 것을 두
려워하는 일종의 거세 공포가 첫번째 계략의 동기가 되었다면,
버리되 잃지 않으려는 그의 집착과 소유욕이 두번째 계략의 동

✛

187 *Cf.*, "자기 친구에게 앙젤리크를 줌으로써 알리도르는 포기하는 것이 아니다. 그의 행
위는 결여가 아니라 덤을 겨냥한다." Verhoeff, *op. cit.*, p.43.

188 *Cf.*, 3막 4장, 750행.

189 *Cf.*, 4막 1장, 994행.

190 1막 4장, 279~280행.

기인 것이다.

그러나 소유욕과 집착은 주체와 대상의 지배 관계를 역전시킨다. 그의 자유의 기획을 위험에 빠트리고, 극행동의 이중화를 가져온 두번째 계략은 첫번째 계략과 마찬가지로, 앙젤리크에 매여 있는 알리도르의 종속성을 증명한다. 코르네유는 5막에서뿐아니라, 계획의 고비마다 앙젤리크에 대한 알리도르의 종속성을, 그 종속성에 대한 원한을, 그 원한에 앙갚음하고자 하는 복수심을 강조한다.

　입으로는 경멸하고 마음속에서는 경배한다!(3막 4장, 726행)

　이건 일 년간 예속됐던 것에 대한 복수일 뿐이야.
　그녀가 내 계획을 깼듯이 그녀의 계획을 깨는 것이고
　그녀가 자기 힘을 사용했듯이 나도 내 힘을 사용하는 것일 뿐.(4막 1장, 950~952행)

그리고 그 복수심의 근저에는, 사랑이 유지되는 한 지속되며, 동시에 사랑을 지속시키는 것이기도 한 '희망'에 대한 경계와 두려움이 있다.

　하지만 너무도 내 맘에 드는 앙젤리크는
　반대되는 것을 **희망하라고** 달콤하게 나를 구슬리네.(1막 4장, 245~246행)

차라리 초연함을 되찾기 위해서는

내 **희망**과 함께 내 사랑도 잃어야 한다고 말하게.(1막 4장, 265~
266행)

헛된 사랑아, 너의 허약한 권능이 우습구나.

네 힘은 **내 희망**에서만 생겼던 것.

오늘 이 절망이 내게서 앗아간 것이 바로 그것이야.

나는 **희망**을 멈추고 살기 시작한다.

이제부터 나는 사는 거야, 내 맘대로 사는 거니까.(5막 8장, 1575~
1579행)

1막에서 그는 이 희망을 잘라버려야 하는 까닭을 오직 시간
의 파괴력과, 저 자신의 변화 가능성만으로 설명하였다.[191] 그러
나 위에서 보듯, 그가 벗어나려 애쓰는 것은 '희망' 자체다. 소유
되는 것에 대한 공포와 잃을 것에 대한 두려움 사이에서 끊임없
이 비집고 솟아오르는 '희망'에 대한 강박적 회피의 참된 동기는
희망 자체의 속성인 불확실성이다. 그리고 이 희망의 본질적 불
확실성은 타인이라는 절대적 불확실성에서 연유한다. 그래서 타
인, 앙젤리크에 대한 신뢰가 확고해지자, 그의 '자유'의 이념은
포기된다.

그대 사랑의 이 최종적 증거가

✚

---

191 *Cf.*, 1막 4장, 235~243행.

다시 내 모든 생각 위에 전권을 되찾는구려.

(……)

그러니 내 자유는 이제 나를 부추길 거리가 없소.

내가 품었던 그 큰 근심은 배은망덕한 마음의 소산이었소.

(……)

이다지도 아름다운 사슬에 묶인 것이 너무 행복하고,

거기서 벗어나길 바라는 것은 망나니[192]의 작태,

내 이성은 거기에 더이상 동의할 수 없다.(5막 3장, 1350~1377행)

그러나 앙젤리크가 살아 있어 그녀의 매력이 힘을 발휘하는 한 알리도르의 확신이 고정될 수 있는가? 그래서, 필경 다시 무너질 알리도르의 확신을 고정시키고, 그의 '희망'에 접착된 공포를 결정적으로 끊어줄 앙젤리크의 결단이 필요해진다. 앙젤리크의 수도원행을 받아들이며 그가 토로하는 마지막 대사는 그의 '괴상함'의 근저에 사랑에 대한, 타자에 대한 '의혹'이 있음을, 그의 위악적 행위가 자기 '힘'의 행사라기보다는 나약함의 발로요, 잃을 것이 두려워 먼저 버리는 방식이었으며, 그가 내세우는 '자유'는 두려움의 포장이었음을 드러낸다.

그녀가 결혼한 후, 그녀를 틀어쥔 놈의 행복이

내 시름을 가중시킬 위험은 없어졌고,

내 보물이 남의 손에 있는 것을 보고

✢

---

192 esprit fort. 당시에 리베르탱들을 지칭하던 신조어다.

분노에 사로잡힐 일은 없겠다.

그녀가 세상에 영원한 작별을 고하니,

내 것이라 주장할 수 있던 것을 누구도 못 가질 것이 황홀하여,

그녀를 클레앙드르에게 유감없이 주었던 것처럼

그녀가 하느님께 자기를 바친 것을 유감없이 보리라.(5막 종장,
1594~1601행)

1막에서 앙젤리크가 보여준 굳센 맹세를 생각하면, 그녀를 빼
앗길 것이라는 알리도르의 두려움에는 근거가 없다. 알리도르
자신도 앙젤리크를 "아름다운 만큼 순결하고, 다시 찾을 수 없는
완벽한 덕성의 모델"[193]로 인정하고 있지 않은가? 그 두려움이
말해주는 것은 결국 알리도르 내면의 비겁한 마음, 그것을 포장
하기 위해 만들어낸 자유 이념의 허구성일 뿐이다.

앙젤리크는 자신의 이념에 충실했을까? 위에서 본 것처럼, 이
극에서 결정적인 버림을 행사하는 것은 알리도르가 아니라 앙젤
리크다. 연인들의 신비적 결합을 신봉하는 이 사랑 신도의 성실
철학에 가해진 시험이기도 한 두 번의 계략 앞에서, 앙젤리크 역
시 한 번도 자기 철학을 끝까지 고수하지 못한다. "나는 알리도
르를 사랑한다, 그것으로 다 말한"[194] 것이며, "제대로 사랑하려
면, 그렇게 사랑해야 한다"[195]던 앙젤리크는 알리도르가 모욕을
할 때나 거짓 회유를 할 때나 번번이, 신념이 아니라 감정에 휘

✤

193 1막 4장, 289~290행.
194 1막 1장, 34행.
195 1막 1장, 44행.

둘려 그의 계략에 말려들고, 코르네유 자신의 비판에 의하면 "증오의 대상"[196]과 "지키지 못할 자의 약속"[197]에 "신속"하고, "경솔"[198]하게 자기를 내어준다. '성실'의 이념은 알리도르의 회유에 이용되거나, 불안을 이기기 위한 다짐으로 너무 늦게 외쳐질 뿐, 그녀를 이끌어가는 것은 의지가 아니라 정념이다. 그녀의 결정들은 리트만이 말하듯이 "행동 체계를 세워놓고 그것에 충실하려다 행하게 된 통탄스러운 행위"[199]가 아니라, 자기가 세운 체계를 무력하게 만드는 '미친 정념'에 지배된 '경솔'인 것이다.

> 경솔한 결혼 약속이 너무도 쓰라리게 내게 복수하는구나!(3막 5장, 766행)

> 눈먼 여자야, 너는 무슨 약속을 한 거니?
> 네 미친 열정이 널 무슨 일에 끌어들인 거니?
> 네 병든 열정은 대체
> 어떤 경솔함을 물리칠 거냐?(3막 6장, 893~896행)

그녀를, 그녀 스스로 합리화하듯이[200] 너무 강렬한 사랑의 희생자로 볼 수만은 없다. 모든 것에 '귀먹고' '눈먼' 그녀의 배타

✠

196 「극시의 유용성과 그 부분들에 관한 논설」., III. p.128, p.472.
197 『르와이얄 광장』의 「검토」, I. p.472.
198 3막 5장, 766행, 3막 6장, 895행. *Cf.*, 『르와이얄 광장』의 「검토」, I. p.472.
199 Litman, *op. cit.*, p.140.
200 149쪽 하단에서 150쪽으로 이어지는 인용문(4막 8장, 1246~1253행) 참조.

적인 사랑, 상대방의 욕망을 앞질러 채워주는 숨막히는 그 사랑,[201] 배반당했을 때의 격한 복수심에서, 코르네유의 첫 비극 『메데』[202]에서 메데로 형상화될(1635) 공격성의 화신[203]을 보는 것은 무리라 하더라도, 그녀를 "학대받은 덕성의 권화로 볼 수 없다"는 케르의 견해[204]에는 동의하지 않을 수 없다. 알리도르의 배신에 대한 그녀의 분노는 살해의 욕구로까지 치달린다.

> 왜 내겐 내 격분의 명령을 수행할 팔이 없나!
> 저 모욕을 아주 다르게 갚아줬어야 했는데!
> 더는 조롱을 못하게 처치했어야지!
> 그랬으면 그 배신자는 제 마음을 딴 데로 옮기지 못했으리라,
> 그건 그가 내게 주었고, 나는 꽉 움켜쥐고 있었으니까.(2막 3장, 425~432행)

앙젤리크는 "나를 사랑하기에 견딘 고통에 대한 보상으로 거짓 없이 대하겠다"[205]던 도라스트를, 알리도르를 향한 복수의 제물로 삼아 약혼했다가, 알리도르의 납치 연극에 동의함으로써

✠

---

201 *Cf.*, 1막 4장, 202~204행.
202 고대 그리스의 메디아 신화에서 소재를 취한 이 연극은 메디아와 이아손의 이야기 중, 이아손이 메디아를 배신하고 코린트의 공주와 결혼하려는 순간부터 다룬다. 첫 비극에서도 사랑, 약속, 배신, 복수로 나타나는 인간관계와 인간 심리가 코르네유의 관심사임을 보여준다.
203 Verhoeff, *op. cit.*, pp.19~20.
204 Kerr, *op. cit.*, p.129.
205 1막 4장, 107~108행.

배신한다. 도라스트에게 자기의 배신(그녀는 이 배신을 알리도르와 꼭 같은 어휘로 수식한다—'용감한 계획'!)을 인정할 때 그녀가 사용하는 도발적 언사는 2막 2장에서 앙젤리크를 모욕하던 알리도르의 잔인성에 덜하지 않다.

> 그래, 이건 너에 대한 배반이야, 내 정열이
> 네 앞에서 이 용감한 계획을 부인할 것 같아?
> 분한 김에 널 취했는데, 기뻐하며 버렸어.
> (……)
> 너는 어쩌다 내게 마음을 줬고, 나는 분노 때문에 널 받아들였어.
> 내가 네게 준 것은 알리도르의 보물이었지 내 마음이 아니었어.(4막 7장, 1175~1182행)

그뿐인가, 그녀는 자신이 명예의 법칙을 어겼으며, 알리도르와 마찬가지로 '비열한 자, 배신자, 배반자'[206]가 되었음을 인정하면서도, 모든 책임을 알리도르에게 전가한다.

> 어떻게 우리 둘의 죄가 같을 수 있어?
> 나는 오직 그를 위해서만 약속을 어긴 건데.
> 사랑이 나를 배신하게 했어(사랑이 시키면 누가 안 할 수 있어?)
> 알리도르의 범죄는 용서할 수 없는 것이나, 내 죄는 용서 받을 만해.
> 그는 두 번이야, 무슨 소리? 그만이 죄인이야,

✢

---

206 4막 8장, 1242행.

그가 명령을 내렸고, 나는 따르기만 했고,

바로 그가 나를 배신하고, 나를 배신하게 만들었어.(4막 8장, 1246
~1253행)

그렇게, 정념에 대한 무모한 반란 끝에 알리도르가 자신의 '자
유'의 이념을 포기하기에 이르듯이, 앙젤리크 또한 정념의 노예
가 되어 끌려다닌 끝에 '성실'의 신화를 스스로 깨트린다.

알리도르의 종속성, 지배욕, 집착이 극행동을 구성하고, 앙젤
리크의 "허약성이 극행동의 리듬을 결정한다."[207] 그리고 언제나
끼어들어 어부지리를 얻는 것은 필리스다(3막 1장, 5막 1장). 하
지만, 알리도르-앙젤리크 관계를 완전한 파탄으로 이끈 우여곡
절 끝에 필리스-클레앙드르의 쌍이 만들어지는 것이 필리스(또
는 그녀의 이념)의 승리를 의미하진 않는다. 필리스 역시 납치라
는 위기를 경험하고, 쾌활이 아니라 눈물이 불러일으킨 기적으
로 클레앙드르를 얻는다.[208] 클레앙드르를 벌하려는 그녀의 오빠
도라스트를 만류하는 하인의 다음의 대사는 그녀의 결혼이 빛나
는 승리가 아니라 실리적 타협임을 확실히 한다.

우연히 클레앙드르가 아씨를 납치했던 마당에,

그가 그 때문에 목숨을 잃는다면, 아씨도 명예를 잃을 겁니다.

✣

207 Bertaud, *op. cit.*, p.327.
208 "한마디로 말해서 이 납치 중에/내 눈물이 클레앙드를 애인으로 얻게 했음을 알아두세
요./그의 마음은 자기 죄에 대한 벌로 내 소유가 되었고,/납치를 합법적인 사랑으로 만
들고 싶어 해요."(5막 5장, 1441~1443행)

사람들은 동생 분을 그의 유족으로 여길 것이고, 그 소문에

아씨를 얻으려 나서는 사람은 거의 없을 거예요.

나은 길을 택하세요, 동생 분은

클레앙드르 만한 부자를 바라기 어려워요.(5막 4장, 1418~1423행)

그런데 필리스로서 더 나은 사람을 기대할 수 없는 이 신랑 감은 필리스 자신에겐 "솔직히 말해서 연인으로서 끌리지는 않는"[209] 인물이요, 알리도르에게게서는 "평범한 자"[210]로 분류되고, 언제나 하수인이고, 누구의 관심도 끌지 않으며, 늘 기선을 제압당하는 인물이다. 이로써 이 작품을 겨우 희극이게 하는 그들의 결혼은 끝까지 '부차적 인물들'의 삽화적 일화로 남는다. 그들의 결혼도, "나처럼 하라"[211]는 필리스의 충고도, 알리도르와 앙젤리크를 회심시키지 못한다. 앙젤리크는 수도원에서 파괴되지 않을 영혼의 기쁨을 찾음으로써, 알리도르는 마침내 타자와 미래에 대한 두려움에서 해방된 온전한 자유를 찾음으로써, 둘 사이에서 구할 수 없던 가치들을 계속 추구할 것이다.

앙젤리크

그 무엇도 내 결심을 꺾을 수 없어.

저토록 불성실이 만연한 치사한 거래를

나는 스스로에게 면하게 해주고 싶어.

---

209 5막 5장, 1446행.
210 *Cf.*, 1막 4장, 209행.
211 5막 7장, 1540행.

이제부터 내가 바라는 것은 수도원이니,

다른 데서는 영혼이 진정한 기쁨을 맛보지 못해.(5막 7장, 1553~
1557행)

알리도르

나는 희망하기를 멈추고, 살기 시작한다.

이제부터 나는 나로서 살기에 사는 거야.

(……)

앙젤리크가 우리[나와 나의 영혼]를 두렵게 했던

그 눈의 치명적인 광채를 수도원에 가두었으니,

그 폭군들[앙젤리크 눈의 광채]을 감시하는 벽들이

우리 자유에 방벽이 되어주리라.(5막 8장, 1590~1593행)

비록 그 추구가 허무에 가까운 것이요, 차후 그들의 삶이 거의
삶 같지 않은 삶이라 할지라도 말이다.

우리는 앙젤리크의 결단과 알리도르의 마지막 대사가 그들 이
념의 승리를 의미하는 것이 아니라는 것을 알고 있다. 그것은 불
행한 인간의 고통에 찬 발언이며, 자기를 버린 세상을 버림으로
써 세상에 복수하고(앙젤리크), 버려진 자의 쓰라림을 허세로
극복하려는(알리도르) 발언일 뿐이다. 알리도르와 앙젤리크는
서로 사랑하지만, 또는 사랑하기에, 둘을 공존할 수 없게 하는
가치를 각자 신봉하면서, 서로 배치되는 자기 가치의 완벽한 실
현을 상대방으로부터 구해야 하는 딜레마에 빠져 있다. 극행동
은 이런 상호적인 종속성 때문에 자기 이념에 도달하지 못하는

두 인물의 내적인 허약성을 드러내며, 모욕, 힐난, 공격, 후회와 합리화의 언어로 채워진다.

*

『르와이얄 광장』은 코르네유의 희극 사이클의 두 축 중, 심정 탐구의 축에서 마지막 작품이다. 더 나아가 지금까지의 모든 희극들의 종합편이라고도 할 수 있을 것이다. 『르와이얄 광장』은 자기를 매혹하는 타인의 출현이 경험하게 한 망설임과 의혹(『멜리트』), 오래된 사랑이 안기는 권태와 마음의 반란, 자유의 추구, 성실의 시험(『팔레 상가』)을 이으며, 거기서 제기된 모든 문제와 거기서 경험한 심정의 모든 굴곡을 종합해서 보여준다. 이 극의 인물들은 모두 **"아무개 이후에 등장하는 인물"**들이다. 첫 두 작품에서 사용되었던 가짜 편지와 납치라는 극적 요소와 대사의 유사성도 우리의 기억을 자극하지만, 코르네유 자신이 인물들로 하여금 앞선 작품들을 인용하게 함으로써[212] 그들이 이미

✠

212 *Cf.*, 도라스트가 클레앙드르에게 선수를 뺏기고 그에게 결투를 신청하려 했을 때 알리도르는 이렇게 말한다. "그게 바로 저번에 테앙트(『시녀』의 등장인물)가 했던 말이야." (3막 4장, 746행) 쿠통의 주석처럼 코르네유는 희극 인물들이 같은 집단에 속한다는 것을 강조하면서, 동시에 희극들이 하나의 사이클을 이루도록 하고 있다(*cf.*, Première note du page 418, I, p.1332). 또 필리스는 오빠 도라스트에게 "그가 오빠에겐 제2의 메도르 역밖에 못해"(2막 5장, 503행)라고 말하는데, 메도르는 아리오스트(Arioste)의 『격노한 롤랑(*Roland Furieux*)』의 등장인물로 이 극의 앙젤리크와 동명인 여주인공의 연인이다. 코르네유는 인물들이 책과 연극에서 먼저 인생을 배운다는 것을 『과부』에서부터 암시한다. 『과부』에서는 알시동이 "극장에서 『멜리트』를 보게 했을 때처럼"(『과부』, 3막 3장, 955행)이라고 말하게 하고, 도리스의 새로운 구애자 플로랑주에 대해서는 "읽은 대로 말한다"(1막 4장, 274행)고 평한다. 『팔레 상가』의 서점 장면(1막 7장)에서는 리장드르가 유행하는 연애시들을 비판한다.

자기 상황을 비추어 볼 인용 준거틀을 가지고 있는 인물들임을 확실히 한다. 여기서 우리는 코르네유의 전작들을 점점 더 비극 쪽으로 기울게 한 사랑의 부정적 체험들이 『르와이얄 광장』의 세 인물이 각각 내세우는 대립적 철학의 공통 전제라는 사실을 깨닫게 된다. 자기 사랑을 세계로부터 고립시키려는 앙젤리크나, 사랑에서 벗어남으로써 미래의 고통을 방지하려는 알리도르는 말할 것도 없고, 필리스의 낙천 철학마저 예상할 수 있는 불행들에 의해서만 논증[213]되고 있는 것이다. 그들은 이미 전작들에 의해 제시된 사랑의 여러 시련들에 대한 예감으로 미래를 바라보고 있다. 이 불안에 대처하는 방식으로 전원 소설과 전원극, 비-희극들을 통해 파리의 뒷골목까지 퍼져 있던 사랑의 철학들이 제공된다. 이 극에 이름을 준 공공의 장소에서, 각자의 내적 요구와 기질에 따라 선택되어 윤리적 체계가 된 사랑의 담론들이, 서로 상대방을 단순한 자(simple), 눈먼 자(aveugle), 평범한 자(ordinaire)라고 부르는 의기양양하고 고집스러운, 그러나 허약한 인물들의 관계 속에서 부딪친다.

연인들 사이의 불화는 우선 이 윤리적 체계의 복수성에서 연유한다. 앙젤리크의 사랑은 알리도르의 감옥이고, 알리도르의 자유 철학은 앙젤리크에게 세상을 살 수 없는 곳으로 만든다. 그러나 불행의 궁극적 원인은 그들 자신의 연약성이다. 애정 관계는 세상과 미래에 대한 두려움으로 가득 찬 이들의 근원적 연약성을 증폭시킨다. 사랑이란, 알 수 없는 욕망의 대상, 끝없는 의

✣

213 133~134쪽에 걸친 필리스의 대사 참조.

혹의 대상인 타자가 지닌 위력과 맞닥뜨리는 체험이기 때문이다. 『멜리트』에서 시작된 타자와의 투쟁은 여기서 가장 가혹하게 인물들을 강타한다. 코르네유는 잔인한 속이기 게임을 두 번이나 중복시키고, 가장 지독한 결별, 어떤 용서도 화해도 없는 결말,[214] 하다못해 제라스트의 불행을 기원하는 아마랑트의 저주 같은 것도 없는, 몰리에르의 『염세가(le Misanthrope)』나 라 파에예트 부인(Mme de La Fayette)의 『클레브 공작부인(la Princesse de Clèves)』을 연상시키는 결말로 막을 내려버린다.

이 결말은 당대의 사랑 담론들에 대한 코르네유의 마지막 평가라 할 수 있다. 귀족 사회의 지속과 변화를 동시에 반영하면서, 기사도 로망과 전원 소설, 프레시오지테 소설들에서 사랑의 메타포가 되어주었던 봉건적이고 군사적 용어들이 여기서는 갈랑트리의 공식에서 벗어나 실제적 의미로 사용된다. 힘(pouvoir, puissance), 복종(obéissance), 충성(allégeance), 지배(loi, sous la loi), 종복(serviteur)…… 그래서 사랑은 두 인격의 싸움터가 되고, 둘만 마주치면 힘의 관계가 되어버리는 극복할 수 없는 인간 관계의 한계가 드러나는 자리가 된다.[215] 사랑은 매혹과 더불어,

---

214 에라스트(『멜리트』)와 이폴리트(『팔레 상가』)의 이간질은 그것이 사랑 때문이었다는 이유로 용서된다. 반면 앙젤리크의 행위는 도라스트에게 가장 가혹한 비난과 조롱을 받는다. "뭐라고? 그 〔알리도르〕가 당신을 닮아서 물리치는 거요?/(……)/불성실하다고 그를 버리면 너무하지./당신을 본받아서 그런 건데."(5막 7장 1514~1517행)

215 갈랑트리의 코드들, 다른 예를 들자면 '오만한 적(ennemie superbe)', '주군의 권능', '감옥', '폭군(tyran)' 등의 어휘로 애인의 매력과 지배력을 과장하는 어법은, 칼과 관련된 혈통적 아이덴티티에 기대고 있으면서도, 용맹성보다 예절이, 전투보다 사교 생활이 중요해진 귀족 사회의 변화를 드러낸다. 그렇게 사적 관계의 장으로 이식되어 사교적 아첨에 가까운 것이 된 군사적 용어들은 코르네유의 희극들에서 다시 새로운 기능을 갖게

그러나 또한 불확실성과 더불어, 예기치 못한 때 덮쳐와, 그 쓰라린 맛을 다 보기 전에는 도망칠 수도 없기에 더욱 두려운 싸움터다. 그 두려움이 가면의 효용을 끌어들이고, 거짓도 참회도 모두 가면인 세계, "거짓이 그토록이나 전적으로 행사되고 있는 세상"[216]을 만든다. 한 번도 진실하지 않았고, 한 번도 제대로 읽히지 않은 두 통의 편지가 상징하듯이 말이다.

전작들의 종합과 결론으로서 『르와이얄 광장』이 갖는 의미가 이러한 것이라면, 앞으로 쓰게 될 극과의 관계에서 갖는 의미는 무엇인가? 우리는 그것을 이 극의 인물들의 특징, 즉 이념형 인간의 출현에서 찾을 수 있다. 1막부터 이념형 인물이었던 이들은 두 번에 걸친 가혹한 실험과 시련 끝에 스스로 자신의 이념에 걸맞은 인간이 못 된다는 것을 증명하고도 여전히 이념형 인간으로 남아 있다. 오로지 대상의 획득에만 몰두했던 전작의 인물들과는 달리 이제 우리는, 자기 행위를 이론적으로 정당화하고 체험으로부터 자신의 윤리적 체계의 정당성을 얻어내야 하는 필요를 정념 그 자체 못지않은 비중으로 지닌 인물들과 만난다. 그런데 알리도르는 자유로워지기 위해 앙젤리크의 배신을 얻어내려 하거나, 앙젤리크에 대한 지배권을 움켜쥔 채 자유로워지고자 하고, 앙젤리크의 성실은 알리도르의 성실을 전제로 할 때만 유

✠

된다. 비유적이기만 했던 표현들이 관계 장애의 핵심적 동기인 실질적 두려움과 반감의 표현이 되는 것이다. 『멜리트』부터 나타났던 경계심, 사랑의 상대가 자기를 덜 자기이게 하는 존재라는 인식은 『르와이얄 광장』에서 극대화되고, 초 개인적 압박이 사적 관계에 개입하는 비극에서는 피할 수 없는 숙명적인 것이 된다.

216 5막 7장, 1555행.

지될 수 있다. 이처럼 알리도르의 '자유'와, 앙젤리크의 '성실'은 여전히 관계 안에서 추구됨으로써 실패와 파국으로 귀결되었다. 오직 자력에 의하여, 자기를 희생시켜서라도 구하려 하면 구할 수 있는 가치, 그 가치를 구현함으로써 마침내 자기를 확증(코르네유 인물의 가장 근본적 요구인)할 수 있는 그런 가치이려면 관계를 초월하는 무엇이어야 할 것이다. 코르네유가, 그의 희극들 중 유일하게 연인들의 결합이 아니라 파경으로 끝나는 『르와이얄 광장』 바로 다음에, 다른 장르인 비극(『메데』)을 실험해본 것은 그것을 탐색하는 첫걸음이 아니었을까? 아무튼 그는 『메데』에 이어 한 편의 희극을 더 쓴다. 미진했다는 듯, 또는 희극 사이클이 희극 같지 않게 끝나는 것을 염려한 듯이 말이다.

『극적 환상(l'*Illusion comique*)』

코르네유는 이 극의 「검토」를 이렇게 시작한다.

> 나는 이 작품에 대해 많은 말을 하지 않을 것이다. 이것은 너무도 불규칙해서 검토하는 수고를 들일 가치도 없는 괴상한 농담(galante-rie extravagante)이다.[217]

규칙만 지키지 않은 것이 아니라 그는 자기 희극에서 퇴출시

✛

217 『극적 환상』의 「검토」, I, p.614.

켰다고 자랑했던 희극의 관례적 인물, 허풍선이 마타모르까지 등장시킨다. 게다가 마법사까지 등장한다. 극중에 2년 전과 현재를 보여주는 두 개의 극이 삽입된다. 무대는 세 개의 공간(동굴 밖, 동굴 안, 동굴 안의 무대)을 보여준다. 이런 점에서 여러 비평가들이 이 극을 따로 취급한 것도 이유가 없지 않고, 코르네유 자신이 이 극을 "한 번밖에 시도할 수 없는 카프리치오(caprice)"[218]이라고 부른 것도 수긍할 만하다. 그런데 질문은 여기서 생긴다. 비극으로 넘어가는 문턱에서, 왜 이 '한 번'이 필요했을까? 이 질문에 대한 답은 작품 속에 들어 있을 것이다. 코르네유는 「검토」를 이렇게 끝맺는다.

나는 이 극시에 대해 더 말하지 않을 것이다. 아무리 불규칙하다 해도 이 극에는 어떤 장점이 있음이 틀림없다. 왜냐하면 이 극이 세상에 나온 지 삼십 년이 넘었고, 그토록 긴 세월이 그리도 복된 수명을 요구할 권리가 이 극보다 더 많아 보였던 많은 작품들을 먼지 아래 묻어버렸건만, 이 극은 시간의 모욕을 극복하여 여전히 우리 극장들의 무대에 오르고 있으니 말이다.

✤

218 *Ibid.*, p.615. 코르네유는 초판에 붙인 「M. F. D. R 양에게 보내는 편지(A Mademoiselle M. F. D. R)」와 1660년판에 붙인 「검토」에서 같은 군에 속하는 이 같은 낱말을 세 번이나 쓴다. "이 변덕스러운 희곡(cette pièce capricieuse)", "카프리치오의 새로움(la nouveauté de ce caprice)", 그리고 위의 문장이다. 여기에 단일성이 없다는 뜻으로 쓰인 "온통 갈래갈래인(toute déchirée)", "이 모든 것이 꿰매어져(Tout cela cousu)"라는 표현까지 더하면 코르네유는 이 극의 극행동이 지닌 예외적 특성을 다섯 번이나 강조하고 있는 것이다.

그가 말하지 않은 이 극의 '장점', 그것이 오래 살아 있게 하는 이유를 앞서 해온 대로, 인물과 극행동을 통해 드러나는 전작들과의 '유사성'과 '차이'에서 찾아보자.

인물

가출한 아들을 염려하던 프리다망은 친구의 도움으로 마법사 알캉드르의 동굴로 인도되어, 마법사로부터 아들 클랭도르의 방랑과 출세 이야기를 듣는다(1막). 이어 알캉드르는 환영으로 클랭도르와 주변 인물들을 보여준다. 아드라스트와 마타모르는 이자벨에게 구애하고 있고, 클랭도르는 마타모르의 수행원이 되어 마타모르를 돕는 척하면서 실은 이자벨과 사랑하고 있다. 클랭도르를 사랑하는 이자벨의 시녀 리즈는 아드라스트와 동맹하여 둘 사이를 갈라놓거나 복수하려 한다(2막). 이자벨의 아버지 제롱트는 이자벨에게 아드라스트와의 결혼을 강요한다. 리즈의 도움으로 클랭도르와 이자벨이 만나는 장소를 덮친 아드르라스트와 클랭도르가 맞붙고, 아드라스트를 살해한 클랭도르는 감옥에 갇힌다(3막). 클랭도르가 사형 당할 위험에 처하자 리즈는 그를 구하기로 결심하고, 자기에게 반한 간수의 도움을 받아 탈옥시킨다. 클랭도르-이자벨, 리즈-간수는 결혼할 때까지 자중할 것을 약속하며 함께 도주한다. 아들의 목숨을 염려하던 프리다망은 적이 안심하면서도 신분이 실추된 아들 때문이 마음 아파한다. 알캉드르가 이제부터는 원래 신분에 맞는 모습을 보여주겠다고 한다(4막). 밤, 호화로운 차림의 이자벨이 리즈의 시중을 받으며 플로리람 대공의 저택 정원에 있다. 플로리람 대공의 아내 로진과 밀회하는 클랭드르를 잡으려고 기다리는 것이다. 리즈는 클랭드르의 외도를 용서하라고 조언하지만, 이자벨은 단호하다. 클랭도르를 붙잡은 이자벨은 플로리람 같은 세도가에게 불륜이 발각되면 당할 치욕을 생각하라며 눈물로 하소연한다. 클랭도르는 로진에게 헤어지자고 말하나, 로진은 사랑을 포기하려 하지 않는다. 그때 플로리람의 시종 에라스트가 가신들을 이끌고 갑자기 나타나 클랭도르와 로진을 죽인다. 이자벨은 자기도 죽이라고 하지만, 그녀를 발견한 에라스트는 플로리람이 오래전부터 이자벨을 흠모하여 만나고자 한다고 알린다. 프리다망은 아들의 죽음을 목도하고 따라 죽으려 한다. 알캉드르가 장례식이나 보고 죽으라며 다시 막을 당기니, 호화로운 옷을 입은 배우들이 수입금을 정산하고 있다. 프리다망이 지금까지 본 것은 연극의 무대였던 것이다(5막).

브레히트의 의미로 서사자라고 할 수 있는 알캉드르와 특수 관객인 프리다망의 장면을 제외하면 극행동의 중심인물인 클랭도르가 떠오른다. 집을 떠난 아들 소식을 알고 싶어 애가 타는 아버지 프리다망을 위해 마법사 알캉드르가 '말하는 유령들'[219]의

---

219 1막 3장, 212행.

연기로 펼쳐 보여준다는 설정에서부터 우리의 호기심을 불러 일으키는데, 이런 설정 자체가 전작의 인물들과 그의 차이를 두드러지게 한다.

"활기차고 명예롭게 사는 아들"[220]을 보여주겠다는 마법사의 약속에 아버지는 근심을 덜고 희망을 갖게 되지만, 아들의 삶에 개입할 수는 없다. 그는 다만 아들의 삶을, 그것도 알캉드르가 골라 환영으로 보여주는 부분만 '볼 수' 있을 뿐이다. 이 극의 중심인물 클랭도르의 독자성은 거기서부터 시작된다. 귀족의 아들로 태어난 클랭도르는 『시녀』의 아마랑트처럼 신분 이탈자이지만, 그런 처지를 하늘에 원망하는 아마랑트와 달리 자발적인 신분 이탈자다. 전작의 인물들은 주체할 수 없는 여가에, 몰두할 일이라고는 연애밖에 없는 한량들이었던 반면 그는 허풍선이 검객 마타모르의 대변인이 되어 이자벨에게 주인의 연정을 전하는 일로 "금화를 뜯어내고"[221] 있다. 앞선 희극의 인물들은 신분과 혈연, 우정 관계로 얽힌 좁은 공간에서 사랑을 쟁취하기 위해 각축을 벌였지만, 그는 홀몸으로 파리를 거쳐 보르도에 와 있고, 다시 탈옥과 도주를 거쳐 파리(프리다망과 관객에겐 영국을 거쳐)에 이르게 된다. 전작의 인물들은 자기를 자기 입으로 설명하고, 또 그것을 뒤집기 바쁜 가운데, 계략으로 남을 움직여 심중의 목표를 달성하려 동분서주하지만, 그는 도전하고, 살인하고, 감옥에 갇히고, 탈옥하고 도주한다.

✠

220 1막 1장, 123행.
221 1막 3장, 198행.

이런 동성(動性)은 무일푼의 상황에서 살아가는 그의 다양한 직업들, 즉 부단히 변하는 그의 사회적 정체성과 한 쌍을 이룬다. 마법사 알캉드르가 클랭도르를 '보여주기' 전에 20행으로 요약해주는 가출 후 그의 편력은 이러하다.

> 파리로 가기 위해 시골을 돌아다니며
> 해열 진통에 효과가 있다는 부적을 팔고,
> 점도 치고, 여차저차 파리에 도착했어요.
> 거기서는 다들 재간으로 살아가니까, 그도 그것으로 살았어요.
> 생티노상 수도원에서 비서를 했고,
> 좀 상황이 나아져 공증인 서기를 했고,
> 펜 잡는 일에 싫증이 나서 불현듯 그만두고는
> 노름판에서 손 노름을 했다가
> 시를 쓰기 시작해서, 재능 연습으로
> 사마리텐의 가수들을 부유하게 해주었고
> 이후 그의 문체는 더 멋있는 장식들로 치장되어
> 당차게 소설들까지 써보고(il se hasarda à faire des romans),
> 고티에의 노랫말, 기욤의 말놀이까지 썼다오.[222]
> 장터 약장수로 송진 향 목걸이도 팔고
> 해독제도 팔고
> 다시 법정으로 돌아가 청탁 대리인이 되었소.

222 기욤(Guillaume)과 고티에(Gautier)는 당대의 최고의 익살극 배우로, 노래와 말장난의 대사를 썼다는 말. 클랭도르는 이때 이미 연극계와 접촉이 있었다. 그가 5막에서 배우가 될 수 있었던 것에 대한 작은 복선으로 볼 수도 있을 것이다.

뷔스콩도, 토르메스의 라자리유도,

사야베드르와 귀스망[223]도 그렇게 많은 변신은 못했소.(1막 3장, 167~186행)

그리고 차후의 신분 역시 널을 뛰듯, "부랑아"[224]에서 사형수로 다시 백작의 총신으로 바뀐다. 블랑(A. Blanc)의 말처럼 코르네유는 전작에 없던 피카로[225]-피가로를 만들어낸 것이다.

그가 무대에 등장하기 전에 그가 섭렵한 직업들은 모두 '말'을 수단으로 삼는다. 알캉드르가 그의 부단한 전직(轉職)을 "싫증나서(ennuyé)", "당차게(se hasarda)", "지겨워서"[226]라는 표현으로 수식하고 있는 만큼, 궁핍한 처지보다는 그의 변덕과 다채로운 말솜씨를 증명한다. 허풍선이 마타모르의 사랑을 이자벨에게 대신 전하는 대리인[227]으로 고용된 그가 상전은 물론, 경쟁자인 귀족 아드라스트까지 제치고 이자벨의 마음을 얻는 것도 말솜씨의 덕택이다.[228]

✛

223 열거된 이름들은 당대에 프랑스어로 번역되어 큰 인기를 끌었던 스페인 피카레스크 소설의 인물들이다.

224 2막 7장, 583행.

225 *Cf.*, André Blanc, "A propos de L'Illusion Comique où sur quelques hauts secrets de Pierre Corneille", in *RHT*, No 142. 1984. pp.211~212.

226 "명예도 결실도 없는 그 많은 직업들이 지겨워서"(1막 3장, 191행)

227 *Cf.*, 2막 7장, 591행.

228 코르네유는 그에게 말솜씨 이외에 "잘생긴 얼굴"(2막 8장, 616행), "타고난 검술"(5막 3장, 1441행)을 더 부여한다. 전자는 그가 계속 여자들의 사랑을 받는 까닭을, 후자는 아드리스트를 살해한 것, 영국에서의 출세를 뒷받침해준다.

아드라스트

〔이자벨〕 자네 말에 싫증을 내? 누구를 질리게 하기에 자네는,

입담도 너무 좋고, 재치도 대단해!(2막 6장, 525~526행)

리즈

결국 아마도 돈이 필요해서, 아니면 변덕 때문인지,

우리의 로도몽〔허풍선이〕을 섬기게 되었는데,

로도몽의 정신나간 사랑을 전하는 대변인에 지명되자,

이자벨이 그의 말에 귀를 기울이게 된 거죠.(2막 7장, 590~692행)

그는 점쟁이였다가 수도원 서기도 되고, 시를 쓰는가 하면 공중인 서기 노릇도 하고, 소설도 쓰고 광대(farceur)의 대본도 써 보았다. 이처럼 만능 '말꾼'인 그는 상황에 맞춰 정곡을 찌르는 각양각색의 수사법을 구사하여 상대를 장악한다. 이자벨을 유혹할 때 그는 전작 인물들이 사용한 전원극 풍 수사학을 사용한다.

이자벨

내게 무슨 이야기를 들려줄 건가요?

클랭도르

내가 이자벨을 숭배한다는 이야기,

이젠 내게 오직 그녀를 향한 가슴과 영혼밖에 없다는 이야기.

이 내 목숨은……(2막 5장, 485~487행)

이렇게 시작된 그의 사랑 고백은 "그런 쓸데없는 말은 그만두

라"[229]는 이자벨의 저지로 더 이어지지 않지만 그 짧은 대사에 끼워 넣은 '가슴' '영혼' '목숨'만으로도 그에 앞서 어떤 언설로 이자벨의 마음을 얻었을지 짐작케 한다.

그처럼 이자벨 앞에서 그는 그녀의 순수 사랑론의 가락에 맞춰 찬탄과 겸손으로 버무린 전원극의 신실한 연인의 언어로[230];

오 하느님! 누가 생각이나 했겠습니까, 가혹한 제 운명이

사랑에 빠진 제 가슴에는 이리 쉽게 항복할 줄을!

엄한 아버지로 인해 고향에서 쫓겨난 이래

도와주는 이도, 친구도 없이 가난에 짓눌려서

괴짜 주인의 오만한 변덕,

우쭐거리는 자의 비위나 맞추며 살게 되었는데,

이리 가련한 상태에 처한 제 초라한 처지는

그래도 당신의 자비로운 마음 한구석을 찾아냈건만,

세도가인 제 연적(戀敵)의 재산과 지위는 당신에게서

저의 **진실한 사랑**보다 얻어낸 바 없다니!(2막 5장, 495~504행)

그녀의 사랑의 신념을 더욱 단호하게 하여 곧 이어질 제롱트-이

---

229 2막 5장, 487행.

230 『극적 환상』의 인물들의 대사와 당대 연극들이 사용한 수사법의 유사성에 대해서는 G. Jonathan Mallinson, *The comedies of Corneille, Experiment in comic*, Manchester Univerity Press, 1984, pp.164~185 참조. 말린슨의 연구는 인용된 모든 인물의 모든 대사가 이미 당대 연극에 나오는 대사들과 유사함을 세세히 밝혀놓았다. 우리는 이미 코르네유 작품 속에서 그들의 대사가 들은 것, 읽은 것을 흉내 내고 있음을 지적했다. 그리고 코르네유 자신의 모든 대사들이 여기저기에서 메아리처럼 반향하고 있음을 『극적 환상』에서 확인하고 있는 것이다.

자벨의 부녀 대결에서 자신의 승리를 공고히 한다.[231]

한편 시녀 리즈를 유혹할 때는 티르시스(『멜리트』)를 연상시키는 바람둥이 어조로 리즈의 육체적 매력을 열거하고;

> 이런 얼굴은 흔치 않아.
> 누가 당신 때문에 달아오른다면, 공연히 그런 게 아니지.
> 난 이렇게 사랑스런 여자를 본 적이 없어.
> 영리하고, 잽싸고, 꾀바른 머리, 약간 빈정대는 기질,
> 매력적으로 통통한 몸매, 돋보이는 체격,
> 부드러운 눈, 싱싱한 혈색에 섬세한 이목구비까지,
> 당신을 사랑하지 않을 난폭한 놈이 어디 있을까?(3막 5장, 774~780행)

이자벨과의 사랑은 정략적 사랑일 뿐이라고 변명하며, 리즈에게 정부(情婦)의 자리까지 제안한다.

> 그녀와 결혼하기로 약속했다고 해서
> 정말 내가 당신보다 그녀를 더 사랑한다고 생각해?

---

231 이자벨의 아버지 제롱트 역시 『시녀』의 제라스트보다 훨씬 권위적이고 경직된 인물로 등장한다. 그는 반항하는 딸에게 이렇게 말한다. "어떤 선생이 네게 그런 철학을 가르쳤니?/아는 것이 참 많구나, 하지만 네 그 지식을 다 동원해도/내가 내 권한을 행사하지 못하게 하진 못해." 반면 다프니스의 아버지 제라스트는 딸의 항의를 물리친 뒤 이렇게 독백한다. "불쌍한 마음이 들었어, 그 애 눈물을 보니/더 이상은 도저히 냉정해질 수 없었고,/더 이상 부당한 가혹함을 유지할 수 없었어./그래서 내가 항복하게 될까 봐 그 애를 몰아낼 수밖에 없었어."(『시녀』, 4막 2장, 1061~1064행)

사랑과 결혼은 다른 방식을 갖고 있는 것,

하나는 가장 사랑스러운 것을, 다른 하나는 가장 안락한 것을 좇지.

나는 가난하고 너는 가진 게 없지.

무(無)는 다른 무(無)와 결합되기 어려워.

하지만 네가 내 정열을 솜씨 있게 다루기만 하면,

아내는 종복이고, 애인이 주인인 거야.

덜 자주 볼수록 쾌락은 커지는 거지:

아내는 그것을 사고, 애인은 그것을 파는 거야.[232] (3막 5장, 787~
796행)

그런가 하면 아드라스트 살해죄로 투옥되어 사형당하기 전날
밤 독백에서는, 희비극 인물의 비장한 어조로, 다시 이자벨을 향
한 사랑을 하나뿐인 진정한 사랑으로 돌려놓는다.

결국 죽어서 그녀의 아름다운 눈과 이별해야 하는구나.[233]

그 숙명적 사랑이 나를 이다지도 영광되게 하는데.(4막 7장, 1259
~1260행)

✠

232 그런데 이 뻔뻔한 바람둥이의 언사 또한 가난한 리즈의 마음을 파고들어 공감을 일구
고, 그녀의 양심을 약화시킨다! "하지만, 뭘 했기에 네가 죄인이란 말이냐?/행운을 좇는
게 그렇게 벌 받을 일인가?/너는 나를 사랑하는데, 재물이 널 지조 없게 만든 거지./우
리가 사는 세상에서 누가 그렇게 하지 않겠어?/그의 혐오스러운 사랑 계획들은 잊어버리
자./그가 받을 만한 행복을 누리도록 내버려두자./사랑하는 이 마음에서 이는 갖가지 생
각들이여!/사랑하는 마음에서 벌어지는 가혹한 전투가 괴롭구나!"(3막 7장, 837~844행)
리즈의 이 갈등에서 사랑이, 또는 연민이 이겨서 그녀는 클랭드르를 돕기로 결심한다.
233 1660년 판에서는 이렇게 수정된다. "저 아름다운 눈과 헤어지는 것보다 더한 벌이 있
을까?"

이자벨, **오직 당신만이** 내 열정을 다시 일깨워

이 공포를 흩트리고 내 영혼을 진정시켜요!

그대의 신성한 아름다움을 떠올리자마자

저 흉측한 영상들이 사라지는군요.

불행이 어떤 혹독한 공격에 나를 내어주건

나를 기억해주오, 그럼 난 다시 산다고 생각할 거요.(4막 7장, 1289

~1294행)

하지만 5막에 가면, 자기를 출세시켜준 상관의 아내 로진과 불
륜에 빠진다. 그들의 밀회를 덮친 이자벨이 배은망덕한 배신을
비난하자 그는 냉정한 논객이 되어 되받아치며;

당신의 도주, 당신의 사랑을 내 탓으로 돌리지 마.

사랑이 한 영혼을 사로잡으면 못할 게 뭐지?

사랑의 힘이 나를 보는 것에 당신의 쾌락을 붙들어 매었고,

그러니 당신이 따라온 것은 나라기보다는 당신 자신의 욕망이야.

내가 그때 별로 가진 게 없었던 건 사실이지, 하지만

도망 나옴으로써 당신 재산도 나랑 비슷해져버린 걸 기억해야지.

당신을 따라오지 않은 당신 재물의 광채도 당신을 훔쳐내올 만큼
대단치는 않았어.(5막 3장, 1434~1440행)

교묘하게도 자신과 아내의 사랑을 들어 자기의 불륜을 정당화한다.

난 당신을 사랑해, 그리고 내 가슴을 뒤흔든 사랑이

태어나는 순간 꺼트려버릴 수 있었다면

덩신을 향한 내 사랑도 이런 힘을 가질 수 없었겠지.

하지만 아무리 그것에 저항해보아도 소용없어.

그것을 다스릴 수 없다는 걸 당신 자신이 경험했잖아.

당신이 아버지와 고향과 재물을 버리고

가난한 나를 따라오지 않을 수 없게 했던 그 신(神),

바로 그 신이 지금, 나도 어쩔 수 없게 나를,

한밤의 쾌락 좀도둑이 되게 했다고.(5막 3장, 1493~1500행)

요컨대 그는 '마음대로 불지르다, 꺼트리다 할 수 있는'[234] 알리도르(『르와이얄 광장』)식 자유를 실천하고 있는 것이다.

코르네유는 아버지의 집을 나간 자, 그래서 약속의 무게와 평판의 위협에서 해방된 자연아를 주인공으로 내세워, 고정된 정체성 없이 운명에 실려, 아니 운명을 타고, 그날그날 자기 앞에 주어진 상황에 그때그때 적절한 논리로 유연하게 적응하며, 거기서 제 몫의 쾌락을 얻는 자, 몽테뉴(Montaigne)의 표현을 빌리자면 "세상에 처박히지 않고, 세상의 표면을 미끄러지는 자"[235]의

234 1막 4장, 218행.

235 Montaigne, *Les Essais*, ed Villey-Saulnier, Puf., 2004, p.1005. 몽테뉴는 보르도 사람이었고, 그의 영지를 딴 성 '몽테뉴'의 원래 발음은 몽타뉴다. 알캉드르는 1막에서 프리다망에게 그의 가명을 가르쳐준다. 보르도로 간 프리다망의 아들, "그는 공상에 빠져 자기 이름을 감추고/몽타뉴경 클랭도르라는 이름을 지어 가졌소."(1막 3장, 205~206행) 인간 정신과 태도, 생각의 변덕(caprice)과 만물의 불안정성(inconstance)은 『에세』의 주요 테마이기도 하다는 점에서, 알캉드르로 하여금 극중에 다시는 언급되지 않는 클랭도르의 가짜 성(姓)을 여기서 언급하는 것은, 스페인의 피카레스크 소설 주인공들의 이름을 나열한 것이나 마찬가지로, 독자와 관중의 문화적 바탕을 이용하여 앞으로 등장할 인물에

모습을 그려 보인다. 그리고 그의 그 비고정성에 걸맞게, 열정적 애인의 언사, 냉소적 현실주의자의 언사, 뻔뻔한 이기주의자의 언사를 자유자재로 구사하게 하여, 전작의 모든 남성 애인들을 연장하고 종합한다(코르네유 식으로 말하자면 "꿰매"[236]놓는다).

이자벨 또한 아버지의 권위에 대항하고, 가출을 실천함으로써 전작의 인물들을 연장한다. 『멜리트』에서부터 사랑은 자율권에 대한 개인의 욕구가 드러나는 계기였다. 이 욕구는 좌절된 원한을 함축하는 도리스(『과부』)의 '체념', 약속을 지키지 않으려는 아버지에 대한 다프니스(『시녀』)의 '항변'이라는 소극적 행태, 앙젤리크의 실패한 도주를 거쳐, 이자벨의 도전과 도주로 마침내 실현된다. 그리고 이 도전을 가능하게 하는 것은 사랑에 관한 앙젤리크(『르와이얄 광장』)식 확신이다.

우리의 정열이 도달한 경지에선, 서로 쳐다보는 것만으로 충분하죠. 당신의 눈길 한 번이 다른 이들의 모든 말을 합친 것과 같아요.(2막 5장, 493~494행)

그러나 매번 그랬듯이 코르네유는 앙젤리크와 이자벨 사이에도 '차이'를 만든다. 앙젤리크는 자기 신념을 당위로 여기며 보편적 진실인 양 필리스를 설득하려 들지만,[237] 이자벨은 '나의 신

✛

대해 관중과 독자를 준비시키는 극작가-연출가의 작은 전략으로 읽을 수 있을 것이다.
236 "이 모든 것이 함께 꿰매져서 한 편의 희극을 만든다."(『극적 환상』의 「검토」, I, p.615)
237 132~133쪽의 앙젤리크와 필리스의 대화 참조.

넘'을 '나의 선택'에 연결하고;

> 출생이 부과한 율법에 아직도 귀 기울이기에는
>
> 사랑이 내 마음을 너무도 강하게 장악하고 있어요.
>
> 아버지는 많은 것을 할 수 있지만, 내 **신념**에 댈 바는 못 되죠.
>
> 그분은 자신을 위해 선택했으니, 나는 **나를 위해 선택**하고 싶어요.
>
> (2막 5장, 513~516행)

거기에 도덕적 정당성을 더하여;

> **이자벨**
>
> 선택이란 그렇게 해야 하는 거죠. 그리고 진정한 사랑은
>
> 그것이 사랑할 만하다고 여기는 것에만 집착하는 거예요.
>
> 재산이나 조건을 고려하려는 자는
>
> 탐욕이나 야망에 가득 찬 사랑밖엔 하지 못하고,
>
> 그 야비한 혼합으로 비열하게도
>
> 아름다운 영혼이 낳는 가장 고상한 열망을 더럽히는 거죠.(2막 5
> 장, 505~510행)

자기의 정체성으로 수렴한다.

> 우리는 아주 흔히 사물들에 각양의 이름을 부여하죠.
>
> 내겐 가시인 것을 당신은 장미라고 부릅니다.
>
> 당신이 섬김이요 애정이라고 부르는 것,

그것을 나는 형벌이요 고문이라고 불러요.

모두가 똑같이 자기 믿음 안에서 고집을 피우는 거죠.(2막 3장,
365~369행)

그렇게 강화된 주체적 신념이 그녀의 적극성을 만든다. 번번
히 알리도르의 책략에 휘둘리기만 했던 앙젤리크와는 달리, 이자
벨은 클랭도르의 애정행각과 뻔뻔한 논리 앞에서 무너지지 않는
다. 그녀는 클랭도르를 탈옥시키고, 상관의 아내와 위험한 밀회
를 꾀하는 클랭도르를 끝까지 설득하며 극행동을 이끌어 간다.[238]

그렇게 이자벨은 자기 믿음이라는 안경을 통해 불성실한 클랭
도르에게서 "너무나도 완벽한"[239] 애인을 보고, 그를 선택한 것
을 "아름다운 선택"[240]이라고 부른다. 그 아름다운 선택의 결과
그녀는 남편이 된 클랭도르의 "미친 열정"[241]을 용인하지 않을
수 없게 된다(5막 3장). 부유한 이자벨을 유혹한 클랭도르는 자
기와 마찬가지인 가출녀를 아내로 얻고, 사랑 지상주의자 이자
벨은 바람둥이를 남편으로 얻는다. 이렇게, 전작에서 볼 수 없었

<hr />

238 이 점에서 이자벨은, 혼란을 타개할 힘을 자기 안에서 찾고자 한 리장드르, 도리망과
도 연결된다(100쪽 참조). 하지만 이 극은 인물들의 성격 탐구를 주된 주제로 삼지 않는
다. 변화하고 넓어진 세계, 온갖 계층이 어울려 돌아가는 세상에서 인물 각각의 환상이
부딪치고 얽히며 만들어지는 또 하나의 환상을 제공하며, 연극이란 무엇인가를 묻는다.
따라서 깊이 있는 심리분석을 시도하지는 않는다. 하지만 비극과의 접점을 찾는다는 점
에서는 앞선 인물들로부터 얼마간의 '성숙'과 '진전'을 보여준다는 사실은 지적해둘 만
할 것이다.

239 4막 1장, 992행.

240 4막 1장, 1008행.

241 5막 3장, 1511행.

던 인물들의 적극성과 운명의 부침에도 불구하고, 아니 운명의 부침까지 가세하여, 코르네유 초기 희극들에서 끊임없이 반복되는 존재(être)와 외양(paraître)의 괴리, 자기 신념에 대한 맹목성, 그 신념에 의한 대상의 왜곡은 여기서도 모든 인간관계와 극행동 전개의 기반이 된다.

이렇게 보았을 때, 이 극에 색다른 색채를 부여하고 있는 것처럼 보이는 마타모르가, 겉보기처럼 예외적 인물일 수 있을까? 희비극과 전원극이 성행하던 시기에, "희비극의 고삐 풀린 상상과 파르스의 거친 웃음을 거절하고, 삶의 관찰에 기초한"[242] 희극을 선보였던 코르네유는 여기서 스스로도 자부심을 가지고 그 새로움을 뽐내게 될[243] 조심스런 사실주의를 버리고 있는 것일까? 마타모르의 허장성세가 도저히 속아줄 수 없는 차원으로까지 부풀려진 점에서는 그렇다고 말할 수 있다. 그는 "번개를 대포로 사용하고, 운명을 군사로 쓰는"[244] "제2의 마르스"[245]요, 모든 왕국의 왕비들을 매혹시킨 잘생긴 용모와 모든 왕들을 굴복시킨 용맹을 겸비하였으며, 주피터를 협박해서, 용모와 용맹의 겸비로 인한 골치 아픈 혼란을 해결하기 위해 그 둘이 번갈아 나타나게 하는 기술까지 얻어냈다(2막 1장). 그는 이처럼 인간계뿐 아니라 초자연계까지도 호령한다는 몽상 속에 살고 있다. 이 몽상은 비현실적이지만 자신을 남다른 자로 인식시키려 애쓰는

✛

242 Couton, *op. cit.*, p.18.
243 32쪽의 첫번째 인용문 참조.
244 2막 1장, 239행.
245 2막 2장, 243행.

다른 인물들의 자기 과시와 본질적으로 다른 것은 아니다. 그의 비현실적 몽상은 웃기지만, 그 몽상이 드러내는 욕망의 근저에는 기사도 로망 이래 프레시오지테 문학까지 모든 사랑의 이야기들이 퍼트린 '완벽한' 애인의 신화가 있다. 그는 고전 신화를 인용하고[246] 동양과 아프리카의 전투들을 언급하며, 당대에 널리 쓰인 상투적인 운율을 사용한다.[247] 다시 말해 그는 돈키호테처럼, 몽상가이기 이전에 독서가다. 그러나 돈키호테의 몽상은 돈키호테를 현실 속으로, 모험을 향해 떠미는 반면, 마타모르의 몽상은 과거에 있었던 가상의 성취에 대한 '이야기'[248]로 만들어져, "나뭇잎 한 장, 그림자, 연기 한 가닥만으로도 겁나게 할 수 있는 비겁한"[249] 자아(être)를 감추고, 무서운 연적,[250] 두려운 여인,[251] 실연의 아픔이라는 현실에서 도망칠 수 있는 출구를 제공한다.

✠

246 *Cf.*, 2막 1장, 291~308행.

247 *Cf.*, 2막 1장, 234행의 주 1. I., p.1432.

248 이 이야기를 위해 말꾼 클랭도르가 고용되고, 이것을 현실화하기 위해 시동이 고용된다(*Cf.*, 2막 4장, 461~474행). 시동의 등장은 몽상을 현실에서 이어가기 곤란할 때, '아이슬랜드 전령이 도착했다'는 식의 거짓으로 마타모르를 '현재'에서 구해주는 역할을 맡고 있다. 시동은 마타모르가 클랭도르의 말솜씨에 밀리는 순간 나타나고("어쩌면 너는 그렇게 장소와 시간을 잘 기억하고 있느냐!/나는 잊어버렸는데." 2막 4장, 456~567행), 마타모르는 다음 대사와 더불어 무대를 떠난다. "나의 여왕이여, 친애하는 내 심복과/대화를 나누며 한동안만 참아주시오./그는 내 생애의 모든 이야기를 알고 있으니,/그대가 어떤 사람을 사로잡았는지 말해줄 것이오."(2막 4장, 471~474행)

249 3막 5장, 763~764행.

250 아드라스트를 피하며 하는 마타모르의 대사: "저 건방진 놈은 용감하지는 않아./하지만 성질이 나면 무례해져./저런 미인과 같이 있다고 우쭐해져서/ 터무니없게도 내게 시비를 걸어올지 몰라."(2막 2장, 335~338행)

251 이자벨을 클랭도르에게 남겨두고 떠나는 마타모르의 행위(2막 4장)에 대한 심리적 해석에 관해서는 *Cf.*, Verhoeff, *op. cit.*, p.94.

용맹은 싸우지 않을 구실이 되고;

나는 반쯤만 무시무시하게 될 수는 없으니,

내 적과 함께 있는 내 애인을 죽이게 될 거야.

그러니 이 구석에서 그들이 헤어질 때까지 기다리자.(2막 2장, 342

~345행)

하인(클랭도르)에게 애인(이자벨)을 빼앗긴 기막힌 현실을 위해
서는 관용의 신화가 준비되어 있다.

나의 여왕이여, 내 열정이 언젠가 그대를 아내로 맞이하려 했다는

그 영광에 대해서는 더 이상 생각하지 마시오.

사정이 좀 있어서 계획을 바꿨소.

하지만 난 그대에게 내 손으로 한 남자를 주고 싶소.

그를 존중해주시오, 그 역시 용감한 자요.

그는 내 밑에서 지휘했소.(3막 10장, 953~958행)

"마타모르는 행동 없는 로드리그 또는 오라스"[252]라고 나달은
말하였다. 그러나 그보다 먼저, 마타모르는 전작의 모든 인물들
의 과장된 캐리커처로 간주될 수 있다.[253] 영웅주의라는 담론을

---

252 Nadal, *op. cit.*, p.119.

253 *Cf.*, Milorad Margitić, "Humour et parodie dans les comédie de Corneille", in *PFSCL
XXV*, vol. 48, 1998, p.161 "마타모르는 예외가 아니다. 반대로, 그는 전형적 예(exemple
typique)다."

자기화함과 동시에 자신의 참 존재와 내보임 사이의 괴리를 극대화하고, 이상화된 자기의 이미지로 타인을 현혹하기 위해, 행동이 아니라 말에 의지한다는 점에서 말이다. 그뿐 아니다. 자기 이야기를 '연출'하기 위해 동원한 조연들의 이탈과, 기어이 현실 원칙의 승리를 인정할 수밖에 없는 순간을 맞이한다는 점에서까지 타 인물들과의 상동성은 연장된다.

(천상의 양식을 먹으며 망을 보던 다락방에서 클랭도르를 구하러 내려왔다는 마타모르의 말에)

리즈

솔직하게 고백해요, 배고픔에 쫓겨서,

차라리 빵 전쟁을 하러 왔노라고.

마타모르

둘 다야, 제기랄! 천상의 양식은 되게 맛이 없더라고!(4막 4장, 1189행)

코르네유는 마타모르를 "상상 속에만 있는 인물이요, 웃기기 위해 일부러 만들어낸 인물이며 사람들 사이에서는 모델을 찾을 수 없는 인물"로 소개하면서, "허풍선이 역할을 너무도 잘 떠받쳐서, 나로 하여금 어떤 언어에서건 이보다 더 그 역할에 적절한 인물은 발견하기 어려울 것이라는 생각을 하게 한다"[254]고 쓴

---

[254] 『극적 환상』의 「검토」, p.614.

다. 마타모르는 허풍선이의 전형, '신화적' 허풍선이이고, 이 허풍선이의 '말로 만든 환상'과 '실재'의 대조, 그리고 말의 실패가 웃음을 유발한다는 말이다. 그리고 이를 통해 우리는 '웃음 없는 희극'이라는 코르네유의 희극의 어디에서 그 희극성을 찾아야 할지를 깨닫게 된다.

그러므로 마타모르는 삽화적 인물이거나 예외적 인물이 아니다. 그는 자기 꿈에 따라 현실을 조정하려 한 모든 인물들의 그럴싸한 말과 행위에 내재된 '환상(illusion)'을 가려내게 하는 시험 모형이다. 그런데 그의 기능은 여기에 머무르지 않는다. 베르회프의 말대로 '환상'은 "인물들의 수준에서만 작용하는 것이 아니라, 이 극 전체의 구조화를 특징짓기"[255] 때문이다. 그는 클랭도르와 시동[256]을 고용하여 한 편의 연극을 만들고 있고, 우리는 이미 '연출'이라는 단어와 '환상'이라는 단어를 사용했다. 그런데 이 극 전체는 알캉드르의 마법 지팡이에 의해 시작되는 환상[257]이다. 현실에 환상의 옷을 입히고 자기 환상의 주인공이 되고자 한 마타모르는 실패한 마법사로서, 『극적 환상』 전체를 존재하게 한 마법사 알캉드르의 희화화된 아류가 된다.

✠

255 Verhoeff, *op. cit.*, *p*.112.
256 그는 세상 곳곳에서 여왕과 공주들이 보내온 연서를 전달하는 역할을 맡고 있다(2막 4장).
257 "(……) 당신의 정신이 충분히 대담하다면,/환상의 형태로 그의 삶을 볼 수 있을 것이요./그에게 일어난 모든 사건들이/살아 있는 육체와 마찬가지인 정령들에 의해 당신 앞에서 표현될 것이요./그들은 몸짓도 하고 말도 하지요."(1막 2장, 149~153행)

극행동

마타모르와 알캉드르의 연관성을 상기하면, 우리는 이 극 전체 구조의 문제와 마주하게 된다. 작가 자신이 이 작품에 붙인 별칭 '이상스런 괴물', '변덕스런 작품'이요 '괴상한 농담'은 무엇보다 이 극의 구조와 관련된다. 이 구조의 특이성은 세 개의 이야기(intrigues)를 진행시키며 현실성의 정도가 다른 장경들을 연달아 보여준다는 데 있다. 집 나간 아들의 소식을 알게 되는 아버지의 이야기, 그 아들의 사랑 이야기, 배우가 된 아들이 출연하는 비극의 이야기가 동시에 또는 순차적으로 진행된다. 무대는 아들 알캉드르가 프리다망을 위해 환상을 불러내기로 하는 과정을 보여주고(1막), 클랭도르의 희비극적인 사랑의 모험을 보여준 뒤(2, 3, 4막), 상관의 아내와 연사를 벌이다가 아내의 충고로 회심하고도 애인의 남편이 보낸 기사에 의해 죽임을 당하는 인물의 비극적 최후를 보여준다(5막 1장~5장). 이어 배우들의 수입 분배 광경(5막 6장)이 앞서 본 5막의 장경이 연극의 한 장면이었음을 알려준다. 그러는 동안 이 모든 장경의 창조자인 마법사 알캉드르와 아버지 프리다망의 대화가 부단히 거기에 섞여든다. 바로크 연극이 즐겨 사용하는 '극중극'의 형태를 도입하고 있는 것인데, 간단한 내용 요약에서도 드러나듯, 여기서 '극'과 '극중극'은 이 연극 내부에서 지칭되는 바처럼 간단하게 구분되지 않는다.

이 극은 예를 들어 섹스피어의 『햄릿』에서처럼 현실과 연극을 뚜렷이 구획 짓지 않는다. 『극적 환상』은 환상을 중첩시키며 끊임없이 현실과 환상 사이의 경계를 흐려놓는다. 알캉드르의 마법 지팡이에 의해 막 뒤에서 나타난 의상으로 "분장한(se parer)"[258] "허깨비들(fantomes)"[259]이 연기하는 클랭도르의 '현실'은 어디까지일까? 배우들의 장면을 현실의 차원에 놓아야 할까? 코르네유는 5막 6장에서 연극으로 밝혀지는 '극중극'의 '인물들'이 2, 3, 4막에서 보여준 클랭도르 일행의 전력을 자기들의 과거사로 계속 언급하게 함으로써, 그 극중극을 2, 3, 4막에 이어지는 '현실'로 오인하게 한다(프리다망은 아들이 죽는 장면에서 현실로 생각하고 비명을 지른다). 그런데 2, 3, 4막은 확실히 '현실'인가? 클랭도르라는 이름이 가명이라는 점, 파르스(farce, 笑劇)의 단골 인물이고 "현실에서는 찾아볼 수 없는" 마타모르를 등장시키고 있다는 점은 이 질문에 대해서도 확답할 수 없게 만든다. 그뿐 아니라, 위에서 보았듯이 2, 3, 4막에서 연극을 하고 있는 것은 마타모르만이 아니다. 아드라스트 살해로 인해 클랭도르 일행이 보르도(무대)를 떠나지 않을 수 없게 되기까지, 각자는 상황을 회피하기 위해, 상황을 유리하게 만들기 위해, 상황을 지배하고 있다는 자만심 속에서, 타인을 조종하고 속이는 연극에 몰두하고 있다. 이자벨의 마음을 얻은 클랭도르는 한편으로는 연적인 귀족 아드라스트를 거짓으로 조롱하고,[260] 다른 한편으로는 시녀 리즈와 진심을 알 수 없는 사랑놀이를 계속한다(3막 5장). 투옥으로 클랭도르가 동성(動性)을 상실하고 나면, 그

⚜

258 1막 2장, 144행.
259 2막 1장, 213행. 4막 10장, 1340행.
260 "내가 당신 사랑에 해를 끼칠 만하다고 생각하십니까?"(2막 6장, 555행)

를 구하기 위한 리즈의 연극이 시작된다. 리즈의 연극에 말려든 간수는 감옥 문을 열어주며 이번엔 자기 주재의 연극을 즐긴다(4막 8장). 블랑이 말하듯 이 같은 '거울과 반사의 놀이들은 무한히 연장'[261]된다. 소극(笑劇), 전원극, 희비극의 조각들을 꿰매 한 편의 카프리치오를 조립하면서 말이다.

그러면서도 이 극은 로트루(Rotrou)의 『진정한 성 주네(Le véritable Saint Genest)』에서처럼 연극(환상)이 현실을 잠식하지도 않는다. 극행동이 분절될 때마다(2막 1장, 2막 종장, 3막 종장, 4막 종장, 5막 1장, 5막 종장) 환상 창조자인 초연한 알캉드르가 환상을 현실로 착각하는 초조한 프리다망을 데리고 등장해서, 이미 제시된 것과, 앞으로 제시될 모든 것을 연극으로, 오직 **시선에 주어진 대상**으로 명백히 돌려놓는 것이다.

아무 말도 하지 말고, 걱정도 말고 모든 것을 보시오.(1막 3장, 208행)

무엇이 당신 눈에 주어지든, 그것에 대해 전혀 두려워 마시오. (2막 1장, 215행)

극작가/연출가와 특수 관객의 존재, 그리고 그들의 대화는 이 연극을 "가시적 세계의 실재성을 묻는 질문[262]이 아니라", 하나의 **연극론**으로 만든다. [263]

✢

261 Blanc, *op. cit.*, p.212.
262 *Ibid.*
263 이 연극론은 블랑이 말한 것과는 달리, 17세기 인의 현실 인식이 아니라 극의 구조 자체

그렇다면 이 연극론은 어떤 것일까? 실패한 연출가 마타모르와 성공한 연출가 알캉드르의 대조는 알캉드르의 기술을 분명히 드러내준다. 마타모르는 자신의 힘을 과시하여 타인의 숭배를 받고자 한다. 마치 알캉드르가 경멸하는 어설픈 신참 마법사처럼 말이다.

> 이 기술의 신참자들은 자기들의 향과
>
> 강력한 것인 체하는 알지 못할 단어들과,
>
> 풀이며, 향수, 그리고 의식(儀式)들로
>
> 이 직책을 한도 끝도 없이 지루하게 만들지요.
>
> 하지만 결국 그것은 사기 굿일 뿐
>
> 잘난 체하고 겁을 주기 위한 것이지요.(1막 2장, 127~132행)

알캉드르는 '자연을 호령하는' 묘술을 지닌 마법사지만, "벼락에게 명령하거나, 바다를 부풀리거나, (……) 바위를 옮겨놓거나, 구름을 내려오게 하고, 밤하늘에 두 개의 태양이 번쩍이게"[264] 하지 않는다. 프리다망은 "그런 기적들을 원하지 않는

에서 비롯된다. 알캉드르는 의상을 보여주고 연기하고 말하는 망령들을 보여준다. 환상을 현실로 착각하는 것은 이야기 속에 깊이 연루된 아버지 프리다망의 정서적 참여에 의한 것이다. 알캉드르가 클랭도르의 죽음 장면에 절망하는 프리다망에게 던지는 매우 바로크적인 대사: "운명은 우리의 희망을 가지고 놀지요./그의 바퀴가 구르는 대로 모든 것이 올라갔다 내려가는 것이오./세상을 지배하는 그것의 변덕스런 명령에 따라/행복 한가운데서 가장 큰 불운이 생겨난다오"(5막 6장, 1725~1729행)는 자신의 성공을 음미하며 연극에 말려든 프리다망을 놀리는 것이지, 자기가 보여준 것의 교훈을 요약하는 도덕적 잠언이 아니다.

264 1막 1장, 48~50행.

다"!²⁶⁵ 알캉드르의 신통력은 "우리 의중intentions"²⁶⁶의 온갖 비밀을 알고, "생각들(pensées)"²⁶⁷을 읽고 "미래와 지나간 일들을"²⁶⁸ 안다는 데 있다.

> 그에겐 온 세상 어떤 것도 비밀이 아니고,
> 우리들의 운명이 그에겐 열려진 책이랍니다.(1막 1장, 57~60행)

마타모르는 자기 꿈으로 세상을 채색하고, 자기가 주인공인 연극을 만들려다 실패한다. 허무맹랑한 그의 환상을 타인에게 설득할 수 없고, 저마다 자기 꿈을 가진 인물들을 자기의 환상 속으로 끌어들일 수 없기 때문이다. 반면 **타인의 이야기**를 해주는 것, 그것이 알캉드르의 방식이다. 프리다망에게 알캉드르를 소개하는 도리망은 말한다.

> 나도 영감님처럼 믿을 수 없었어요.
> 하지만 그가 나를 보자마자 내 이야기를 하더라구요.
> 젊은 날 연애할 때 했던 짓들을
> 가장 감춰진 것까지 말하는 걸 듣고 놀라버렸어요.(1막 1장, 61~64행)

中

265 1막 1장, 56행.
266 1막 2장, 91행.
267 1막 1장, 57행.
268 1막 1장, 57~58행.

알캉드르의 신통력을 불신했던 프리다망이 그를 신뢰하고 의지하게 되는 것도 같은 이유다.

> 무엇이든 다 아는 우리 시대의 예언자여,
> 내 괴로움의 원인을 숨겨야 소용없겠구려.
> 당신은 내가 얼마나 부당하게 엄격했는지 너무 잘 알고,
> 내 마음의 비밀을 너무도 훤히 꿰뚫어 보고 있구려.(1막 2장, 109
> ~112행)

이처럼 알캉드르는 아들을 보고 싶은 프리다망의 심중을 통찰하고 그의 희망에 답하여 아들을 보여준다.

> 이제부터는 희망을 가져요. (……)
> (……)
> 당신은 건강하고 명예로운 아들을 다시 보게 될 거요. (1막 2장,
> 121~123행)

이제 프리다망의 고뇌를 통해 알게 된 그 아들에 대한 정보를 기초로, 그의 주변에 인물들을 배치하고, 그들에게 합당한 동작과 말을 부여하기만 하면 된다.

결국 이 극을 통해 피력되는 연극론을 요약하면 이렇게 된다. 연극이라는 환상은 보는 자의 욕망에 부응함으로써 성공한다. 인간은 자기 자신, 자기 친족, 결국 인간의 이야기를 보기 원한다. 연극은 그 이야기를 '동작하고 말하는 허깨비'를 통해 보여

주는 환상이다. '허깨비(fantômes vains)'를 동작하고 말하게 하는 것은 개개인의 환상에 잠재해 있는 심리적·사회적 소여들에 부응하는 말의 논리, 말의 힘이다.

> 누구는 죽이고 누구는 죽고, 또 다른 누구는 동정을 자아내지만,
> 무대가 그들의 반목을 만들어낸 것이요.
> 그들의 시행이 싸움을 만들고, 그들의 죽음은 그들의 대사에 잇따르고.(5막 6장, 1755~1757행)

"그[코르네유]에게 연극이란 매우 간단한 것이다. 그것은 요술지팡이를 한 번 휘두르는 것이다. 막의 작동으로 당대의 귀인들을 재현하는 배우들이 나타나게 하기만 하면 되는 것이다."[269] 그리고 그들에게 각자의 행동을 이끌고 설명해줄 각자의 말을 부여하면 된다. 인물들의 말과 행동에 따라 펼쳐지는 극행동의 '사실다움'을 보증하는 것은 알캉드르가 창조한 환상을 현실로 착각하는 프리다망의 정서적 참여요 동의다.[270] 이렇게 해서 『극적 환상』에서 개진되는 연극론은 이 극이 취하고 있는 바로크적 외피에도 불구하고, 마술 신참자의 의식(儀式)처럼 또는 마타모르의 연극처럼 허황된 수사와 초자연적 기이함으로 공포와 경악을 자아내는 바로크 극작술에 대한 비판이면서, 연극이 "우리 행

---

269 Litman, *op.cit.*, p.149.
270 "나는 내가 보는 대로 연극을 믿었다."(5막 6장, 1810) 알캉드르는 프리다망에게 환상이 진행되는 동안 침묵할 것을 요구하였다. 그러나 프리다망은 클랭도르가 연극 속에서 죽는 장면에서 비명을 섞어 넣고야 만다(5막 5장, 1701행).

동과 담화의 초상화"라는 그의 연극론을 재확인한다.

*

여기에 이르면 우리는 우리가 초연한 극작가 알캉드르와, 감정적으로 깊이 참여될 수밖에 없는 주인공의 아버지 프리다망의 중간쯤 되는 자리에서, 즉 전지적 초연함과 매료됨을 반복하며 앞선 다섯 편의 희극을 보아왔다는 것을 알 수 있다. 그리고 지금 우리의 시선을 알캉드르와 프리다망의 그것에 일치시킨다면, 프리다망을 위로하기 위해 알캉드르가 연출한 두 편의 삽입극 역시 앞서 본 희극들의 반복이요 연장임을 알 수 있다. 분위기도 다르고 균형도 맞지 않는 두 이야기(2년의 시차가 있다고 설명된다)를 이어놓은 구성 역시 겉보기만큼 특별하지 않다. 우리는 이미 『시녀』의 분석에서 "차례로 새로운 인물을 등장시키고, 각자 자기 연극의 연출가가 되어 타인의 연극을 파괴하는, 다중심의 형태"에 대해 말한 바 있고,[271] '극행동의 이중화'[272] 역시 이미 『르와이알 광장』에서 나타났으니 말이다. 그리고 『극적 환상』이 보여주는 두 편의 연애가 매번 위기로 귀결[273]된다는 것도 놀랄

271 코르네유의 희극들은 모두 '극중극'을 포함하고 있다고 해야 할 것이다. 티르시스의 연극, 알시동의 연극, 필리스트의 연극, 셀리데의 연극, 이폴리트의 연극, 아마랑트의 연극, 알리도르의 연극……

272 『르와이알 광장』의 「검토」, I, p.471. 알리도르가 앙젤리크와 헤어지기 위해 차례로 행한 두 번의 행동이 극행동 단일의 법칙을 깨뜨린다.(이 책 127쪽 참조)

273 1644년 판에서는 첫번째 연애에서는 클랭도르가 사형당할 위기에 처하고, 두번째에서는 아내 이자벨의 설득(5막 3장)으로 마음을 돌이킨 클랭도르가 애인 로진과 헤어지려 하는 중(5막 4장)에 로진과 함께 살해(5막 5장)된다. 이 삽입극은 로진의 남편 플로리람과 이자벨의 관계가 새로 생길 수 있음을 암시하면서 열린 상태로 끝난다. 1660년 판에

것이 없다. 전작들의 결말이 갈수록 어두워져 갔으며, 애인들의 결별로 끝나는 『르와이얄 광장』은 거의 비극에 가까웠기 때문이다. 여기서 우리는 다시 또 한 번 이 작품이 예외라기보다는 연작이요 종합이라는 것을 확인할 수 있다. 연극의 창조 과정을 보여주면서 그로부터 하나의 연극론을 개진하고 있다는 새로움을 덧붙이면서 말이다.

그러므로 인간관과 세계관에서 전작들에서 본 것 이상의 것을 말할 수 없다. 『극적 환상』은 클랭도르를 위험에 처하게 하다 결국은 비극으로 종결되는 사랑의 모험을 연거푸 보여주고 있다는 점에서 전작들과 연결된다. 코르네유는 가출하여 아버지의 권위를 벗어난 청년을 주인공으로 내세운다. 아버지를 벗어남으로써 그는 자유를 얻었다. 자유를 얻은 반대급부로 가난을 감수해야 하는 그에게 코르네유는 말솜씨와 매력과 칼솜씨를 부여한다. 거기에 더하여, 너그러운 연적(마타모르), 배신자를 돕는 시녀 (리즈),[274] 남편에 대한 배신감을 그에 대한 염려로 이겨내는 아내(이자벨)에게서 보듯, 그의 사랑 모험을 위태롭게 할 위협적 요소도 약화시킨다.[275] 그럼에도 불구하고 연애 때문에 위기에

서 코르네유는 5막 전체를 대폭 수정한다. 5막 4장을 모두 빼고, 클랭도르가 아내의 충언을 받아들이는 순간 플로리람의 시종이 들이닥쳐 클랭도르를 죽이고, 이것을 본 이자벨이 자살하는 것으로 끝맺는다. 그렇게 수정함으로써 내적 일관성을 부여함과 동시에 앞선 작품들과의 일관성을 강화한다.

274 리즈는 반대자(opposant)로서의 시녀 계열 인물 중에서 예외적으로 마음을 돌려 클랭도르를 돕는다. 코르네유 희극에서 심복들의 변화에 대해서는 *Cf.*, Simone Dosmond, "Les confident(e)s dans le théâtre comique de Corneille", in *PFSCL XXV*, Vol. 48, 1998.

275 아드라스트와 플로리람이라는 남자 연적은 여전히 공격적이지만, 베르회프의 말대로 "여인들의 공격성은 독소를 잃는다."(Verhoeff, *op.cit.*, p.115)

몰리고(4막), 연애 때문에 죽는다(5막). 아이러니하게도 그것은
사랑의 성공 탓이고, 그 사랑이 거듭되는 위반(아버지의 권위,
계급의 차이, 상하 관계의 신의, 부부간의 신의에 대한)을 야기
하기 때문이다. 아버지의 권위에서 벗어났듯이 사랑의 약속에도
매이지 않는 클랭도르의 죽음을 통해『극적 환상』안의 두 사랑
이야기는 알리도르식 자유를 허용하지 않는 사회적 질서의 위력
을 보여준다. 세계는 넓어졌지만 만만하게 너그럽지는 않다. 그
렇게 다시 한 번 사랑에 관한, 인간관계에 대한 코르네유의 페
시미즘을 확언하는 것이다. 하지만 코르네유는 여기서 전작에서
말로만 발설되던 가출, 결투를 실행하고, 제 뜻대로 유혹하고 배
신하면서, 순간의 쾌락에 모든 것을 거는 동적(動的) 인물 클랭
도르를 내세워;

　　다시 한 번 당신〔이자벨〕에게 말해줘?
　　내 사랑에 비하면 목숨도 대수롭지 않다고?
　　내 영혼, 내 마음은 지금 너무 사로잡혀서
　　닥칠지 모를 위험 따윈 두려워할 수가 없다고.(5막 3장, 1541~
　　1544행)

사랑의 족쇄는 물론 사랑의 페시미즘도 가볍게 뛰어넘게 하고,
그의 사랑 모험과 관중 사이에 알캉드르를 세워 '연극'이라는
'테두리'[276]를 씌움으로써, 어두워지기만 했던 모든 희극들을 '농

✠

276 김덕희, 「코르네유의『연극적 환상』과 복잡성의 미학」,『프랑스문화예술연구』제37집,
　　2011, p.3.

담(galanterie)'[277]으로 만들며 희극 사이클을 닫는다. 한편으로는 사랑을 매개로 한 인간관계를 통해 복잡하고 모순적인 인간의 심리, 그리고 거기에 개입하는 사회적 조건에 대한 탐구를 마치며, 다른 한편으로는 그의 표현을 빌리자면 '습작'기를 통해 도달한 연극론과 극작가의 자리를 확인하면서 말이다.

✠

277 *Cf.*, 157쪽의 인용문 참조.

II
코르네유 희극에 나타난
근대인의 초상

희극 사이클 이후 그는 당대 현실이 아니라 역사에서 소재를 취한 비극으로 나아간다. 이제 우리는 희극들을 통해 보여준 그의 인간 탐구, 현실 탐구가 어떻게 그의 시대를 증언하고, 어떤 의미를 갖는지 살펴보려 한다. 그것은 자기 희극들을 두고 '우리 행동과 담화의 초상화'라고 한 코르네유 자신의 정의에 따라, 그가 희극으로 그려 보인 당대인의 초상을 당대의 역사 문화적 문맥 안에, 우리의 주관성이 포착한 바에 따라, 우리의 언술로 자리 잡게 하는 일이 될 것이다. 우리는 그 일을 그의 희극들의 진화가 그려 보이는 도식에 맞추어, 존재론적 측면(정체성의 문제)과 사회 역사적 측면(근대적 개인성)으로 나누어 고찰하며, 그런 가운데 초기 희극들과 비극을 연결하는 고리를 탐색하는 것으로 수행하려 한다.

1. 정체성의 문제

우선 차후 비극들의 분석 없이는 가설의 차원을 벗어날 수 없는 비극과 희극의 연속성에 대해 먼저 언급하고 시작하는 것이 좋을 것이다. 서설에서 말했듯이, 20세기 중반에 들어 코르네유의 전 작품에 관한 관심이 살아나면서, 코르네유의 희극과 비극 사이의 연속성은 여러 비평가들에 의해 포착되었다. 특히 알리도르, 마타모르처럼, 코르네유 자신이 '괴상한'이라는 형용사로 수식하여 특화한 인물들이 주목을 받았고, 그들과 비극 인물들과의 접점, 또는 유사한 특성이 지적되었다.

그러나 우리가 『극적 환상』의 분석에서 밝혔듯이 마타모르를 희극에 등장한 모든 인물들의 과장된 캐리커처로 간주할 수 있다면, 마타모르가 제기하는 질문은 모든 희극들의 질문이 된다. 나아가 모롱이 지적하듯, 4대 비극에 이어 다시 등장하는 『거짓말쟁이(le Menteur)』(1644)는, 쉬멘에 대한 로드리그의 맹세(『르시드』), 폴린에 대한 폴리왹트의 맹세(『폴리왹트』)를 "야릇하도록 우스꽝스러운 농담으로 둘러싸면서",[1] 4대 비극에 등장하는 드문 인간들의 영웅적 행위를 재고하게 만든다. 그렇다면, 초기 희극에서 반복되고 『극적 환상』에서 집약되는, 허풍, 거짓말, 책략, 불성실, 변심 등의 주제는, 희극의 관례적 요소를 넘어, 또 비극은 우리보다 우월한 인간을 그리고 희극은 우리보다 저열한 인간을 그린다는 상식을 넘어, 코르네유의 희극들과 비극들을 잇는 '근본적 동질성(identité foncière)'[2]을 밝힐 단서가 될, 인간과 세계에 대한 특정한 관점을 내포하고 있는 것은 아닐까?

모롱은 '개인적 신화(mythe personnel)'라는 가설을 통해 이 문제에 접근한다.[3] 우리는 앞에 열거한 주제들의 지속적 출현을, 16세기 전반에서 17세기 전반까지의 사회 역사적 맥락 안에 자리 잡는 '정체성의 문제'로 놓고, 당대의 작품들과 코르네유 희극들 간의 유사성과 차이를 지적함으로써 이 문제를 다루려 한다. 왜냐하면 첫째, 코르네유가 자기 인물에게 스스로를 투사하는 작가라기보다는, 상황을 설정하고 인물로 하여금 말하게 하는 알캉드르(『극적 환상』)이기 때문이요, 둘째, 위의 주제들이 "의혹에 들린 시대"[4]였던 르네상스 말기 바로크 시대 문학의 단골 주제들로서, 진실(vérité)과 환상(illusion), 존재(être)와 외식(外飾, paraître)이라는 존재론적 질문을 제기하는 상투적 방식이었고, 셋째, 여섯 편의 희극 분석에서 이미 보았듯이 이런 주제

✦

1 Mauron, *op. cit.*, p.244.
2 Douvrovsky, *op. cit.*, p.76.
3 Mauron, *op.cit.*
4 Claude-Gilbert Dubois, *Le Baroque*, Larousse, 1973. p.190.

들의 차용이 흔히 말하듯 코르네유를 바로크적 작가로 만든다기보다는 바로크적 세계관에 대한 코르네유 특유의 대응을 보여준다고 생각되기 때문이다.

존재의 불안

장 루세는 바로크를 시르세(Circé)와 팡(Paon), 즉 변신과 과시로 정의하였다. 타인에 대한 마법사로서 시르세는 자신에 대한 마법사인 프로테우스와 짝을 이루어 한순간도 고정시킬 수 없이 움직이고 변화하는 한 세계를 만들어간다. 어제와 다른 세계, 오늘과 달라질 내일의 세계는 보이는 사물들에서 현실성을 앗아가고 보이지 않는 시간을 실체로 부각시킨다. 시시각각 세계를 소멸과 생성의 운동 속에 밀어 넣는 시르세는 결국 모든 것을 있게 하는 동시에 모든 것을 사라지게 하는 '시간'의 다른 이름일 뿐이다.

> 우리의 인생은 다만 유괴이고 도망,
>
> 우리 자신의 도둑일 뿐.
>
> 매일 새 나이를 먹으니
>
> 결코 우리 자신이 아니면서 또 늘 우리 자신이라.
>
> 매일이 같지 않으니, 시시각각
>
> 변하네. 그래 변하여라. 변하여라.

오! 아름다운 프로테우스여……[5]

세계가 생성-파괴를 영구히 반복하는 시간의 운동 속에 포획되어 있다는 것은 나날이 나를 잃어가면서, 나날이 새로운 나를 만난다는 것을 의미한다. 그런 나, 그런 사물들에겐 변하는 중에 있다는 사실 이외엔 항구적인 것이 없다. 이처럼 순간에 생성되고 순간에 스러지는, 항상 이것에서 저것으로 미끄러지는 중에 있는 사물들을 하나의 이름으로 명명하는 것이 옳을까?

> 이름은 변하는 법 없이 죽도록 우리를 따라다닌다.
> 오늘 나는 지나간 어제의 그가 너무도 아니건만,
> 사람들은 늘 나를 같은 이름으로 부른다.[6]

존재의 항구성은 중세 인식론의 전제였고, 개별 존재의 항구적 속성을 중세는 '이름'[7]이라 불렀다. 사물에 붙여진 이름에 대한 의혹은 그러므로 존재론적 의혹[8]에 다름 아니다.

결국, 우리 존재(être)건, 사물들의 존재건 변함없는 실존(existence)은 하나도 없다. 우리도, 우리의 판단도, 모든 필멸의 사물들도 끊임없이 흐르고 구르며 간다. (……) 우리는 존재와 전혀 소통하는 바

---

5 Claude-Gilbert Dubois, *Le Baroque, Larousse*, 1973. p.190.
6 Balde의 재인용, Jean Rousset, *op. cit.*, p.23.
7 Chassignet의 재인용. Dubois, *op. cit.*, p.138에서 재인용.
8 '하느님의 이름', 또는 '장미의 이름'처럼.

가 없다. 인간의 본성이란 항시 태어남과 죽어감의 한가운데 있어서, 자기로부디 흐릿한 외양과 그림자, 모호하고 허약한 의견밖에는 내놓지 못하기 때문이다.[9]

시간이란 움직이는 것이며, 항상 흐른다든지 유동하는 방식으로 그림자처럼 나타나며, 결코 안정된 상태나 영속적인 상태로 머무르는 법이 없다. 그것에는 '전에' '후에'라든지, 또는 '있었던' '있을' 등의 말들이 해당되는데, 무엇보다도 이런 말들은 존재하는 것(있는 것)이 아님을 단번에 명백하게 보여준다.[10]

그러나 '인생 일장춘몽'의 통속적인 인생 철학에도 있고, '제법무아, 제행무상'의 불교 세계관에도 있는 이런 인식 자체가 바로크를 만드는 것은 아니다. 불안정한 정체성이 야기하는 불안을 감각적 쾌락으로 전환시켜 '아름다운 프로테우스'를 즐기는 것, 존재의 확실성에 가해진 위협을, 적극적으로 실천하는 변모의 기술들, 치장, 분장, 변장, 사기, 변심을 통해, 외양의 과잉을 통해, 즉 광의 자기 현시를 통해 상쇄하려 함으로써 바로크는 바로크가 된다.

"서로 마음이 잘 맞는 두 연인을 설정하고, 어떤 협잡꾼으로 인해 불화하게 만든 뒤, 바로 그 협잡꾼의 해명으로 다시 결합하도록 하였다"는, 자기 희극에 대한 코르네유 자신의 간단한 요약

✛

9 *Cf.*, Montaigne, *op. cit.*, p.586.
10 *Ibid.*, p.588.

은 바로크와 그의 희극들이 만나는 접점을 드러내준다. 정체를 숨긴 협잡꾼의 변모의 기술들이 자기 희극의 동력이라는 말이기 때문이다. 아니, 지나치게 간략한 이 요약은 "믿어지지 않는 것들이 난무"[11]하고, 이름조차 구별되지 않는 인물들[12]이 숨 가쁘게 돌아가는 이 희극들의 분방함을 오히려 가리고 있다고도 할 수 있다. 이 극들에서 지속적으로 변심하고, 끊임없이 타인을 속이는 것은 코르네유가 협잡꾼이라고 분류한 인물들만이 아니기 때문이다.

티르시스가 멜리트의 애인이 되는 것은 멜리트를 사랑하는 에라스트를 속이고 나서이다. 그리고 그보다 앞서 그는 자기의 인생 철학을 바꾼다(『멜리트』). 과부 클라리스의 애인 필리스트는 그녀의 사랑을 얻기 위해 유모로 하여금, '수천 가지 계략을 사용하도록' 매수해놓고 있는데, 실상 그 유모는 필리스트로부터 클라리스를 빼앗으려는 알시동을 위해 일하고 있다(『과부』). 아마랑트는 플로람프의 애인이 되기 위해 계략을 꾸미고, 플로람프는 그녀의 상전인 다프니스를 얻기 위해 아마랑트의 연인인 척 연기한다(『시녀』). 자신이 어디에 있는지도 알 수 없을 지경[13]

11 Douvrovsky, *op. cit.*, p.35.
12 사실주의를 지향한다는 코르네유 희극의 등장 인물명들은 일부러 헷갈리게 지은 공상적인 이름들이다. 같은 이름의 인물이 다른 희극에 등장하기도 한다. 인물들 간의 무차별성과 공간의 폐쇄성을 강화하기 위한 고의적 설정이다. Cf., Jacques Schérer, "Le retour des personnages dans les comédies de Corneille", in *Melanges Hornet*, Nizet, 1951.
13 "다시 또 새로운 미궁에 빠졌구나,/오 맙소사! 그 누가 이런 혼란을 경험했단 말인가?/(……)/그들 아니면 내 머리가 어떻게 된 거야./(……)/내 약한 정신은 넋이 나가, 아무것도 이해할 수 없구나.(『말벗』, 5막 4장, 1481~1493행)

에 이를 때까지, 변덕과 술수와 위장과 거짓이 엉킨 가운데 뒤죽 박죽 돌아가는 이 극들에서 우리는 시르세와 팡이 지배하는 바 로크적 세계에 갇힌 느낌을 받는다.

그러나 이 희극들에서 거짓과 변장, 인물들이 꾸미는 연극들 은 그야말로 외양만 바로크적인 것이다. 바로크의 변신이 '확고 하게 그 무엇일 수 없는' 존재의 불안정성에 대응하여 스스로 증 폭시킨 불안정성, 그러니까 '아무것도 되지 않기 위한' 변신이라 면, 코르네유 작품 속의 위장과 변신은 '무엇이 되기 위한' 위장 과 변신이기 때문이다. 무엇이 되기 위한 것인가? 가장 사랑할 만한 인물로 제시된 여인의 애인이 되기 위한 것이다. 무엇 때문 에 사랑을 차지하려고 그토록 열심인가? 코르네유는 이 극들에 서 사랑 자체가 아니라 일찌감치 확정된 쌍(그 자신의 요약에서 알 수 있듯이)의 주변에서 가열되는 경쟁 관계에 초점을 맞춘다. 이로부터 연인을 얻고 뺏기 위한 인물들의 각축, 거기서 동원되 는 방식의 무차별성, 상황에 대한 반응의 무차별성이 드러나는 데, 이 무차별성이 바로 이들이 사랑을 얻기 위해 열심인 까닭 을 설명해준다. 누군가의 애인이 되는 것, 그것은 선택된 자로서 의 자기 증명을 획득하는 것이요, 인물들 모두가 뽐내는 근거 없 는 자부심에 근거를 부여해주는 것, 그리하여 "드문 자질을 가진 자"[14]가 되는 것, 다시 말해 '이름'을 소유할 수 있게 되는 것이기 때문이다.

덕성의 차이도, 자질의 차이도 없는 이들, "호환 가능한 그림

✣

14 『멜리트』, 2막 종장, 757행.

자들"[15]인 이들에게 배타적 선택인 사랑의 획득은 타인들과의 차이를 세워주는 유일한 증거이기 때문이다. 자신의 계략에 필랑드르를 끌어들이기 위해 에라스트가 사용하는 '덫'[16]이 드러내듯이 말이다.

> 그러니까 아름다운 멜리트가 용감한 필랑드르를
> 칭송 받을 엘리트로 삼은 것이 진실이었구나.
> 그렇게 오직 그의 용기로 얻었구나,
> 에라스트와 티르시스가 헛되이 다툰 것을!(『멜리트』 2막 7장, 643
> ~646행)

2년 동안 '더할 나위 없는 사랑'을 나누어온 애인을 배신하고 싶어 하는 셀리데[17]에게서는 '고정된 정체성에 대한 바로크적 반감'을 읽을 수 있을까? 자기 안의 타자를 발견하고 그것을 실현하고 싶은 욕망을 느낀다는 점에서는 그렇다고 말할 수 있을 것이다. 그러나 그 발견은 '경이로움'으로 체험되지 않는다. 배신하고자 하는 셀리데는 "바람 부는 대로 날리는 기쁨, 연속되는 정체성의 변화를 통해 복수(複數)화되는 기쁨"[18]을 느끼기는커녕 죄의식을 느낀다.

✛

15 Doubrovsky, *op. cit.*, p.35.
16 『멜리트』 2막 6장, 619행.
17 "내 마음은 한결같아야 하는 것을 괴로워해./내 속마음을 다 털어놓자면,/내 사랑을 유지하는 것은 내 맹세뿐이야."(『팔레 상가』 2막 6장, 512~514행)
18 Rousset, *op. cit.*, p.44.

오 하느님! 비열하다는 비난을 받지 않고 변심할 수 있으면 얼마나 좋을까!(『팔레 상가』 2막 6장, 569행)

그래서 그녀는 차라리 "그가 먼저 변심하여 나의 변심을 허가해주기"[19]를 바라는데, 그 점에서 자유로운 바람둥이라기보다는 비겁한 도망자인 알리도르(『르와이얄 광장』)와 만난다. 알리도르는 심정의 자유를 동경하지만, 동경만으로 일라스[20]가 되지 못하며, 동경의 동기조차 그를 일라스의 후예로 만들지 못한다. 일라스의 자유는 "저 자신을 모르고, 모두에게서 스스로를 변화시키는 것" "자기로부터 떠나 떠도는 것"[21]인 반면, 알리도르의 '자유의 계획'은 저 자신을 특화하려는 시도[22]이기 때문이다.

내 정신이 평범한 자들의 정신과 같다고 생각하나?
내가 그렇게 흔해빠진 감정에 매어 있을 것 같아?
내가 따르는 법칙은 그 기조가 아주 달라요.(『르와이얄 광장』 1막 4장, 209~211행)

이렇게 해서 우리는 그 많은 연속적 소란들의 원인을 간파하게 된다. 양도할 수 없는 자기 추구의 욕망, 자기 정의(定義)의

✤

19 『팔레 상가』 2막 6장, 516행.
20 『아스트레』에 나오는 자유분방한 바람둥이로, 많은 전원극의 주인공이 되었다.
21 Rousset, *op. cit.*, p.42
22 이런 성질을 예외적인 것에 대한 바로크 취미로 여길 수 있을까? 그렇지 않다. 바로크의 예외는 사회적 디폴트를 어김으로써 상식과 고정관념에 충격을 주는 것이지만, 알리도르는 질서 친화적 인간이다. 이 점에 대해서는 137~138쪽 참조.

욕망, 개별자로서의 자기 확인의 요구, 결국 하나의 '이름'을 소유하고자 하는 욕구가 그 원인인 것이다. 초현실주의자들의 활성화된 세계가 사르트르에겐 공포와 혐오를 불러일으키는 '존재의 상태'였듯이, 바로크 예술이 경이로움으로 현시하는 세계상, 세상과 운명의 변덕, 존재들의 무차별성, 곧 무명성(無名性)은 코르네유 인물들을 성마르게 하는 현실이며 탈출하고 싶은 존재의 상태다. 변화하는 세계는 그들에게 경이의 대상이 아니라 두려움의 원천이다. 바로크의 시인 로르티그(Lortigue)는 노래한다. "세상의 모든 것은 변하기 쉬운 존재다. 모든 것이 동요한다. 때를 놓치지 않고 재빠르게 사랑해야 한다"[23]고. 코르네유의 알리도르는 앙젤리크와 헤어지려 하며 말한다. "앙젤리크는 나를 매혹하고, 오늘 그녀는 아름답지만, 그녀의 아름다움이 그녀 자신만큼 오래갈 것인가"[24]라고. 학생이 선생을 때리고, 환자가 의사를 고치는 바로크 발레극 『뒤집어진 세상』에서 "뒤집어진 세상의 광휘는 질서와 상황을 뒤바꾸고 모두를 경이로움에 빠트리지만"[25]만, 『시녀』의 무대, "젊은 연인이 돈의 법칙을 따르고, 늙은이가 사랑의 법칙을 따르는"[26] 뒤집어진 세상은 "살 수 없는 (inviable) 세상"[27]이다.

인물들은 불투명하고 변화무쌍한 바로크적 세계 안에서, 거짓

✤

23 Rousset, *op. cit.*, p.46에서 재인용.
24 『르와이얄 광장』 1막 4장, 235~236행.
25 Rousset, *op. cit.*, p.27~28.
26 『말벗』 5막 종장, 1683~1684행.
27 Douvrovsky, *op. cit.*, p.77.

말, 가짜 편지, 변심 등 바로크적 행태를 구사하면서, 바로크적 세계에 대항하여 유일무이한 자기를 입증하려 한다. 그리고 사랑에 건 그 내기는 사랑을 얻든 얻지 못하든, 인물 모두에게 의혹, 배신, 수치 등의 쓰라린 체험을 안겨준다. 우습지도 않고, 나아가 대부분 어두운 저주로 막을 내리는 이 극들이 바로크적으로 보인다면, 그것은 이 극들이 바로크의 음화(陰畵)이기 때문이다.

삶의 조건

우리가 보는 모든 것이 찰나적 외양이라는 것을 드러내는 바로크의 방식은 이미지를 과장하여 증식시키고 거기에 다시 과도한 장식을 덧붙이는 것이다. 여기서 눈을 포만케 하는 다양성은 그것으로도 소진될 수 없는 세계로 유인하는(dépayser) 미끼, 배면에 대한 의혹을 분산, 휘발시키는 현란한 표면들의 반사다. 삶이 환상이라는 것을 보여주기 위해 바로크는 환상을 만들어낸다. 먼 나라 먼 도시들이 맥락 없이 출현하여 한없이 확장 가능한 세계를 암시하고, "반은 상징적이고 완전히 전치(轉置)된"[28] 장소들, 숲과 바다와 몽환적 도성 같은 '비문명적' 장소들이, 마법사, 신, 또는 운명이라고 부르는 알 수 없는 힘의 의도, 짧게 말해 변덕에 종속된 세계를 보여주기 위해 동원된다.

✤

[28] Rousset, *op. cit.*, p.32.

물질적 차원에 대한 문학적 이해에서나, 또 모든 차원에 그것을 적용시키는 데에서나, 바로크 고유의 방식이 있다. 그것은 자연에 대한 지성주의적 정화(데카르트적인)나 언어의 정화(말레르브적이고, 프레시오지테적이며 아카데믹한)에 대립되는 것이다. (……)〔바로크〕 작품의 통일성은 (……) 흔히 범주들의 평등주의적 혼돈에서 나온다. 난폭함과 아양 떠는 외면치레가, 에로티즘과 신비주의가, 잡탕인 우주의 창조 속에 어깨를 나란히 하고 있는데, 거기서 모든 것은 세상이라는 얼룩덜룩한 다발에 뒤섞인 특권 없는 구성 요소로서만 의미 있을 뿐이다.[29]

이 같은 "사물들의 카오스"[30] 속에서 인간 또한 거품처럼 가벼워진 하나의 자연물, 운명의 손에 맡겨진 "공"[31]이고;

우리가 가는 것이 아니라, 누군가 우리를 떠민다. (……) 물이 성나고 평온한 것에 따라, 어느 날은 고요하게, 어느 날은 격하게 부유하는 사물들처럼.[32]

같은 힘에 의해 동성(動性)과 생령(生靈)으로 충전된 자연은 인간을 여기저기로 끌고 다니는 바람이요 물이면서, 인간 운명의 거울이기도 하다. 광야에서 리어가 만나는 폭풍우가 그의 불행

☩

29 Dubois, *op. cit.*, p.61.
30 *Ibid.*.
31 Rousset, *op. cit.*, p.136.
32 Montaigne, *op. cit.*, p.316.

을 가중시키는 배경인 동시에, 그의 마음이 불러낸 자연의 등가물이며, 운명의 메타포인 것처럼 말이다.[33]

이러한 우주적 풍요, 운명이라고 부를 수밖에 없는 "괴물 같은 힘들의 반복적인 공격을 받으며, 자신이 누구이고 무엇을 하고 있는지도 모르는 채, 까닭 모를 투쟁의 희생자가 된"[34] 인간, 그 운명을 함께 짜가면서 상호 조응하는 자연, **이 모든 것이 코르네유의 작품에는 없다(희극은 물론이요, 비극에도).** 뒤브와의 말대로 "자연이 생기를 잃고 잠잠해지는" 것, "인간 의식의 내적 노래에 자리를 물려준 외적 세계의 침묵이 고전주의의 특징들 중의 하나"[35]라고 한다면, 고전주의의 그러한 특징이 나타날 조짐은 바로 코르네유의 희극에서부터라고 말할 수 있을 것이다. 왜냐하면, 희비극의 시대가 결정적으로 열리는 1629년에 『멜리트』로 데뷔하면서, 코르네유는 무엇보다 전원극과 희비극의 비현실성을 거부하는 "고독한 길"[36]을 선택함으로써 자신의 독창성을 확립하기 때문이다.

나에게는 약간의 상식밖에는 안내자가 없었고 (……) 내 규칙의 전부였던 그 상식이 (……) 내 작품을 한 도시에 한정시키게 하는 데 충분할 만큼, 내게 파리, 로마, 콘스탄티노플을 한 무대에 올려놓는 지나친 무절제를 혐오하게 만들었다.[37]

✢

33 *Cf.*, 셰익스피어, 『리어왕(*King Lear*)』, 3막 1, 2, 3장.
34 Dubois, *op. cit.*, p.90.
35 *Ibid.*, p.185.
36 Rousset, *op. cit.*, p.52.
37 『멜리트』의 「검토」, I, p.5.

어떤 언어에서도 예를 찾아볼 수 없는 이런 종류의 연극의 새로움, 귀인들의 대화를 그려낸 자연스런 문체가 아마도 〔초연〕 당시 그토록 큰 반향을 불러일으킨 놀라운 성공의 원인이었을 것이다.[38]

그대가 문체의 소박함과 이야기의 섬세함에 만족하지 않는 사람이라면, 나는 그대에게 이 작품을 읽으라고 권하지 않는다. 이 작품의 자랑거리는 찬란한 시구들에 있지 않다. (……) 연극은 우리 행위와 말의 초상화일 뿐이다. 그리고 초상화의 완벽성은 닮음에 달려 있다. 이런 신조로 나는 내 배우들의 입에 그들이 재현하고 있는 사람들이 **그들의 자리**에서 말하리라고 여겨지는 말을 담아주려 하였고, 그들로 하여금 귀인들로서 말하게 하려 했지, 작가로서 말하게 하지 않았다.[39]

그대는 여기서 세상에서는 흔하디흔한 만큼 연극에서는 비범한 세 종류의 사랑을 보게 될 것이다.[40]

'상식'이라고 표현된 시골 출신 데뷔 작가의 이런 의식은 당대의 연극에서는 비범한 것이었고, 그것은 나달이 말하듯이 "더 이상 관례적 세계가 아니라 실제적 세계를 묘사하고, 사건들에 생활의 색깔을 부여하며, 순수한 서정주의와 장식(décoration)을 피하려는 배려를 드러내주는 것임은 의심할 바 없다."[41]

✠

38 *Ibid.*, p.6.
39 『과부』의 「검토」, I, p.202.
40 *Ibid.*, p.203.
41 Nadal, *op. cit.*, p.67.

한편, 이 사실주의는 고전주의와의 차이 또한 드러내고 있는데, 왜냐하면 그의 희극들은 고전극에서처럼, 보편성의 이름 아래 인간의 본질을 탐구하거나 유형적 인간의 항구적 행태를 묘사하기 위해 드라마가 벌어지는 '장소'를 중성적으로 표백해버리지는 않기 때문이다. 코르네유의 희극에서 자연은 사라지지만, 배경 자체가 '내적인 노래'에 자리를 내어주거나, "침묵과 부재만으로"[42] 가치를 지니지는 않는다.

고전극의 배경은 '임의의 궁정(palais à volonté)'으로 충분하다. 그러나 코르네유의 희극들은 『팔레 상가』『르와이얄 광장』처럼 특정 지명을 제목으로 달고 있을 뿐 아니라, 구체적 지명들을 "극의 대사에 편재하게" 함으로써 "시간 속에 결정되고 고정된"[43] 극적 공간을 구축한다. 하인은 상전의 편지를 가지고 마레 지구를 뛰어다니고(『팔레 상가』) 서적상과 옷감장수, 잡화상이 다툰다(『팔레 상가』). 셀리당은 마차 사고를 들먹이고(『과부』), 플로람은 클라리몽에게 비세트르 성에서 결투할 것을 요구한다(『시녀』). 공적 공간뿐 아니라 사적인 공간 역시 구체적으로 제시되어, 공상에 잠겨 자기 집 정원을 거니는 여인(『과부』 2막 4장), 집 앞에서 중매쟁이 만나는 어머니(『과부』 1막 4장), 차양을 통해 엿보거나(『멜리트』 2막 종장) 측실로 몸을 피하는 인물(『르와이얄 광장』 2막 5장)들을 보여준다.

이런 언급들은 파리 관객들에게 단지 서비스로 주어지는 피토

✤

42 Dubois, *op. cit.*, p.185.
43 Marie-France Wagner, 'Promenades urbaines et unrbanité dans les comédies de Corneille', in *PFSCL XXV*, 48, 1998, p.132.

레스크한 삽화가 아니다. 바그네르(M-F Wagner)의 말대로 코르네유 희극에 등장하는 실제적 장소들은 "언어와 상황 사이에 근본적인 관계를" 창조하며, "아비투스(habitus), 즉 지정된 역할과 극적 줄거리에의 적합성을"[44] 창조한다. 서식지/주거지가 주거자를 구속하는 것이다.

코르네유는 『멜리트』의 「검토」에서 그의 극의 인물들이 '익살스런 하인, 기숙객, 허풍선이, 의사들 같은 우스꽝스러운 인물이' 아닌 '격이 높은 귀족들'임을 자랑한다. 그런데 그들은 파리에 살고 있다. 그들의 삶은 야전지나 영지에서 지내던 귀족들의 전통적 삶과도 다르며, 한 뼘의 진열대를 놓고 싸우는 상인들의 삶(『팔레 상가』)과도 다르다. 그들의 삶의 공간은, 인공적인 산책로에 둘러싸여, 고등 법원과 상가와 광장과 유한계급의 주거지로 한정된 폐쇄된 공간이다. 공간의 폐쇄성은 이들의 말과 행위를 결정하는데, 우리는 그것을 『과부』의 「독자에게」에서 코르네유가 말한 '그들의 자리(en leur place)'로 이해해도 좋을 것이다.

공간의 폐쇄성은 먼저 배타성을 낳는다. 이폴리트는 "이런 것은 촌사람들이나 좋아할 것"[45]이라며 상인이 권하는 레이스의 투박함을 나무란다. 시골에서 유학 와 처음 나타난 청년은 "생전 본 일이 없는 사람이요, 뒤죽박죽으로 말하는 사람"이고 "괴상한 아양쟁이"[46]로 평가된다.

이처럼 거주자의 자부심이 공간의 폐쇄성을 강화하고, 역으로

✤

---

44 *Ibid.*, p.132.
45 『팔레 상가』 1막 6장, 110행.
46 『과부』 1막 3장, 194행 이하.

공간이 거주자의 자부심을 배가시키는 순환 속에서, 공간은 거주자의 생활에 대한 지배력을 갖게 된다. 인물들은 이 폐쇄적 공간이 '유행'의 이름으로 부과한 삶의 형태에 종속되어 있다.

> 그가 내 장갑 하나를 집데요. 그게 새로운 유행이라며.(『팔레 상가』 1막 3장, I, 217행)

> 젊은 새가 배워야 하는 말이 바로 그런 거지.
> ……유행이 우리에게 그런 아첨을 하도록 명령하는 거야.(『멜리트』 1막 1장, I, 60~67행)

이 공간의 폐쇄성에서 비롯된 거주자 간의 근접성, 생활 습관의 집단적 양태와 판단의 공적 규범 또한 '평판'의 위력으로 인물들을 구속한다. '신용'은 자질 및 가문과 함께 좋은 사윗감의 기준이 되고, 결혼 상대로서의 적합성의 기준은 사회적으로 결정되어 있다.

> 사실 너야 좀더 높은 상대를 원할 수도 있었다만,
> 그의 가치도 이루 말할 수 없지,
> 자질도 훌륭하고, 그의 신용, 그의 집안은
> 명사들 곁에서도 책잡히지 않을 만큼 너무 충분하지.(『시녀』 3막 7장, I, 879~882행)

이런 상황은 누가 먼저 사랑했는가, 어떤 상대를 얻는가, 잃는가가 사회적 평가의 대상이 된다는 것을 의미하고, 따라서 애인으로부터 버림받는다는 것은 연적에 대해 사회적 패자가 되는 것이다. 인물들이 그것을 "감상적인 상실감이 아니라 모욕적인 패배, 개인적인 실패"[47]로 받아들이며 슬픔보다 '분노'와 '수치'를 느낀다는 것은, 사고뿐 아니라 감정의 사회 구속성까지 보여주는 것이다.[48]

공간의 지배력은 이처럼 사회적으로는 갓 태어난 것과 다름없는 이들을 철 이르게 사회화된 인물들로 만든다. 그리고 우리는 이 사회화의 척도가 돈이 주도권을 갖게 된 현실 원칙에 대한 인식에 있다는 것을 이미 각론을 통해 반복적으로 확인하였다. 인물들이 처한 공간의 지배력은 곧 돈의 지배력이다.

삶의 명령적 요소가 된 금전은 인물들 사이의 차이를 지우면서 동시에 세운다. 에라스트는 필랑드르를 대치하여 클로리스의 애인이 될 수 있고(『멜리트』), 재산만 충분하다면 플로랑주도 셀리당도 도리스의 애인이 될 수 있다(『과부』). "넘치는 재산과 많고 많은 선물은 늙은 나이 탓에 부족한 원기"[49]까지 대신해준다. 그러나 다른 한편, 가난 때문에 다프니스의 시녀로 고용된 귀족 처녀 아마랑트는 명령받는 자, 상전에게 모든 것을 내놓아야 하는 자로 전락한다. "그가 내 마음에 든다면?"이라는 다프

---

47 Milorad Margitić, "Mythologie personnelle chez le premier Corneille: le jeu de l'amour et de l'amour-propre de Mélite au Cid", p.548.

48 *Cf.*, 『팔레 상가』 2막 5장, 529~531행; 『멜리트』 2막 3장, 1660판, I, p. 1168; 『팔레 상가』 3막 10장, 1013~1014행.

49 『말벗』 2막 1장, 355~356행.

니스의 질문에 아마랑트는 "양보할 수밖에 없다"[50]고 대답한다. 이처럼 거주자들을 질적으로 평준화해버리는 돈의 위력, 모방과 경쟁을 부추기는 '유행'의 위력, 자기를 입증할 어떤 대지도 남겨놓지 않은 채, 오직 타인의 시선에 전적으로 노출되게 만드는 '평판'의 위력 아래에서, 코르네유 희극의 인물들은, 물적 조건, 친구의 질투, 애인의 변심 가능성 등 온갖 난관에 노출된 사랑, 더 나아가서는 자신을 노예화할 수도 있는 사랑, 그래서 남다른 자기를 입증할 수 있는 유일한 출구이지만, '자아'를 위협할 수도 있는 사랑에 뛰어드는 것이다. 인물들의 과도한 예민성과 우회적 행동(위장, 가장, 거짓, 계략……)의 선택은 바로 이처럼 사방에서 죄어 오는 억압적 조건에 대한 자아의 방어책이다. 그런데 위에서 말했듯이 살아보기도 전에 사회화된 인물들은 이 억압적 조건에 저항하지 않는다.[51] 왜? 이곳 이외의 다른 삶은 가정될 수 없기 때문에. 현실 원칙에 대한 인물들의 승복, 현실 원칙의 내면화가 공간의 폐쇄성을 완결한다.

사실 세상의 타락에 화를 내는 것은
우리 같은 사람들에겐 미친 짓에 불과하지.(『과부』3막 3장, 922~
923행)

필리스트와 한 핏줄이어서

✤

50 『말벗』2막 11장, 536~537행.
51 Cf., Douvrovsky, *op. cit.*, p.54. "주체가 세계 질서를 부정함으로써, 자기 왕국을 주장
하는 낭만적 확언보다 더 비(非)코르네유적인 것은 없다."

싫어도 네 친구 중의 하나를 사랑하여야 하는 것이 분하다.(『과부』 4막 8장, 1564~1565행)

바로크 문학의 배경이었던 '자연'은 코르네유의 희극에서 발 자크적 의미에서의 '환경'이 된 부르주아적 도시로 대치되었다. 인간의 삶을 주관하던 '운명'은, 그 환경의 폐쇄성에 의해 친구 이며 동시에 적이 된 인물들의 '인간관계'로 대치되고, 기분과 욕망에 의해 맺어지던 사랑은, "결혼 계약과 사업 서류들의 상한 냄새가 섞인"[52] 타산적 사업으로 대치되었다. 이것을 "도시적 전 원극"[53]이라거나, "도시적 배경에 옮겨놓은 전원극"[54]이라고 말 할 수 있을까? 물론 인물들은 유행을 타고 "뒷골목까지 퍼져"[55] 코드화(codé)된 사랑의 언어를 사용하지만, 전략적 선택이거나, 애초부터 거짓이어서, 속아주길 바라는 거짓 언어, 또는 빌려 온 언어임을 스스로 인식하고 있고;

내가 말하는 걸 들으면, 셀라동[56]의 사랑도
알시동의 사랑엔 결코 비할 수 없는 것이 되지.(『과부』 1막 2장,
135~136행)

✦

52 Couton, *op. cit.*, p.29.
53 퓌마롤리의 재인용, Wagner, *op. cit.*, p.130.
54 Couton, *op. cit.*, p.130에서 재인용.
55 Nadal, *op. cit.*, p.22.
56 『아스트레』에 등장하는 진실한 주인공.

조만간 그 허구성이 드러나거나, 효력 없는 것으로 판명된다. 결국, 취미로 시를 쓰고, 애송이 시인들을 비평하고, 연극과 야회를 즐기며, 전원극의 대사를 주고받는 우아한 생활의 포장 아래, 야심, 두려움, 적의로 엉킨 인간관계가 청춘사업을 축으로 빙글빙글 돌아가고 있는 이 극들은, 마타모르의 공상이 영웅극의 패러디(『극적 환상』)인 것처럼, 차라리 전원극의 패러디이고, 바로 이 점에 우습지 않은 이 극들의 희극성이 있다.

*

왜 우습지 않을까? 그것은 코르네유가 '익살스런 하인, 기숙객, 허풍선이, 의사들 같은 우스꽝스러운 인물'이 아닌 '격이 높은 귀족들'을 그려 보임으로써 파르스적 웃음을 배제하고 있을 뿐 아니라, 구체적 환경 안의 인간을 그리되, 몰리에르와 같은 방식, 즉 풍자적 방식으로 그리지 않기 때문이다. 코르네유는 인물들에게 '자기 자리'에서 말할 말을 준다. 그것은 파리의 유한계급으로서 자연스럽게 말하게 한다는 것(이것이 그가 말한 '소박한'의 의미겠지만)에 그치지 않고, 그들의 말에 주정적(主情的, émotif) 톤을 부여하는 데까지 이른다. 그리고 이 점에서도 그의 희극들은 당대의 극적 형태들에서 분리된다.[57]

……상대적으로 주정적 성격(émotivité)의 징후가 농후한 이 친숙

✠

---

[57] 전원극을 포함한 당대 연극의 비물질적이고 무개성적 언어에 대해서는, Cf., Conesa, op. cit., chapitre I 참조.

하고 자연스런 말은, 이를테면 인물들이 개인의 자격으로 존재한다는 것을 드러낸다. 관객이 앞에 두고 있는 것은 이제 더 이상 극적 전통에 의해 비물질화된 언술을 발설하는 창백한 존재들이 아니라, 어느 정도 자신의 감정들을 느끼고 표현하는 인물들이다.[58]

이 "개인화를 위한 배려"[59]는, "사랑의 심리학",[60] 그러나 사랑 자체의 분석이 아니라 사랑의 우여곡절에서 비롯된 심정의 체험을 다루려는 그의 의도에 부합한다. 그런데 우리가 개별적 작품들의 분석에서 보았듯이 이 코르네유식 '감정 교육'은 행복하지 않다. 코르네유의 희극들은 사랑의 지복 상태가 아니라 사랑이 야기한 불안, 의혹, 질투심, 경쟁심, 분노의 감정들로 가득하다. 그리고 이 모든 부정적 감정의 체험들은 하나같이 '자아'에 가해진 상처를 가리키고 있다. 사랑은 거부하기 어려운 타인의 매혹인 만큼, 자아를 위협하는 함정이다. 코르네유 희극의 사랑은, 사랑을 자기완성의 매개체로 여겼던 기사도 로망에서부터 시작된 사랑 탐구에서 아주 멀리 떠나와 거의 대척점에 도달했다. 사회적 가치 체계가 영·육을 관통하는 개인적 체험에 깊숙이 투사되는 특권적 장소가 바로 '사랑'이라고 할 때, 이러한 변화는 사회의 변화와 평행하는 자기 인식의 변화를 드러낸다. 이 점에서 16세기 후반의 바로크와 17세기 바로크의 영웅들에 대한 뒤브와의 비교는, 자기 집착적이고 자기 과시적인 우리의 주인공들을

58 *Ibid.*, pp.126~127.
59 *Ibid.*, p.104.
60 Nadal, *op. cit.*, p.67.

이해하는 데도 한 단서가 된다.

종교전쟁 시기의 바로크에서 과시는 (……) 전적으로 자기 자신이 될 수 없는 세계에서 거만하게 외양들을 가꾸던 방식이었다. 17세기의 바로크적 영웅의 과시는 (……) (당시에) 구축되고 있던, 개인들을 평준화하는 사회, 문명화된 '세련된 범절(honnêteté)'이라는 무개성한 주형 안에 부어 넣으려는 사회에 대한 '자아' 방어의 한 형태다.[61]

코르네유의 인물들이 『아스트레』의 실방드르가 피력하는 이상적 사랑, "자기 안에서 죽고 타인 안에서 다시 사는" 그런 사랑을 할 수 없다는 것은 이미 각론에서 확인하였다. 즉 그는 자기일 수밖에 없다. 그는 자기일 수밖에 없는 자기다. 그 자기에 대한 희극 인물들의 근거 없는 자부심은 볼테르가 "허풍선이(fier-à-bras, matamore)"[62]라고 부른 비극 인물들의 자긍심으로 이어진다. 사랑이 자아를 충만하게 하는 것이 아니라 위협한다는 의식도 희극에서 비극으로 이어진다. 비극 인물들의 영웅성과 희극 인물들의 뻔뻔함, 고약함, 나아가 우스꽝스러움의 근원은 같다.[63]

위베르스펠트(A. Ubersfeld)의 표현을 빌리자면, 이 '자기 참조적(auto-référentiel)'[64] 자아에는 그 자아를 동일시할(identifier) 내

✝

61 Dubois, *op. cit.*, p.75.
62 Barbafieri, *op. cit.*, p.608에서 재인용.
63 "코르네유적 위대성은 '초인간적'이지 않다"(Fumaroli, *op. cit.*, p.12)는 퓌마롤리의 말은 이 점에서 새겨들을 만하다.
64 Anne Ubersfeld, *op. cit.*, p.642.

용이 없다. 데카르트의 '나'에 생각하는(사물을 대상화하는) 주
체로서의 지위밖에 없듯이 말이다. 데카르트가 몽테뉴적 의식[65]
으로 사고할 수 없음을 선언한 것처럼, 코르네유는 희극을 통해
바로크적 세계에서 바로크적 인간으로 살 수 없음을 선언하고 있
다. 나는 나여야 하고, 나일 수밖에 없을 뿐 아니라, 나이고자 하
는 것이 인간성의 가장 근원에 있는 욕망이라는 것이 그 이유다.
자아의 동어 반복적 확언이 주관적 정체성이라면, 객관적 정체
성은, 자기 사랑(amour de soi)을 정당화하기 위해 찾아 나서야
할 무엇이다. 타자에의 의존 없이, 세계와의 타협을 내포하는 타
산도 없이 말이다. 데카르트가 '인식의 주체'를 출발점으로 삼아
진리를 찾아 나아갈 것처럼, 코르네유의 인물들은 이 '나인 나'
에서부터 정체성을, 다시 말해 '이름'을 찾아 나아갈 것이다.[66] 이
렇게, 동시대인 철학자와 극작가의 작업에서 상동적인 결단이
나타남을 인정할 수 있다면, 우리는 이제 이 상동성에 의지하여
코르네유에게서 베니슈가 본 '봉건적 귀족'[67]이 아니라 근대적
개인의 면모를 보아야 할 것이다.

✣

65 모든 것이 상대적이고, 따라서 아무것도 판단할 수 없다는 의식. 194~195쪽 참조.
66 로드리그는 르 시드가 되고(『르 시드』) 옥타브는 오귀스트가 될(『신나』), 역사의 장으로.
67 *Cf.*, Bénichou, *op. cit.*, p.18 이하.

2. 근대적 개인성

아론 구레비치(Aron Gurevitch)는 서구를 중세에서 근대로 이행하게 한 원동력을 부르주아적 관계들과 기업 정신이 뿌리 내린 토양에서 보고, 그 중심에 전통 사회의 인간과 구별되는 새로운 인간형이 있다고 말한다.

더 깊이 생각해보면, 금방 우리는, 이 모든 것들이 그만큼 다양하게 한 특정 타입의 인격을 표현하고 있다는 것을 알게 된다. 자기 안의 '씨족적 존재'를 극복하고 사회적 소속에서 연유하는 제약들에서 자유로워진, 간단히 말해 개별화, 개인화한 인격 말이다.[68]

그런데 개별적 존재로서의 자기 인식과 삶의 조건의 변화는 인

68 Gurevich, Aaron: *La naissance de l'individu dans l'Europe médiavale*, Seuil, 1997, pp.11~12.

과를 가릴 수 없게 얽혀 있으므로, 당연히 이 얽힘 속에서 진행된 근대인의 개별화가 개별화 방식의 유일한 형태는 아니다. 근대적 개인은 중세 초기, 사회적 속박이 공고해지기 전의 개인[69]과 같을 수 없고, 이후 '씨족적 존재'로서 "사회적 소속에서 연유하는 제약들에" 매여 있던 중세의 개인과도, 혹은 집단적 이상의 실현을 통해 자기의 개별성을 세우고 집단적 가치의 권화로 제시되는 중세 귀족 문학 속의 영웅적 개인과도 다르다. 근대적 개인의 인격 또한 어느 한 가지 면모로 수렴되어 단순하고 명료하게, 간단히 특정될 수도 없을 것이다.

한편 전통적 소속에서 연유하는 제약에서 자유로워진 근대적 개인은 새로운 사회성의 압력 아래 놓인다. 그의 자유는 새롭게 구성된 합리성의 테두리 안에서 추구되어야 하고, 그 추구의 방식 또한 변화한 사회적 적절성을 따라야 하며, 그의 자유가 성취한 것은 새롭게 수립된 가치 체계 안에서 공인될 수 있어야 한다. 파우스트, 돈키호테, 동 주앙 등으로 나아가는 길목마다, 값비싼 통행료을 지불하고서야 통과할 수 있는 차단기가 설치되어 있는 것이다. 이 경계 안에서 정상적, 또는 일반적인 것이 된 자기 자각, 자기 추구, 경쟁, 전략, 성공과 좌절—간단히 말해 일상적 모럴과 태도에서 나타나는 새로운 개인성, 여기서 우리는 그것을 '근대적 개인성'이라 부르고, 코르네유의 초기 희극들에서 그 특유의 양상들을 찾아보려 한다.

그 전제는 이러하다. 첫째, 위와 같이 규정된 개인성, 즉 사회

✦

69 *Cf.*, *ibid.*, pp.26~28.

적 변화 및 그에 따라 새롭게 구성된 제약에 의해 주조되고, 그 제약 안에서 작동하는 개인성, 일상의 희망과 좌절을 통해(영웅적 양상을 취하여 모델로 제공되는 것이 아니라) 드러나는 이 '낮은 수준의 개인성'[70]은 질서 친화적 장르인 희극에서 더 잘 드러날 것이다. 둘째, 이미 보았듯이 코르네유의 희극들은 '새로움과 연속'의 균형을 보여주고 있고, 그 새로움과 연속은 언제나 연극이 "우리 행동과 담화의 초상화"일 뿐이라는 그의 사실주의적 관점에서 벗어나지 않는다. 이 같은 특징은 그의 희극을 자기 시대에 관한 탐구로 읽을 수 있게 한다. 셋째, 코르네유의 희극들은 "풍속에 대한 풍자와는 거리가 먼",[71] "사랑의 심리학"[72] 즉 심정의 비밀을 다룬다. 결국 시대적 변화 속에서 형성된 새로운 인격을 정의하고자 하는 것이 그의 탐구의 목표라는 뜻이다. 마지막으로, 코르네유가 긴 세월 줄곧 매달렸던 희극들을 이처럼 그의 인간 탐구, 세계 탐구로 간주할 수 있다면, 그의 희극들에 관한 연구를 시작하며 밝혔던바, 우리가 찾으려던 코르네유의 전 작품을 관통하는 '근본적 동질성'[73]은 바로 이 '낮은 수준의 개인성'에서부터 찾아지리라는 것이다.

☩

70 그러므로 이때의 '낮은'은 개인성 자체의 질적 등급이 아니라, 그것이 드러나는 상황, 그것에서 비롯된 결과의 심각성의 정도를 염두에 둔 표현이다.

71 Kerr, *op. cit.*, p.5.

72 Nadal, *op. cit.*, p.67.

73 192쪽의 주 2 참조.

인물

코르네유의 희극에서 우리가 본 중심인물들의 특징은 이러하다. 그들은 도시 귀족들이다. 그들에게는 어떤 봉건적 또는 군사적 의무도 주어져 있지 않다. 그들의 활동은 우정과 연애에 한정되어 있다. 우정과 연애의 갈등 가운데 늘 발설되는 결투는 한번도 성사된 적이 없고,[74] 인물들 자신에 의해 그 실효성이 부인된다.[75] 귀족이라기보다는 한량처럼 보이는 그들에게서 발견할 수 있는 유일한 귀족적 표지는 그들 스스로, 아무런 설명 없이, 자신에게 부여하고 있는 드높은 가치인데, 이 자부심은 자기 욕망의 이기적 추구를 규제하는 것이 아니라 허용하는 근거가 된다. 그 누구도 도덕적 우월성을 지니지 않는다.[76]

두브로브스키는 이들을 아직 개성적 인간이 되지 못한 "상호 교환 가능한 허깨비들"이라고 불렀다. 그러나 상호 교환 가능하다고 해서 이들이 우호적 집단을 구성하지는 않으며, 개성이 없다고 해서 덜 느끼고 덜 행동하는 것은 아니다. 근거 없는 자부심에 의해 떠받쳐져 자기 집착적이고 자기중심적이 된 이들의

✢

74 결투는 『극적 환상』에서만 일어나는데, 제시된 모든 것을 연극으로 돌리는 결말이 그 현실성을 의심하게 할 뿐 아니라, 클랭도르는 이때 이미 신분 이탈자였다.

75 『시녀』 2막 8장, 649~652행: "결투는 해로워. 그리고 결투하게 된들,/우리 둘 다 그녀를 얻지 못해./우리 중 하나는 죽고, 하나는 달아날 테니,/제삼자가 그 수고의 열매를 갖게 될 거야."

76 『팔레 상가』의 리장드르와 도리망을 예외로 삼을 수 있을 것이다. 그러나 리장드르는 다른 인물과 마찬가지로 계략을 사용하여 목적을 이루고, 도리망은 극행동에서 매우 미미한 인물이다.

정념은 항상 극단으로 치달아 각 편마다 자살, 살인, 납치, 복수 등의 계획이 운위된다. 왜냐하면, 바로 그 상호 교환 가능성과 무차별성이, 차이를 세우려는 욕구를, 경쟁심과 적의를 격렬하게 자극하기 때문이다. 인물들은 서로 상대방을 '애송이 새' '단순한 자' '눈먼 자' '평범한 자'로 부르면서 자기를 범부들과 분리시키려 애쓴다.

이 같은 자긍심과 차별화의 욕구, 그리고 이들의 이기적 욕망 추구에서, 베니슈가 계급적 천성으로 규정한 "오만"을, 귀족적 정념의 특성이라고 본 "영광과 갈망의 결합"[77]을 보아야 할 것인가?

이 질문에 이르면 코르네유가 희극의 등장인물들에게 부여한 신분, 그리고 희극의 진화 과정에서 거기에 가한 변화에 주목하게 된다. 그리고 근대적 개인의 출현을 묘사한 구레비치의 서술과 이 인물들의 처지가 미묘하게 어긋난다는 점을 간과할 수 없게 된다. 이들은 "자기 안의 '씨족적' 존재"를 "극복"한 존재들이 아니라 씨족적 존재와 다른 삶을 살게 된 귀족이다. 자기 영지로 둘러싸인 성 안에서 작은 왕 노릇을 하며, 자기의 작은 왕국, 또는 먼 친척일 수 있는 왕을 위해 목숨 걸고 봉사한다는 고상한 소명을, 혈통에 의해, 달리 말해 운명적으로 부여받은 고귀한(noble) 존재들이 아니라, 대도시의 특정 지역에 모여 살며, 지대가 쌓아주는 재물로 치장한 대도시의 고급 소비자들이 되었다는 말이다. 그러므로 그들은 "사회적 소속에서 연유하는 제

✛

---

77 Bénichou, *op. cit.*, pp.18~19.

약"들에서 자유로워진 것이 아니라 사회적 소속이 부여한 정체성을 잃어버린 자들이다. 그들의 한가로움, 그것은 그 정체성 영도(零度, degré zéro)의 환유이고, 치열해진 구애자 간 전투의 바탕이다.

희극의 진화는 이 신분의 변화를 끌어들이며 진행된다. 두번째 희극 『과부』는 과부라는 새로운 처지로 인해 종래의 규범으로부터 자유로워진 인물을 내세우며, 네번째 희극 『시녀』는 귀족의 신분에서 하인의 지위로 추락한 인물을 보여준다. 마지막 작품 『극적 환상』의 클랭도르는 가출하여 극중에서 하인으로, 장군으로, 배우로 변신하는데, 대사에서 읊어지는 그의 가출 후 과거 경력들은 새로워진 환경에서 기회를 찾으려는 다양한 직분들의 활동을 오버랩시킨다. 현실과 비현실의 경계를 흐려놓고 있는 이 극은 그렇게 앞선 희극들에서 인물의 신분에 첨가된 뉘앙스와 유동성을 극대화한다. 이런 변화가 단순히 "새로운 것의 탐사를 즐기는" 코르네유의 "변덕스런 경향"[78]의 결과일 수만은 없다. 그것은 분명 신분적 차별성을 지우고 혼란시키려는 의도를 드러낸다.

코르네유가 자기 희극에 끌어들인 또 다른 새로움이 이런 추정을 뒷받침한다. 관례적 인물들의 역할 전도가 그것이다. 코르네유 희극의 부모는 명령자, 금지자로서의 관례적 역할이 매우 약하며,[79] 자식들과 함께 연애 활동과 결혼 사업에 참여하는가

---

78 Couton, *op. cit.*, p.32.

79 "저는 제 딸을 너무나 사랑하기에/그 애의 감정을 억압하려 할 수 없어요."(『팔레 상가』 3막 7장, 946~947행)

하면,[80] 『극적 환상』에 이르러서는 자식의 삶에 전혀 간섭할 수 없는 관찰자로 격하된다. 한편 관례상 보조자였던 하인, 유모 등은 자기 자신의 목적과 관점을 가지고 주인공들을 이용하고 교란한다.[81] 부모들이 젊은이들의 사랑놀이에 섞이는 것과 마찬가지로 시녀인 아마랑트는 상전인 다프니스와 경쟁하고(『시녀』), 주인공 클랭도르를 사모하다가 상전에게 빼앗기는 시녀 리즈는 그의 무정함과 조롱을 벌주었다 다시 구출하는 등, 극행동을 적극적으로 이끌어간다(『극적 환상』).

요컨대 무차별성은 부모와 자식 간, 상전과 하인들 간에까지 확장되고 있는 것이다. 이처럼 가족적 신분적 서열 관계가 약화된 가운데, 윤리적 구속마저 넘어서는 감정의 권리, 욕망의 이기적 추구가 보편적 권리로 선언된다.

> 사랑 문제에서는 아무것도 지킬 필요가 없지.
> 사랑의 불꽃이 재촉하면 가장 친했던 친구라 해도
> 즉시 자기 언약을 잊는 것을 자랑삼지.(『멜리트』, 1막 3장, 248~250행)

> 이 나이에 과부가 되어서, 허구한 날 남편의 죽음을 슬퍼만 한단 말인가!
> 만회할 수 있는 상실인데 말이야.

✞

80 Cf.. 『시녀』 2막.
81 Cf., Simond Dosmonde, "Les confidents dans le théâtre comique de Corneille", in PFSCL XXV . p.175.

한 남자의 애인이라는 그 달콤한 명칭을 거부하고!(『과부』 2막 2
장, 465~467행)

이처럼, 코르네유 희극은 인물들 개인의 차원에서는 드높은,
그러나 내용 없는 자긍심, 타인과 구별되려는 보편적 욕구, 그
무엇에도 구애되지 않으려는 자기 욕망의 절대화를 보여주고,
인물 간 관계의 차원에서는 신분적 경계와 규범의 약화를 보여
준다. 거리낌없이 개인적 충동을 따를 수 있는 조건, 각자 자기
인생의 주인공일 수 있고 주인공이어야 한다는 이념, 주체의 이
념이 뿌리 내릴 수 있는 조건이 마련되어가고 있는 것이다.

희극 인물들의 자긍심은 그것이 이기적 욕망 추구로 발현된
다는 점에서, 공적 가치에 사적인 욕망을 복종시키는 비극 인
물들의 영웅적 자긍심과 질적으로 다르다고 할지 모른다. 그러
나 비극 주인공들의 영웅적 행위 역시 그 근본적 동기가 '자기'
에 있음은 베니슈가 지적한 바대로다. 로드리그가 쉬멘의 아버
지를 죽이기로 결심하는 것은, 무엇보다 '내 영광' '내 명성' '내
가문'[82] 때문이다. 그들이 무슨 희생을 하건 그의 '자아(moi)'가
'초자아(sur-égo)'를 겸한다. 그들에게 요구된 희생은 "평범함"[83]
에서 벗어날 "기회"[84]다. 그들로 하여금 '자아의 흥분된 고양
(exalta-tion du moi)'의 상태에 이르게 하는 것은 늘 범상치 않은
행위, 다시 말해 그들을 범부로부터 차별화하는 행위다. 그 행동

82 『르 시드(Le Cid)』, 1막 7장, 333~336행.
83 『오라스(Horace)』, 2막 3장, 436행.
84 『르 시드』, 3막 6장 1009행.

으로 인해 최초의 다섯 비극 모두에서 법정에 서게 되는 주인공들을, 극단적으로 반사회적인 메데[85]가 선두에서 이끌고 있음은 이 점에서 시사적이다. 그토록 큰 반항으로 남은 것이 무엇이냐는 물음에 메데는 답한다.

나다.
나, 내가 말하느니, 그것으로 충분하다.[86]

이런 과시적 자기주장은 베니슈가 말한 것처럼 '한 계급의 표지'라기보다는 뒤브와가 말한 것처럼 "개인들을 평준화하는 사회"에 대한 "자아 방어의 한 형태다."[87] 이것은 비유적 의미에서 귀족적이라고 할 수는 있겠지만, 중세적인 것, 봉건적인 것이라고 규정할 수는 없다. '자아'의 억제를 교리로 하는 종교의 세기였을 뿐만 아니라, 선과 악, 신분에 따른 의무와 행동 양식이 지극히 단순한 방식으로 규정되었던 중세는, 스스로 규범을 만드는 개인적 '양심'이라는 개념도, '독창적 개인'이라는 개념도 갖고 있지 않았기 때문이다.[88] 여기서는 모두가 남다른 개인이 되고자 하며, 스스로의 명령만을 따르는 주체로서 사고하고 행동한다.

85 고립자로서의 메데에 대해서는 *Cf*., Virginia Krause, "Le sort de la sorcière : Médée de Corneille", *PFSCL XXX*, 58, 2003, p. 44.

86 『메데』, 1막 4장, 316~317행.

87 213쪽 인용문(주 61) 참조.

88 *Cf*., Gurevitch, *op. cit*., p. 30.

환경

코르네유가 '주체'이고자 하는 이 인물들의 활동무대를 팔레 상가와 르와이얄 광장을 포함하는 파리 중심가로 한정한 것은, 당대의 연극 및 문학의 비현실적 공간을 거부하는 단호한 의식의 소산이었다. 그는 한 걸음 더 나아가, 파리의 중심가를 작품의 제목으로 내걸고 상인들이 등장하는 장면[89]을 작품에 삽입하고는, 규칙을 어긴 것을 오히려 자랑스레 언급한다.

이 제목은 아마도 완전히 규칙에 어긋나는 것일 것이다. (……) 나는 그 자연스러움으로 놀랍고도 기분 좋은 이 장면에 대한 기대감이 청중들의 호기심을 의당 자극할 것이기에 팔레 상가를 제목으로 택하였다. (……) 이런 즐거움을 허용하지 않았더라면 이 작품은 (……) 매우 규칙적인 작품이 되긴 하였을 것이다.[90]

코르네유는 그것을 오직 관객들의 즐거움을 위해 극행동에는 불필요한 장면을 삽입한 것으로 설명하고 있다.[91] 그러나 그것이 코느자가 말한 대로 "리얼리즘을 향한 어떤 경향의 계시적 실습"[92]임은 분명하다. 그리고 거기서 더 나아가, 진열대 한 뼘을

✦

89 『팔레 상가』 1막 6~7장, 4막 11~13장.
90 『팔레 상가』의 「검토」, I, p.302.
91 *Ibid.*
92 Conesa, *op. cit.*, p.30.

놓고 다투고,[93] 유행을 만들며[94] 술수를 쓰는[95] 상인들의 삽화들이, 구매자들인 이 희극 주인공들의 행태 및 다툼과 상동적이라는 점에서도 계시적이다. 우리는 각 작품의 분석에서, 또 인물들의 '정체성의 문제'를 다루면서, 부르주아화한 이 폐쇄적 공간의 원칙과, 그것으로 말미암은 인물들 간의 근접성이 어떻게 인물들의 사고와 행위를 구속하는지 밝혔다. 금전으로 획일화된 가치 체계는 마치 모든 경주자를 한 통로에 몰아놓고 달리게 하는 경주처럼 인물들 사이에 긴장을 증폭시킨다. 그것은 한편으로는 유행과 평판을 통해 획일화한 사고와 행동 규범을 부과하고, 한편으로는 거짓과 술책과 뒷거래를 만연케 한다.

위에서 우리는 희극들의 진화와 보조 인물들의 역할 변화를 통해, 개인을 구속하는 전통적 관계, 즉 혈연의 의무와 신분적 위계 질서의 약화가 인물들의 주체 의식의 강화와 평행하는 것을 보았다. 그런데 이제 우리는 코르네유의 희극들이, 동일한 진화를 통해, 부르주아적 질서가 그 전통적 질서를 대치해가는 과정 또한 보여주고 있다는 것을 알게 된다. 『멜리트』에서는 티르시스의 마음에 스쳐 지나가는 불안이었던 재산 문제는 『과부』에서는 현실적인 고민거리가 되고,[96] 『시녀』에 이르면 가난하기 때문에 시녀로 추락한 아마랑트를 패배하게 만드는 원인이 된다. 『극적 환상』은 귀족 신분을 얻은 클랭도르를 보여주는 5막을 연

93 『팔레 상가』, 4막 10장.
94 *Ibid.*, 1막 6장.
95 *Ibid.*, 4막 13장.
96 "재산과 조건이 다르다 보니,/그녀의 애정을 바랄 수 없다."(『과부』, 1막 1장, 59~60행)

극으로 돌리면서, 입장료를 계산하고 수당을 나누는 배우들의 장면으로 막을 내린다. 알캉드르는 배우가 된 아들의 새로운 신분을 언짢아하는 프리다망을 이렇게 달랜다.

> 그만 한탄하시오: 오늘날 연극은
> 모두가 숭배하는 너무도 높은 지점에 올라 있소.
> 당신 시대가 멸시의 눈으로 보았던 것이
> 이제는 훌륭한 사람들 모두가 좋아하는 것이 되었소.
> (……)
> 만일 사람들을 그가 지닌 부에 따라 평가해야 한다면,
> 연극은 지대가 괜찮은 봉토요,
> 그러니 당신 아들은 당신 집에서 얻게 되었을 것보다
> 더 많은 재산과 명예를 이처럼 근사한 직업에서 얻고 있소.(『극적 환상』, 5막 4장, 1781~1805행)

코르네유의 희극 사이클의 대미라고도 할 수 있는 이 장면에서, 극작가를 대변하는 알캉드르는 중세가 줄곧 의심쩍은 시선으로 백안시했던 사물(돈)과 직업(유랑 가객)[97]의 결합을 높은 긍지로 축성하고 있다.

여기서 우리는 돈 문제를 다루는 코르네유의 방식의 새로움을 지적해야 한다. 애정 문제에 돈 문제를 섞는 것은 새로운 것이

✤

97 Jacques Le Goffe, *La Bourse et la vie, Economie et religion au Moyen Age*, Hachette, 1986, p.63.

아니다. 그러나 코느자가 지적하듯,[98] 바로크 극에서는 조심스레 기피되었던 '돈' '재산' 등 적나라하게 부르주아적인 용어들이, 코르네유의 희극에서는 뻔뻔스러울 정도의 직설법으로, 그것도 부모들의 입을 통해서가 아니라, 바로 주인공들 자신의 입을 통해서 발설된다.

> 사랑과 결혼은 다른 방식을 갖고 있는 것,
> 하나는 가장 사랑스러운 것을, 다른 하나는 가장 안락한 것을 좇지.
> 나는 가난하고 너는 가진 게 없지.
> 무(無)는 다른 무(無)와 결합되기 어려워.(3막 5장, 789~792행)

코르네유는 돈을 애정에 대립시키는 로마네스크(romanesque)한 방식을 뒤집어엎는다. 그가 제시하는 인물들은 너무도 풍요로운 환경에서 살아서 재산 따위에는 관심이 없는[99] 순진무구한 양치기들이 아니라 재물의 가치를 잘 알고 있는 현실적 젊은이들이다. 코르네유 희극들의 진화는 이들이 이론으로 알던 돈의 지배를 실제로 체험하고, 저항과 거부감으로 마지못해 인정했던 그 가치를 내면화하여 가는 과정을 그려 보인다. 다시 말해, 새로운 사회의 새로운 현실 원칙이 어떻게 개인의 자율성과 자유의 신화를 잠식하는지, 어떻게 자발적이라고 생각하는 개인의

✠

98 Conesa, *op. cit.* p.31.
99 *Cf.*, "······맑은 대기와 강변의 비옥함, 그리고 타고난 온유함 때문에 너무도 복을 많이 누리기에 재물을 하찮게 여기는 목동들······": Honoré d'Urfé, *L'Astrée* 1-1, réed, par Slatkine Reprints, 1966, p.10.

의식과 감정에 개입하는지를 보여주고 있는 것이다.

그렇다면, 명백하게 현실적이며 개인적 소유에 속하는 가치인 돈에 지배되는 희극 인물들과, 자기희생을 요구하는 초월적인 가치들을 추구하는 비극 인물들의 유사성을 말하는 것이 가능할까? 그것은 세속적이고 이기적인 인간과 영웅적이고 희생적인 인간을 동류로 놓는 것인 만큼 불가능한 일로 보인다. 그러나 윤리적 가치판단을 보류하고 보면, 비극의 영웅들 역시 가치의 창조자가 아니라는 사실이 떠오른다. 비극의 주인공들은 중세의 기사들처럼 모험을 찾아 떠나는 것이 아니라, 사회가 부과한 의무를 '내 영광'으로 떠안는다. 칭송될 것이라는 기대 없이 치러지는 희생은 없다. 희극에서 현실 원칙이 인물의 욕망 자체를 포섭해버린다는 차이를 제외하면, 현실 원칙과 사적 욕망 사이의 긴장 관계에서 늘 전자가 우세하며 극들의 진화에 따라 더욱 강화되는 것도 두 장르에서 동일하다.[100] 돈이 희극 인물들의 관계를 간접화하듯이 영광이 비극 인물들의 관계를 간접화하는 보다 명시적인 예는 없을까? 『시녀』의 인물 테앙트는 말한다. "내 사랑도 내 야심에 양보하지 않을 수 없어",[101] "훨씬 영광된 성공을 보상해주는"[102] 상대를 향해 마음을 바꾸게 되었노라고. 『티트와 베레니스(Tite et Bérénice)』에서 황제의 동생의 애인이었던 도미시는 말한다. 황제가 된 형을 보자 "나의 자부심은 내 온 영혼이

✤

100 비극에서 개인에 대한 집단의 압박의 강화에 대해서는 보론: 「코르네유 4대 비극의 진화 과정 연구」 참조.
101 『시녀』, 1막 1장, 12행.
102 『시녀』, 1막 1장, 17행.

그를 향해 돌아서게 하였고" "그의 동생은 내 마음에 좀 덜 들게 되기 시작했노라"[103]고. 로드리그와 쉬멘의 가치를 높이기 위해서가 아니라면, 극행동에서 의미가 없는 공주의 존재가 어떻게 설명되겠는가? 르네 지라르가 '코르네유적 불변의 명예'[104]라는 신화화된 개념에 압도되지 않았더라면, 코르네유의 희극들을 읽었더라면, 아마도 『클레브 공작부인(*La Princesse Clèves*)』보다 먼저 코르네유의 희극들에서, 그리고 비극들에서까지도 그가 자본주의적 인간관계의 구조로 보았던 삼각형의 욕망을 발견했으리라.

사랑

위와 같은 환경에서 위와 같은 인물들이 벌이는 사랑 이야기는 어떤 것이 될 것인가. 케르가 지적하는 역설, 즉 "조화와 어떤 무사무욕이 전제되는 가치들[우정과 사랑]에 의해 한정된 극적 문맥 속에서 모든 것이 이기심에 의해 지배되는"[105] 코르네유식 패러독스가 된다. 그러므로 우선 그것은 궁정식 소설에서부터 이어져온, 사랑에 대한 문학적 예찬의 해체요, 궁극적으로는 새 시대의 새 인간에 대한 새로운 정의다. 왜냐하면 이 "사랑과 자기애의 변증법"[106]을 통해 코르네유가 그리는 것은 사랑 자체

✠

103 『티트와 베레니스』, 1막 1장, 129행, 131행.

104 René Girard, *Mensonge romantique et vérité romanesque*, Grasset, 1961. p.202.

105 Kerr, *op. cit.*, p.1.

106 Milorad Margitić, "Mythologie personnelle chez le premier Corneille: le jeu de l'amour et de l'amour-propre de *Mélite* au *Cid*", p.565.

가 아닌,[107] 사랑하는 인간들이기 때문이다.

각 편의 분석에서 우리는 코르네유 희극 속의 사랑 체험이 결코 행복하지 않다는 것을 보았다. 언제나 삼각 이상의 관계로 진행되는 사랑 이야기에서, 항상 불안한 애인은 언제나 친구로 설정된 경쟁자의 책략과 사회적 조건에 대한 근심에 시달린다(**적대적 세계**). 그뿐인가. 모든 것을 파괴하는 시간과 변덕스런 운수에 대한 우려에다(**미래의 불확실성**), 의심, 사랑 자체에 대한 권태, 대상의 속박과 지배에 대한 반항심과, 약속을 깨고 싶은 충동이라는 '자기 안의 반란'[108](**마음의 동요와 불확정성**)까지 체험한다.

희극들의 진화는 이처럼 삼중의 위협에 둘러싸인 사랑의 이야기를, 외적 장애(현실 원칙의 개입)(『멜리트』『과부』『말벗』)와 내적 장애(자아의 위기)(『멜리트』『팔레 상가』『르와이얄 광장』)에 번갈아 무게를 주어가면서, 사랑의 승리가 아니라 사랑의 깨어짐을 향해 나아간다. 마침내 사랑 자체를 거부하는 알리도르, 세상 자체를 버리는 앙젤리크가 나올 때까지 말이다(『르와이얄 광장』).

결국 코르네유는 사랑하는 젊은이들로 하여금 역경을 거쳐 결합하게 하는 희극의 기본 골격을 가져다 '사랑할 수 없는 인간'을 그리고 있는데, 그의 특징은 이렇다.

107 그러므로 코르네유의 사랑을 '존경의 사랑(amour-estime)'이니, '영웅적 사랑(amour héroïque)'이니, '명예보다 낮은 등급의 가치'니 하는 식으로 정의하는 것은 의미가 없다.

108 93~94쪽 참조.

사랑에서조차 자기애의 만족, 다시 말해 자기 긍정의 정당화를 구하는 인물들은 사랑을 '영광' 추구의 수단으로 만들고, 지배와 피지배의 관계로 만든다. 그것은 타인에게 매혹당하는 것을 전제로 하는 것이기에 더욱더 힘겨운 싸움이다. 먼저 사랑하거나 짝사랑하는 것은 상대방에 대한 패배요, 사랑의 실패는 사회적 패배다.

만일 전적으로 내 쪽에서만 사랑하는 거라면,
아무리 예쁜 얼굴도 나를 사로잡진 못했을 것이다.(『멜리트』, 2막 5장, 549~550행)

사랑을 고백하기 전에 사랑하게 만들어야 해,
우리의 복종은 여자를 오만하게 만들거든.
(……)
사랑 받고 싶으면 더 나은 책략(artifice)을 쓰자.(『과부』, 1막 1장, 29~30행, 33행)

만족스럽게 그를 버릴 수 있었건만,
수치스럽게 그를 잃는구나.
(……)
그의 성실을 믿었을 때, 내 기쁨은 비밀스러운 것이었는데
나의 수치는 모두가 다 알게 되었다.(『팔레 상가』, 3막 10장, 1009~1014행)

코르네유의 인물은 만인의 만인에 대한 투쟁 속에 있다. 사랑에서도 적을 보는 그는 고독한 단독자다.

패배가 공표되는 것에 대한 두려움이 그로 하여금 "능란함"[109]으로 명명된 우회적 방식을 택하도록 만든다. 먼저 고백하지 않기 위한 '가장(artifice)', 무관심과 냉정의 과시, 다른 사람을 사랑하는 체하기, 버림받기 전에 주어버리기…… 분노보다 수치에 민감한 그는 만일에 대비하여, 자기를 감춘 채 원하는 바를 얻을 수 있는 전략에 몰두한다. 그의 행동 양식을 지배하는 것은 두려움이다.

너나없이 참여하고 있는 이 가면 놀이 속에서 그가 사용하는 무기는 말이다. 말은 진실을 토로하는 수단이 아니라 진실을 감추는 수단이다. 인물들은 모두 서로서로에게 '배신자'가 되고 배신당하는 쓰라림을 경험한다. 말은 또한 상대를 제압하는 수단이기도 하다. 이들의 말은 대화가 아니라 논쟁이다. 말로 벌이는 이 전쟁에서, 자기 자신조차 설득하는 말, 자기의 우월성을 돋보이게 하는 말, 타인과의 차별성을 세울 수 있는 말이 찾아지면, 마침내 그것은 이 부유하는 영혼들에 확고성을 부여하는 부동의 이념이 되고,[110] 현실에 대한 주관적 인식이 된다. 비록 그것이 파리의 뒷골목까지 퍼져 있던 담론 중의 하나를 차용한 것이요, 흔히 두려움에서 기인한 자기기만이고, 때로 그것을 감당하지 못하는 자기의 허약성을 노출할지라도 말이다. 그 자체의 논리성

中

109 70~71쪽 참조.
110 131~138쪽 참조.

으로 타인들의 그것을 압도하여, 마침내 그리도 찾아 헤맨 개별성, 독창성을 자기 존재에 부여해줄 수 있기만 하다면 말이다. 그로 인해 '괴상한'[111] 인간이라 불린다 해도 말이다. 그는 자기 행위와 삶에 합목적성을 부여하는 이념을 필요로 하는 존재다.

실존의 위험에 정면으로 맞서지 못하고 태도의 희극을 벌이고 있는 이 인물들을 정녕 우리의 귀감이 된다는[112] 코르네유적 인간군에 넣을 수 있을 것인가? 그러나 이들과 비극의 영웅들이 그렇게 멀기만 한 것은 아니다. 비극의 인물들도 철저한 고립자로서, 이념과 명분 속에서만 자기 확신을 찾는다. 그리고 무엇보다 사랑에서 자아의 적을 본다. 희극들의 진화와 마찬가지로 비극들의 진화 역시 서로 사랑하는 쌍의 분리로 나아간다. 사랑은 불투명한 투쟁의 장인 이 세계에서 인물들이 지닌 두려움과 불안을 해소하는 것이 아니라 가중시킨다. 자기 논리를 세우고 그것에 충실한 자기를 보여주는 것, 그것만이 처방이다. 희극 인물과 비극 인물을 구별 짓는 관건은, 자기 말을 행위로 입증하는가에 있다.[113] 그것에 실패하면 암울하지만 희극적인 이야기가 되고, 그것에 성공하면 비장하지만 '낙관적이라는' 비극이 된다. 코르네유의 또 다른 역설이다.

---

111 『르와이알 광장』의 부제. '괴상한 애인(amant extravagant)'. 희극들의 부제는 코르네유의 중심 주제들을 암시한다. 『멜리트』-가짜 편지들, 『과부』-속아넘어간 사기꾼, 『팔레 상가』-경쟁자 친구.

112 *Cf.* La Bruyère, *op. cit.*, p.95: "후자[코르네유]는 그렇게 되어야만 할 인간을 그리고, 전자[라신]는 있는 그대로의 인간을 그린다."

113 *Cf.*, 방어기제의 실패에서 영웅과 희극 인물들 사이의 분리선을 발견하는 Mauron, *op. cit.*, p.266.

"불안전에 대한 감각이 코르네유의 희극 인물들의 가장 깊은 원동력"임을 지적한 마르지틱은 "이 예기치 못한 현상을 정신분석학자가 설명해야 할 것"[114]이라고 말한다. 우리는 존재에 대한 사회 구속성을 보여주는 코르네유 희극의 구조 자체에 근거하여, 코르네유 자신이 역사학자와 사회학자를 겸한 심리학자로서 이것을 설명하고 있다고 생각한다. 역사학자와 사회학자는 "혈연과 사회적 소속에서 연유하는 제약들에서 자유로워진, 간단히 말해 개별화, 개인화한 인격"으로 말미암아 물질문명의 영역에서 일어난 변화들에 관심을 기울이는 반면, 시인이요 극작가인 코르네유는 이 개인들이 체험의 영역에서 겪는 내적 외적 장애들을 그들의 관계 속에서 탐구한다. 이렇게 보았을 때, "비극보다 더 숙명론적이고 비관적인 세계"[115]를 그리는 코르네유의 희극들은 근대적 개인성의 구성 요소인 주체, 주관적 인식, 자유 등의 신화를 벌써부터 해체하고 있는 것처럼 보인다.

지금까지 살펴본 바에 의해, 인물들이 느끼는 두려움을, 너와 나를 확신할 수 없고, 진실과 외양의 일치를 확신할 수 없으며, 모든 것을 변하게 하는 운명과 시간의 변덕을 믿을 수 없는, '미궁' 같은 세상 앞에서의 두려움이라고 본다면, 그 두려움은 파스칼을 전율케 한 '무한한 우주의 영원한 침묵'과도 통한다. 그리고 그것은 거의 한 세기 전 라블레의 인물 파뉘르주도 체험한 공

✛

---

114 Margitić, *op. cit.*, p.567.
115 Verhoeff, *op. cit.*, p.12.

포였다.[116] 근대인이 얻은 자유의 대가다. 그로부터 얼마 지나지 않아 일어난 내란(위그노 전쟁)은 막연한 두려움이었던 이 공포를 삶의 실제적 조건으로 체험케 한다. 자아의 원심적 확산을 가능케 하는 잠재적 능력을 의미했던 자유는, 한편으로는 집단적 광기들로부터 개인의 자아를 지키며, 한편으로는 존재의 확실성에 대해 가해진 위협을 존재의 과잉으로 상쇄하는[117] 방어적 가치가 되면서, 자아 그 자체와 하나가 되었다. "누가 서인도 제도의 한구석에 가는 것을 금한다는 말만 들어도 그날부터 사는 것이 덜 유쾌해질 것"이라는 몽테뉴는 자기가 자기일 수 있는 자유를 위해 서재에 들어앉아 자기를 탐구한다. 그리고 자기 안에서 "너무도 심도 깊고 잡다한" "세상에서 가장 명백한 괴물이요 기적"[118]을 만난다.[119]

그로부터 다시 반세기, 코르네유의 인물들은 이 모든 특징을 물려받았다. 다만 그들은 모험심을 자극하는 신천지도 아니요, 자기만의 공간인 서재도 아닌, 새로운 오락 산업인 연극이 유행을 만들어내고 외국산 상품들이 거래되는 최첨단의 거리에 있다. 코르네유는 다시 활력을 되찾은 도시에서 경쾌성을 회복하여 연애에 첫 희망을 품고 체험의 장으로 나오는 젊은이들을 그린다. 그런데 그 세계는 정치적으로는 중앙집권적 절대왕정이

✣

116 이환. 『프랑스 근대 여명기의 거인들—1. 라블레』, 서울대학교출판부, 1997, pp.84~87.
117 193~195쪽 참조.
118 Montaigne, *op.cit.*, p.1029.
119 구레비치에 의하면 이런 구심적 경향 또한 근대인의 특징이다. "중세 내내 (……) 개인의 영혼을 채우거나 버릴 수 있는 독립적 실체로 여겨지던 감정들을 점차 자기 인격 속에 통합된 심리적 자질들로 해석하게 되었다." Gurevitch, *op. cit.*, p.125.

초석을 닦아가고, 사회적으로는 부르주아적 질서가 확고해져 가는 세계다. 풍속의 획일화, 가치의 획일화가 인물들이 그토록 집착하는 자아와 자유를 길들이고 구속한다. 연애를 결혼 사업으로 변질시키며, 그 어떤 타인과도 합일될 수 없음을 깨닫게 하는 사회화 과정 속에서 그들은 때로는 모순되기도 한 갖가지 감정에 휘둘리고 그것들의 충돌을 내적 투쟁[120]으로 경험한다. 그들의 자유는 밖으로부터 회유되고, 안에서는 내란을 겪는다.

관계에 대한 질문일 뿐 아니라 자유에 대한 질문이기도 한 코르네유의 희극 작품들은 이렇게 그를 도덕 교사처럼 보게 했던 신화 또한 해체한다. 거기에는 초인적 인간도 없고, 존경과 이성에 기초한 사랑도 없고, 그를 포르 르와이얄과 대립시키는 낙천적 세계관도 없다.[121] 거기에는 사물 및 인간의 관계를 간접화하고 경쟁 속에 몰아넣으며, 가장 사적인 영역에서까지 욕망을 굴절시키고, 사랑에서도 적을 발견하게 하는, 하나이고 보편적이며 일치된 자본주의적 세계가 있고, 그 안에, 족쇄였지만 반석이기도 했던 혈연과 신분의 제약에서 벗어나 유일무이한 자기에 대한 집착을 움켜쥐고 "내 삶을 산다"[122]는 확신 없이는 살 수 없

✠

120 비극의 인물들도 겪게 될. *Cf.*, "이 무슨 가혹한 전투가 내 마음을 찢어 놓느냐!"(『팔레 상가』, 4막 5장, 1241행), "사랑하는 마음에서 벌어지는 가혹한 전투가 괴롭구나!"(『극적 환상』 3막 7장, 844행), 그리고 "마음 속에 가혹한 전투가 벌어지는구나!"(『르시드』, 1막 7장, 303행)

121 *Cf.*, Fumaroli, *op. cit.*, p.12 : "코르네유를 포르 르와이얄에 대립시키는 것만큼 완벽한 오해는 없다."

122 *Cf.*, "나는 이제 희망을 버리고, 살기 시작한다./나를 위해 사는 것이니, 이제부터 진정 사는 것이다."(『르와이얄 광장』, 5막 8장, 1578~1579행)

는 개인이 있다. 이것이 라블레가 '네가 원하는 대로 행하라'는 구호로 르네상스의 팡파르를 울린 지 한 세기 후에, "몽테뉴의 제자요 라 로슈푸코(La Rochefoucauld)의 선구자"[123] 코르네유가 그려 보이는 '낮은 수준의' 근대적 개인성의 모습이다. 이 낮은 수준의 개인성, 이 근대적 개인이 움켜쥔 '자기애'가 '자기 초월의 가능성'[124]으로 전환될 수 있을까? 이기(利己)가 위기(爲己)로 전환될 수 있을까? 희극의 사이클은 비극적으로 끝났지만, 코르네유는 앞으로 나아간다.

✠

123 Kerr, *op. cit.*, p.134.
124 *Cf.*, Claire Cérasi, *Pierre Corneille à l'image de François de Sales*, Beauchesne, 2000, p.98.

결어: 마무리와 전망

1

코르네유의 초기 희극들에 대한 분석을 시작하면서 우리는, 코르네유의 초기 희극들이 코르네유의 작품 세계 전체를 새롭게 조명할 단서를 제공하리라는 기대를 피력하였다. 이러한 기대는, 보론으로 실은 졸고 「코르네유 4대 비극의 진화 과정 연구」가 제기한 의문에서 비롯되었다. 오직 내재적 분석에 의해서만 살펴본 그 연구의 결과는, 적게는 4대 비극, 많아도 7, 8편의 비극들에, 그것도 주인공의 비범한 행위에만 집중된 전통적 평가가 남긴 그의 이미지(매우 편협한)와는 큰 거리가 있었던 것이다. 초기 희극 연구는 그 의문에서 출발하여, 한 작가의 모든 작품에는 그것을 관통하는(소재나 장르의 다양성을 넘어) 그 작가만의 마크가 찍혀 있기 마련이며, 특히 그것이 미숙하지만 더 자발적인 초기 작품들에서 더 뚜렷이 드러나리라는 가설 위에서 시작되었다. 비극 작가로 각인된 코르네유가 희극으로 데뷔하여

7년간 여섯 편의 희극을 무대에 올리며 우선 희극 작가로 성공을 거두었다는 사실이 우리의 기대를 고무하였다. 이런 기대와 가설에 의해 우리는 1)우리의 주관적 해석에 의한 내재적 분석 그 자체로 코르네유의 초기 희극들을 현재화(actualiser)한 다음, 2)문학사적 맥락 안에서 그것의 독자성을 찾아 그 역사·사회적 의미를 구성하며, 3)그를 통해 초기 희극들을 전 작품에 통합시킬(intégrer) 접점들을 찾아내고, 4)그럼으로써 코르네유 전 작품에 대한 새로운 해석의 가능성을 모색하려 하였다. 그의 초기 희극들의 진화, 그리고 그것이 보여주는 인간 및 세계상(世界像)의 역사·사회적 의미를 다루고 있는 이 책은 1, 2단계를 중심 내용으로, 기회가 닿는 대로 3, 4단계로 이어질 수 있는 지점들에 대해 지적하고 있다. 이제 지금까지 길게 개진해온 그 내용을 요약 정리하며 마무리하려 한다.

2

위에 언급한 코르네유의 편협한 이미지는 그가 세상과 소통하는 방식으로 연극을 선택했다는 원초적 사실을 간과한 결과라 할 수 있다. 연극(특히 고전극)은 다수 인물들의 행동과 대화로 이루어진 다성적(多聲的)인 예술이며, 또 무엇보다 '상황 속에 두기(mise en situation)'의 예술이다. 그런 만큼 연극 작품의 의미는 어느 한 등장인물(그가 주인공이라 할지라도)이 표상하는 가치로만 한정될 수 없다. 연극의 인물들은 모두 상황 속에 있고 자기의 말과 행위로 상황을 만들고 변화시키며 극행동에 참여한다. 연극의 이런 장르적 특수성에 따라 우리는 각론에 해낭하는 1장「코르네유 희극의 진화 과정」에서 인물, 인물 간 관계, 극행동을 중심으로 코르네유의 초기 희극 여섯 편을 분석하였고, 거기서 코르네유적 인간관, 세계관의 특성과 가히 의식적이라고 할 만한 체계적 진화의 과정을 볼 수 있었다.

코르네유 초기 희극의 전개는 『멜리트』-『과부』, 『팔레 상가』-『시녀』, 『르와이얄 광장』-『극적 환상』, 세 쌍에 의해 분절되며, 분절된 쌍들은 각각 사랑의 초기, 중기, 후기 단계를 보여준다. 쌍의 한 축을 이루는 『멜리트』, 『팔레 상가』, 『르와이얄 광장』은 애정 관계에서 경험하는 심정의 동요를 상황 변화의 동력으로 삼는다. 다른 한 축의 『과부』, 『시녀』, 『극적 환상』은 과부, 시녀로 전락한 귀족 처녀, 가출한 방랑자를 내세워 사랑에 개입하는 사회적 압박을 부각시킨다. 이렇게 해서 한 축에서는 주로 심리학적 탐구가, 다른 한 축에서는 사회학적 탐구가 진전된다.

이 과정에서 드러난 인물들의 공통적 특성은 자기 우월성의 주장과 자율권의 요구로 나타나는 '자아'에 대한 집착, 그리고 그 기저에 있는 두려움(타인과 세상에 대한)이었다. 희극들의 진화는, 애정과 우정으로 맺어졌던 이들이 점차 자기 목적에 충실한 이기적 인간, 자기만의 관점을 고집하는 이념형 인간이 되어가는 과정, 동시에 사회 질서를 내면화해가는 과정을 그려 보인다. 그런 과정에서 희극 사이클은 점점 더 심각해지는 위기를 통해 사랑에 대한 부정적 체험들을 쌓아가다가, 결국 애인들의 결별(『르와이얄 광장』)과 죽음(『극적 환상』)으로 종결된다. '섭리적 역사', '행복한 결말', '열린 시간' 등으로 수식되어왔던 코르네유에게서, 그것도 '희극'에서, 우리는 뜻밖에 인간에 대한, 관계에 대한, 세상에 대한 코르네유의 비관적 관점을 만나게 된 것이다.

3

총론인 2장 「코르네유 초기 희극에 나타난 근대인의 초상」에서 우리는 각론에서 도출한 코르네유의 인간관, 세계관을 당대의 문학과 연극의 지배적 경향인 바로크의 그것과 비교하여 그의 초기 희극의 의미를 역사적 문맥 안에서 읽으려 하였다. 희극을 "우리 행동과 담화의 초상화"라고 한 코르네유 자신의 인식이 우리의 그런 시도를 뒷받침해준다. 초기 희극의 연구들에서 전원극, 전원 소설, 희비극 등 바로크적 장르들이 코르네유의 초기 희극에 끼친 영향을 강조하는 경향 또한 우리의 시도를 고무한다. 양자를 비교함으로써, 양자 공동의 사회역사적 배경과 함께, 그 안에서 코르네유가 걸어간 독자적인 길이 드러날 것이기 때문이다. 우리는 그것을 희극들의 진화 과정이 그려 보이는 코르네유의 탐구 도식에 따라 존재론적 측면(정체성의 문제)과 사회역사적 측면(근대적 개인성)으로 나누어 고찰하였다.

코르네유 희극과 바로크 문학은 허풍, 거짓말, 변심(change), 책략, 협잡, 착각, 오해 등의 주제(thème)들을 공유한다. 이런 주제들은 진실과 환상, 존재(être)와 외식(paraître)의 문제를 제기하지만, 바로크는 그것들이 드러내는 존재의 불안정성과 표면들의 현혹을 불안과 두려움이 아니라 미학적이고 감각적인 쾌락으로 전환시킨다. 반면 코르네유는 세상에 만연한 바로크적 양상을 '문제'로 제기하며, 그로 인해 개개인이 체험하는 내적 갈등과 갖가지 부정적인 감정들을 그려 보인다. 그것은 코르네유의 희극들이 혹자들이 생각하듯, 바로크의 모방, 또는 일부가 아니라 그에 대한 대응임을 보여준다. 코르네유의 초기 희극이 바로크 문학과 연극의 배경인 비현실적이고 몽환적인 자연(인간 운명의 주재자인 우주적 힘의 상징인)을 현실적 삶의 공간으로 대치한 것이 그 점을 밑받침한다. 바로크가 장식의 과잉과 착시로 오히려 부풀려서 즐기는 사물의 존재 양상, 즉 존재의 불안정성을 존재의 불안을 가중시키는 문제로 보고, 그것을 사회적 변화 속에서 다루려는 코르네유의 의도를 드러내기 때문이다. 이런 근본적인 차이가 동일한 주제들의 의미를 근본적으로 뒤엎는다. 바로크 문학에서 변신은 '자기'를 지우고 가벼워지려는 변신이지만, 코르네유 인물들의 변신 위장은 알 수 없는 타인에 대한 두려움 때문에 자기를 '감추고', '자기'의 목적을 달성하려는 방어적이고 우회적인 수단이 된다. 바로크가 서구를 중세에서 근대로 이행하게 한 모든 변화들이 만든 혼돈 그 자체를 미적 쾌락의 대상으로 삼는다면, 코르네유는 그것을 사실주의의 입장에서 객관적으로 탐구하고 분석하고 진단한다.

그러기 위해 그는 희극의 관례적 인물들을 배제하고 특수한 위치의 인물군을 특수한 환경 속에 놓는다. 사회적 소속이 부여해주었던 정체성을 잃어버리고 도시 귀족이 되어, 부르주아화한 대도시의 소비자가 된 청춘 남녀들과, 과부, 시녀, 가출한 떠돌이 등 신분 이탈자 등을 내세워, 그들의 과도한 자기 집착, 자율성의 요구, 이기주의, 경쟁심을 통해 그들의 감정, 욕망, 행동을 지배하는 금전의 위력을 보여주는 것이다. 그럼으로써, 문화적 중심지가 된 도시에 발아하는 자본주의적 사고가 어떻게 가치의 척도를 획일화하는지, 왜, 어떻게, 새로운 환경에 놓이게 된 근대인으로 하여금 개별성과 주체성과 자유에 집착하게 하는지, 그리고 동시에, 어떻게 자발적이라고 생각하는 개인의 감정과 의식에까지 개입하여 개인의 자율성과 자유의 신화를 잠식하는지를 드러낸다.

4

코르네유 전 작품을 달리 해석할 실마리를 찾으려는 의도로 시작된 우리의 연구는 그렇게 코르네유의 전통적 이미지와 배치되는 결론에 도달하였다. 낙관적이라기보다는 비관적인 세계관이 그렇다. 그와 더불어 우리는 희극과 비극 사이에 부정할 수 없는 연결점들 또한 발견하였다. 작품 분석 중에, 또는 말미에 드문드문 암시한 그 연결점들을 열거하면 이렇다. 알리도르(『르와이알 광장』)와 마타모르(『극적 환상』)는, 나달, 두브로브스키, 모롱에 의해, 일찍부터 비극 인물과의 유사성 때문에 주목받았다. 그런데 이 '괴상한 애인'이 보이는 자율권에 대한 집착, 이 '허풍선이'가 보이는 공허한 자부심은 희극 인물 대부분에게서,

그리고 비극 인물들'에게서도 볼 수 있는 특성이다. 평판과 명예에 대한 예민한 의식 또한 희극과 비극 인물들이 공유한다. 비극 인물들이 자기희생을 감수하며 '영웅적' 행위로 나아가게 하는 것도 '내 명예' '내 명성' '내 가문'이다. 희극 사이클처럼 4대 비극 역시 사랑은 '자아'를 위협하며 내적 갈등을 유발하는 관계일 뿐 아니라, 현실에서는 유지될 수 없는 관계로 그려진다. 그리고 두 사이클 모두 '살 수 없는' 세상을 보여주며 끝난다. 희극들을 통해서 발견한 이런 접점들은 코르네유 작품에 대한 시각을 새롭게 하려는 우리의 행로에서 반짝이는 유도등 같은 것으로, 아직은 가능성의 보증일 뿐이다. 하지만, 비극, 희극, 영웅 희극 등 다양한 장르의 극들에서 코르네유가 이어갈 '혁신과 연속'을 따라가며, 이런 접점들의 기능과 위치의 이동을 살피고, 그 변화의 사회역사적 의미를 찾아간다면, 코르네유의 전 작품에 대한 새롭고도 '총괄적'인 시각에 다가갈 수 있지 않을까? 우리는 그 첫 단계의 연구를 지나, 그것이 열어준 문, 코르네유가 차기작들을 통해 보여줄 '혁신'으로 통하는 문 앞에 서 있다.

✠

1 볼테르가 그들을 '허풍선이(fier-à-bras, matamore)'라고 불렀음을 상기하자. 213쪽의 주 62 참조.

보론(補論)

1. 코르네유 4대 비극의 진화 과정 연구

    코르네유처럼 오래된 작가, 게다가 변덕스러우리만치 다양한 면모를 보여주는 작가에 대한 비평이 빠지기 쉬운 함정은 두 가지로 요약할 수 있을 것이다. 그 하나는 오랜 시간 쌓여온 전통적 평가에 휩쓸려 선입견을 가지고 읽는 것이요, 다른 하나는 새롭게 보려는 의욕이 앞서 자기가 주목한 어느 한 면에 매몰되거나, 미리 설정한 도식에 끼워 맞추는 것이다. 이 두 함정은 서로 대립하는 입장에서 말미암은 것이지만, 두 경우 모두 특정 인물(주로 주인공)의 말과 행동을 증거로 삼아 그것이 작가가 말하고자 하는 바의 전부인 것처럼 제시하려 하는 오류에 빠지기 쉽다.

    이러한 각성은 우리로 하여금 가장 오래된 비극의 정의, "행동(action)의 모방인 행동"이라는 정의로 눈을 돌리게 한다. 이 행동은 첫 상황에서 끝 상황까지의 변화를 이끄는 운동(우리가 혼동을 피하기 위해 '극행동'이라고 부른)으로, 시작 중간 결말을 갖는 드라마(drame)를 구성하며, 연극의 시간성을 창출한다. 드라마는 관계에서 비롯되고, 인물들은 이 관계 속에서 갈등을 만드는 역동적 힘들의 성좌(constellation des forces)를 이룬다.[1] 그러므로 작품 속의 어떤 특정 인물이 어떤 가치에 따라 움직이건 간에, 또는 어떤 가치로 자기 행위를 설명하고 정당화하건 간에, 각 연극의 특수한 상황을 짜가는 인물 간 관계 속에서 각기 자기 운명을 만들어가는 실존적 인간들을 제시하는 데 극작가의 생산성이 있다 할 것이다. 달라서라기보다는 같아서 싸우는 듯이 보이는 코르네유의 인물들은 어떤 상황에서 마주치고 격돌하는가? 그리고 이어진 작품들에서 다르게 펼쳐지는 극행동이 암시하는, 세계와 인간의 관계에 대한 코르네유의 관점의 변화는 어떤 것인가? 이런 질문에 답하기 위하여서는 한 작품이 다른 작품들과 연계성 및 상관성을 가지고 코르네유적 특성, 코르네유적 인간상을 구축해나간다는 점에 유념하면서, 그 연관성 속에서 각 작품들의 독자성을 부각시키는 연구, 다시 말하여 진화의 과정을 추적하는 연구가 필요하다. 이런 관점에서, 『르 시드』·『오라스』·『신나』·『폴리왹트』로 이어지는 코르네유의 4대 비극의 진화 과정을 인물들 간의 관계의 변화 과정을 통하여 살펴보아야 한다.

✢

1 Roland Caillois, "La tragédie et le principe de la personnalité", in *Le théâtre tragique*, Ed. C.N.R.S., 1965, p.417.

『르 시드(*Le Cid*)』

로드리그와 쉬멘은, 로드리그를 사랑하지만 지위의 차이 때문에 결혼할 수 없는 공주의 후원을 받아 연인이 되었으나 그 사실을 숨기고 아버지들의 '명령'으로 승인받은 관계가 될 수 있도록 노력하고 있다. 그러나 왕자의 사부(師父) 자리에 로드리그의 아버지 동 디에그가 임명되자 쉬멘의 아버지 동 고메즈는 연장자인 동 디에그를 도발하고 완력으로 모욕한다. 아버지들 사이의 불화는 치명적인 것이 되고, 젊은 애인들의 희망은 물거품이 된다. 절망한 로드리그에게 세 번의 시련이 주어진다. 그리고 그 시련들은 차곡차곡 로드리그가 자신의 가치를 증명하여 마침내 쉬멘을 얻을 수 있게 하는 기회를 연다. 우선 로드리그는 애인 쉬멘의 아버지이며 오늘날의 명장인 동 고메즈와 결투하여 그를 죽임으로써 왕년의 맹장 동 디에그의 합당한 아들임을 증명한다. 이후, 쉬멘과는 돌이킬 수 없는 원수가 되었으나, 때마침 침략한 무어인들을 물리치고 왕국을 구함으로써 아버지를 능가하는 국가적 영웅이 된다. 쉬멘은 아버지의 죽음에 복수하기 위해, 자기와의 결혼을 보상으로 걸고, 그녀를 연모하는 동 상슈를 내세워 로드리그와 결투하게 한다. 로드리그는 이 결투에서 이기고, 결국 쉬멘을 소유할 권리를 얻는다. 이렇게 보았을 때, 시련을 통하여 영웅성을 입증하고 결국 사랑하는 여자를 얻는 기사도 로망의 구도를 그의 성취에서 다시 발견하는 것은 타당한 것같이 보인다. 그는 아마디스인가?[2] 그러나 로드리그의 첫 성공

✛

2 *Cf.*, Georges Couton, *Corneille*, p.46.

이 쉬멘을 공격하는 행위로 얻어진다는 점, 그것도 삶과 행복에 대한 전적인 포기를 전제로 한 의식적 선택이었다는 점에서 그는 아마디스일 수 없다. 그가 쉬멘의 아버지와 결투를 결행하는 것은 쿠통이 말하듯 "사랑을 성취할 자유를 얻기 위해 우선 가문의 복수라는 의무를 이행하고자"[3] 해서가 아니다. 그것은 쉬멘의 미움 아니면 경멸을 얻을 뿐인 상황[4]에서 최소한 명예라도 건지기 위해서일 뿐이다.

> 가자, 내 팔들아, 최소한 명예라도 건지자,
>
> 결국 쉬멘을 잃을 수밖에 없으니 말이다. (1막 6장, 339~340행)

이것은 두번째 시련에서도 마찬가지로, 무어인과의 전투는 이미 "죽어가는 것인 삶"[5]에 불과한 삶을 보기 좋게 끝맺을 수 있는 기회[6]이다. 세번째로 쉬멘이 자기 자신을 보상으로 걸고 요구한 결투에 나서게 되지만, 그 결투의 결과를 희망적인 것으로 만드는 것은 쉬멘이 아니라 왕이다.

쉬멘의 편에서 볼 때, 로드리그의 성취들은, 로드리그와 쉬멘이 결합할 것인가 하는 표면적인 문제(쉬멘에게는 끝까지 불가능한 것인)와 관계없이, 개인적 영역과 사회적 영역 사이의 괴

☩

3 *Ibid.*, p.44.
4 "복수하면 그녀의 미움과 분노를 사고/복수하지 않으면 그녀의 경멸을 산다."(1막 6장, 324~325행)
5 "안녕. 이제부터 나는 죽어가는 삶을 억지로 이어갈 뿐이오."(3막 4장, 993행)
6 "죽기가 소원이면, 거기서, 아름다운 죽음을 찾아라."(3막 6장, 1098행)

리와 갈등을 첨예하게 만들 뿐이다. 이 점은 이 두 주인공과 아버지들의 관계를 생각할 때 확실해진다. 로드리그는 아버지가 상징하는 사회적 권위에 승복하여 그의 명령과 권고를 받아들여 동 고메스와 결투하고, 이어 무어인들과의 전투에 출정함으로써, 결국 자신이 죽인 쉬멘의 아버지의 자리를 계승[7]한다. 반면 아버지가 사위를 고를 때까지 드러낼 수 없었던 쉬멘의 사랑은 로드리그가 아버지의 육신의 살해자가 되고, 이어 아버지(압제자였던)의 사회적 찬탈자가 되어감에 따라 더욱더 드러낼 수 없는 것이 된다. 그녀의 절망은 그 숨김(아버지에게 속한 존재로서)과, 불가항력적인 드러냄(로드리그에게 속한 존재로서) 사이에서 자아를 정립하지 못하는 번뇌에서 비롯되는데, 로드리그의 성공은 그 번뇌를 강렬하게 만들 뿐이다. 사회적 성공으로 배가된 로드리그의 가치는 쉬멘의 애착을 강화하는 동시에, 로드리그와 함께 운명을 슬퍼할 수 있었던 쉬멘을 그와 더욱 멀어지게 하여 고립시키기 때문이다.

> 차라리 모두의 기쁨에 동참하시고,
> 하늘이 주신 행복을 맛보세요.
> 공주님, 저 말고는 아무도 한숨 쉴 자격이 없어요.
> 로드리그가 우리를 구하고 물리친 간두지세,
> 그의 무공이 되돌려준 모두의 안녕은,
> 오늘은 오직 제게만 눈물을 허용합니다.(4막 2장, 1145~1150행)

⚜

7 "그[로드리그]에게서 그대[쉬멘]의 부친이 되살아난 것을"(4막 2장, 1190행)

그렇기 때문에 오직 자기 "사랑을 백일하에 드러낼 달콤한 자유"[8]만을 갈망할 뿐 다른 모든 희망을 버렸던 그녀는 로드리그가 동 상슈와의 결투에서 죽었다고 오인했을 때에야, 사랑의 반대편에서 그녀를 옥죄는 혈연의 '의무'와 '명예', 곧 '복수'의 대상이 사라져버렸을 때에야, 자기 사랑을 소리쳐 드러낼 수 있게 되는 것이다.

> 터져 나와라, 내 사랑아, 이젠 두려울 게 아무것도 없다.
> 아버지는 만족하셨으니, 그만 두려워해.
> 단칼에 내 명예는 안전해졌고,
> 내 영혼은 절망하고, 내 사랑은 자유로워졌구나.(5막 5장, 1708~
> 1712행)

그런데 로드리그의 승리로 끝난 그 결투는, 복수를 외치던 쉬멘의 속마음이 모두에게 드러나는 계기가 되었을 뿐, 그녀의 '절망 속 자유'마저 앗아가고, 복수와 사랑 사이에서 타협점을 찾을 수 없는 처지로 그녀를 다시 되돌려버린다.

두 연인에게 미래가 열리고, 이 극의 결말이 '열린 결말'이 되는 것은, 외부로부터의 개입, 지고권자의 '명령'에 의해서다. 처음부터 끝까지 변함없었던 두 사람의 사랑과, "쉬멘이 상으로 주어질 대결에서 승리자로 돌아오라"[9]는 쉬멘의 대사를 상기할 때,

✠

---

8 1막 1장, 12행(1660). I.,
9 5막 1장, 1556~1557행.

"로드리그의 것이 되어야 한다"[10]는 왕의 명령은 아버지들이 앗아간 것을 돌려주는 호의적인 것으로 보이리라. 그러나 왕의 명령에 대한 쉬멘의 항의를 단순한 체면치레로 치부할 수는 없다.

하지만 제게 이미 무엇을 명하셨건,
전하는 이 결혼을 눈으로 보실 수 있으십니까?
이리도 가혹한 의무를 다하라 하신다면,
정의로운 전하께서는 거기에 동의하겠습니까?(5막 7장, 1805~
1808행)

쉬멘과 로드리그의 사랑은 그것을 전혀 고려하지 않은 아버지들의 불화로 인해 깨어졌다. 그 사랑을 떳떳이 드러낼 자유는 혈육의 의무에 의하여 억압되고, 이 의무는 다시 국가적 명령 앞에서 무시된다. 이처럼 로드리그가 사회가 마련해준 기회를 이용하여 자기의 존재 가치를 입증하면서 사회에 통합되는 동안 쉬멘의 자아는 거듭 부정된다. 두 사람은 애초에 가졌던 동등성을 상실한다. 자기 삶에 대한 자기 결정권을 국가적 이익에 날카롭게 대립시키는 쉬멘의 항의는 거듭된 억압과 상실로 예리해진, 주체로서의 쉬멘의 개인적 의식을 드러낸다.

로드리그가 국가에 그토록 필요한 존재라 한들
제가, 전하를 위한 그의 무훈에 보수(報酬)가 되어야 합니까?(5막
7장, 1660, 1809~1810행)

✢

10 왕: "로드리그는 너를 얻었고, 너는 그에게 속해야 한다."(5막 7장, 1841행)

『르 시드』는 기회로 가득 찬 시간 속에 진행되고, 희망의 시간을 열며 막을 내린다. 그러나 그 희망은 사회적 힘이 개인의 삶을 장악하는 것에 동의한다는 조건에서만 실현 가능한 희망이다. 로드리그는 아마디스가 아니듯 로미오 또한 아니다. 그는 그가 죽인 동 고메스를 대신할 수 있는 사회적 가치[11]를 입증해 보임으로써 쉬멘에 대한 권리를 사회적으로 획득한다. 왕가가 애정과 호의로 이 빛나는 청년의 사랑을 돕는다는 점에서 낙관이고 조화로운 세계상을 우리에게 보여준다고 해도, 처음과 끝에서 달라진 두 인물 간 관계의 변화를 간과할 수는 없다. 1막에서 쉬멘의 감춤과 불안[12]을 통해 내면화된 상태로 드러나고, 냉혹한 아버지들에 의하여 표상된 사회적 힘은 이 극의 끝으로 가면 국가적 이익이라는 더욱 견고한 상위의 카테고리로 강화된다.

『오라스(*Horace*)』

『르 시드』에서 국가라는 차원으로 강화된 사회적 힘은 개인적 욕망이 그것에 도전하지 않는 한 호의적으로 보조한다. 그러나 『오라스』에 가면 이 힘은 거의 초월적인 수준으로 절대화한다.

　　이젠 하늘과 지옥과 대지가

✠

11　그러면서도 왕권에 도전하지 않는다는 점에서 백작과 대비된다. *Cf.*, Couton, *op. cit.*, p.47.
12　*Cf.*, 1막 1장, 53~56행.

우리와 전쟁을 하려고 함께 분노를 모으는구나.

인간들과 신, 악마, 아마, 운명이

우리에게 대적하려 별의별 애를 다 쓰는구나! (2막 3장, 423~426행)

『르 시드』의 시간은 매 순간 미래를 향해 열리는 반면, 『오라스』는 "정복자에겐 어떤 장애도, 패자에겐 어떤 희망도 있을 수 없는"[13] 결전의 순간을 다룬다. 『르 시드』가 한 영웅이 어떻게 사회적 기회를 통하여 원하는 것에 가까이 다가가는가를 보여준다면, 『오라스』는 위대한 로마가 탄생하기 위하여 개인들이 어떤 희생을 치러야만 하는가를 보여준다. 역사적 필요와 개인적 행복의 결합 가능성이 『르 시드』에서는 극복되어야 할 쉬멘의 명예점 (un point d'honneur)[14] 때문에만 모호한 채 남아 있을 뿐이지만, 『오라스』에서는 처음부터 불가능한 것으로 굳어져 있다.

결혼으로 맺어진 알브인 사빈과 로마인 오라스의 관계는 극이 시작할 때부터 온전하지 않다. 알브를 "나의 첫 사랑"[15]이라고 부르는 사빈의 마음은 로마에 대한 은밀한 저항을 감추고 있는 것이다. 알브에 대한 사랑을 금한다면, 로마인의 칭호를 부여한 남편 오라스와의 관계는 노예로서의 관계일 뿐이다.

아아, 오라스가 로마인이라 저도 로마인;

그와 결혼해서 이 칭호를 받았지요.

✚

13 1막 1장, 82행.
14 5막 7장, 1839행.
15 1막 1장, 30행.

하지만 그 인연이 내가 어디서 태어났는지 보지 못하게 한다면,

그 연분은 나를 노예로 옭아맬 뿐이지요.(1막 1장, 25~28행)

조국에 대한 사랑이 오라스와의 관계보다 더 절대적이고, 알브에 대한 로마의 승리만으로도 기쁨보다 슬픔이 더 큰 마당에, 그 승리가 자기의 형제들을 살해한 남편 오라스의 공으로 이루어진다면? 그때 그들의 관계는 "끔찍한" 것이 될 수밖에 없을 것이다.

제 가족 모두를 그 칼로 베어버린 남자를

안아야 하는 처참함이 어떠하겠습니까!(5막 3장, 1615~1616행)

알브를 위해 싸워야 하는 잔인한 운명을 수락하면서도, "인간적인 어떤 점을 간직하고자 하는"[16] 사빈의 오빠요 오라스의 친구인 퀴리아스의 우정은, 이 예외적으로 잔인한 상황을 더 큰 영광의 기회로 받아들이는 오라스에 의해 깨어지고;

알브가 그대를 지명했으니, 나는 이제 그대를 모른다.(2막 4장, 502행)

오라스의 동생 카미유에 대한 그의 사랑은 희망 없는 사랑이 될 것이다.

[16] 2막 3장, 482행.

결혼은 더 이상 생각하면 안 돼요. 내가 이런 처지에 있으니,

어떤 희망도 없이 당신을 사랑하는 것, 그게 내가 할 수 있는 전부
라오.(2막 5장, 569~570행)

사빈은 "패자를 위하여 울고, 승자를 미워할 것"[17]이다. 퀴리
아스는 친구를 부정하는 것이 로마가 요구하는 지고한 덕이라
면, "로마인이 아닌 것을 신께 감사"[18]할 것이다. 하지만 이들의
저항은 완전하지 않다. 사빈과 퀴리아스는 전쟁의 필연성[19]과 국
가적 의무의 절대성[20]을 받아들이고, 그 수락 속에서 불행과 희
생을 감수하기 때문이다.

반면, 카미유는 이들의 소극적 저항을 극단까지 밀어붙인다.
퀴리아스에 대한 자신의 사랑, 약혼으로 승인된 그녀의 사랑은,
친족에 대한 염려로 고민하는 사빈의 오라스에 대한 사랑보다 절
대적인 것이다.[21] 퀴리아스가 자기 때문에 조국을 버린다면, 더욱
완벽한 사랑을 증명하는 그 행위 때문에 더욱더 그녀의 사랑을
받을 것이다.[22] 그러나 이렇게 절대화한 사랑은 결혼과 혈연으로
맺어진 관계를 우위를 놓는 사빈에 의해 폄하되고, 사회적 의무
와 명예를 우위에 놓는 퀴리아스에 의하여 거부된다.[23] 이 거듭되

✠

17 1막 1장, 94행.
18 2막 4장, 480~482행
19 *Cf.*, 1막 1장, 39~50행.
20 *Cf.*, 2막, 5장, 542행.
21 3막 4장, 917~927행.
22 *Cf.*, 1막 3장, 245~246행.
23 퀴리아스: "당신을 사랑하면 할수록, 나는 더욱 퀴리아스가 아니게 됩니다."(1막 5장,
    584행)

는 부정은 『르 시드』에서 쉬멘이 걸었던 고립화의 과정을 연상하게 한다. 쉬멘이 그녀의 행복을 찾아주려는 호의적인 세계 속에서 고립된 반면, 카미유는 자신의 운명에 참여할 자유도 갖지 못한 채 슬픔조차 금지된 비정한 상황 속에 고립되었다는 차이만 뺀다면 말이다. 세계는 감옥[24]이 되고, 희망은 없다.[25]

이처럼 알브와 로마의 대립에서 시작해서 오라스의 성공과 로마의 승리로 나아가는 극 진행의 시간 동안 국가주의자들과 평화주의자들 사이뿐 아니라, 극중 인물 모두의 관계가 깨어진다. 사빈은 오라스를, 오라스는 퀴리아스를, 퀴리아스는 카미유를 부정한다. 그 누구도 설득할 수 없었던 카미유는 자기만의 사랑으로 전 세계와 맞선다. 그녀는 퀴리아스의 죽음을 슬퍼하는 것조차 "비열한 슬픔"[26]으로 규정한 비정한 아버지, 친형제들이 살해되고 자신은 가장 가까운 친구를 살해하게 된 대결에서 승리자가 되어 돌아온 "야만인"[27] 오라스에 대항한다. 나아가 이 비정한 야만인들을 국가적 명분으로 정당화하는 로마를 저주한다. 그리고 그것은 이 희망 없는 감옥에서 고립된 개인이 행사할 수 있는 마지막 자유의 행위인 것이다.

터져 나와라, 고통아! 무엇을 두려워하랴?

모든 것을 잃었는데, 더 겁낼 게 무엇인가?(4막 4장, 1243~1244행)[28]

24 "모르시나요? 이 집은/카미유와 저에게 감옥이 되었다는 걸?"(3막 2장, 773~774행)
25 "나는 아무 희망도 품지 않아요."(3막 3장, 869행)
26 4막 3장, 1191행.
27 4막 5장, 1278행.
28 이 대사와 258쪽의 쉬멘의 대사와의 유사성을 주목할 것. 이런 대사들은 모든 죽음이 인

오라스는 영웅이 되었지만, 그의 승리는 그 자체로서 행복한 결말을 이룰 수 없다. 그는 친구를 부정하고 아내의 사랑을 잃으며 영웅이 되었고, 친족인 카미유를 살해한 끝에 국가의 사면을 받아야 할 죄인이 된다. 절망밖엔 없어 보이는 상황에서 삶의 가능성을 열어가며, 점점 더 위대성을 입증하고, 더 큰 의무를 부여 받는 로드리그 앞에는 미래가 있었지만, 예외적인 운명이 열어준 기회에 "기적"[29] 같은 전공을 올린 오라스가 그 영광을 지킬 수 있는 길은 죽음뿐이다.

> 오늘 오로지 죽음으로써만 제 영광을 보존할 수 있습니다.(5막 2장, 1580행)

로마의 시대가 열리는 순간, 그것은 개인으로서의 극중 인물들이 죽어야 하는 시간인 것이다.

『신나(*Cinna*)』

쉬멘의 사랑은 공주의 후원을 받고 있었고, 아버지 스스로가 지나친 것으로 자인한,[30] 예기치 못한 싸움이 아니었다면 밝은

<hr />

간을 고통에서 해방시켜준다는 몽테뉴의 말을 떠올리게 하면서, 코르네유의 '자유' 개념의 비관적 함의를 확인하게 한다.

29 5막 2장, 1562행.

30 *Cf.*, 2막 1장, 351~353행.

미래가 보장된 것이었다. 『오라스』에서의 관계들은 모두 이미 승인된 관계들이었다. 다시 말해 이 두 작품의 인물들에게는 자기 정당성을 주장할 최소한의 근거가 있었던 것이다. 그런데 에밀리와 신나의 사랑은 은밀하되, 그들이 황제 오귀스트에 대항하는 정치적 음모로도 결합되어 있기에 이중으로 은밀한 것이다. 그뿐 아니다. 오귀스트는 에밀리의 아버지를 살해한 원수인 동시에 현재의 양아버지이다. 에밀리는 오귀스트의 호의를 입어 궁중에서 가장 주목받는 존재가 되어 있다. 원수를 갚겠다는 "너무도 정당한 명분"[31]은 지난날의 과오를 충분히 보상하는 것인 이 호의 때문에 배은망덕이 될 수 있다.

카미유는 국가적 명분에 개인적인 명분을 가차 없이 대립시키며, 국가적 영웅이 된 오빠를 면전에서 공격하고, 나아가 로마라는 국가 자체와 홀로 대립하지만,[32] 에밀리는 오귀스트의 암살을 정당화하기 위해 로마의 자유라는 정치적 명분을 끌어들이지 않을 수 없고, 복수라는 자기 목적을 위해 신나를 의지하지 않을 수 없다. 그러면서 한편 "오귀스트를 미워하는 것보다 신나를 더 사랑하는"[33] 그녀는 이 정치적 음모가 신나에게 끼칠 위험 때문에도 고민한다. 이처럼 로마가 공화정에서 제정으로 이행하는 과정에서 쌓여온 개인들의 은밀한 원한과 저항을 동력으로 시작되는 극 『신나』는 끊임없는 반란의 위협에 처해 있는 권력의 취약성을 보여주는 동시에, 이 개인들의 저항의 기반 또한 얼마나

✠

31 1막 2장, 58행.
32 *Cf.*, 『오라스』, 4막 5장, 1315~1318행.
33 1막 1장, 18행.

취약한지도 보여준다. 그리고 저항의 취약성은 또 에밀리와 신나의 관계의 취약성이기도 하다.

1막 3장에서 신나는 에밀리에게 오귀스트 암살 계획의 경과를 보고하며, 자기가 협력자들을 어떻게 설득했는지 무려 104행에 달하는 열렬한 대사로 재현한다. 그러나 전제적 권자에 오르기까지 오귀스트가 행한 악행들을 상기시키고, 빼앗긴 로마의 자유를 되찾자는 그 설득의 열렬함은 그가 내세웠던 명분이 아니라 애인의 사적 소망을 향한 열렬함이다. 설득된 동지들이 어찌나 환호하던지, "그들도 나처럼 애인(une Maitresse)을 위해 봉사하는 것 같았다"[34]고 그는 전한다. 이어 2막에서, 자진하여 퇴위하려는 오귀스트를 만류하는 또 다른 설득은 동지들을 설득하기 위해 내세웠던 정치적 명분의 진정성을 결정적으로 무화한다. 게다가 오귀스트가 신나에게 베푼 호의는 그의 계획을 "배신"[35]이 되게 한다. 신나가, 자신을 조언자의 위치로 끌어올려주고, 권력을 나누어주며, 나아가 에밀리까지 약속한 "관후한 군주"[36] 오귀스트의 호의에 감읍할 때, 에밀리와 신나의 관계는 깨어진다. 『르 시드』나 『오라스』의 인물들은 사랑이 죄이거나, 자신을 비열하게 만드는 것이라고는 생각하지 않았던 반면, 신나는 사랑하는 사람의 명령을 따르는 데 수치심을 느낀다. 이제 갈등은 권력과 개인 사이에 있는 것이 아니라, 개인들 사이에 있다. 신나에게 에밀리와의 약속은 "저주받을 맹세(Un serment

---

34 1막 3장, 150행.
35 3막 3장, 885행.
36 *Cf.*, 3막 2장, 881행.

execrable)"[37]가 되고, 자기를 사적 복수의 도구로 삼는 에밀리는 오귀스트보다 지독한 폭군이 되는 것이다.

> 하지만 아시기 바라오, 오귀스트가 당신보다 덜 폭군임을:
> (……)
> 당신은, 내 명예를 더럽히는 것을 높이 평가하게 만들었고,
> 내 영혼이 우러러보는 것을 미워하게 만들었고,
> 천만번이라도 내 피를 바쳐야 마땅할 피를
> 내 손으로 흘리게 하고 있는 거요.(3막 4장, 1052~1059행)

그러므로 자기 자신의 힘에만 의지할 수 없으며, 개인적 명분의 정당성도 온전히 주장할 수 없었던 에밀리가 저 자신을 보상으로 내건 대담한 내기는[38] 막심의 밀고가 없었더라도 이미 승산을 잃은 것이다. 신나의 다음과 같은 냉소적인 반박이 보여주듯이 말이다.

> 내가 없다면, 당신은 그의 목숨에 더 이상 어떤 힘도 쓰지 못할 것이요.(3막 4장, 962행)

암살의 계획이 공모자 막심에 의하여 폭로되고, 그 또한 에밀리를 차지하려는 계략이었다는 사실은 주동자들에게서 이미 부

中

---

37 3막 2장, 814행.
38 "그(신나)가 날 소유하기 원한다면, 오귀스트가 죽어야만 해."(1막 2장, 55행)

실하였던, 저항의 정치적 도덕적 정당성을 완전히 파괴할 뿐 아니라 사랑의 속성에도 타격을 가한다. 에밀리로 하여금 복수를 망설이게 한 사랑, 신나의 자율성을 위협하였던 사랑은, 여기에 이르면, 덕성을 배양하기는커녕, 거짓과 밀고의 행위를 부추기는 원인이 된다.

그들이 오귀스트의 관용의 대상이 되는 것은 그럴 만한 가치가 있어서가 아니다. 자기 명분을 스스로 배반하는 그들은 오합지졸이다. 에밀리는 자기의 목적에 전심을 기울이지 않는 신나를 보았고, 신나는 이기적으로 자기를 이용하려는 에밀리를 보았다. 서로에 대한 반감과 신의 상실을 거쳐, 그들은 이제 관용으로 무한히 그들을 초월해버린 위대한 오귀스트 앞에서 왜소해진 자기들의 모습을 인정하는 절차까지 감수해야 한다.

> 오귀스트(신나에게)
>
> 네가 누구인지 알고, 너 자신에게로 내려가라:
>
> (……)
>
> 너는 대단한 운을 타고나서, 원하는 것을 할 수 있지.
>
> 하지만 내가 너의 보잘것없는 가치로 너를 팽개쳐버리면,
>
> 네 운을 질투하는 자들에게 너는 가련해 보이리라.(5막 1장, 1517~1522행)

『르 시드』와 『오라스』의 모든 인물들은, 그들이 국가의 명령에 부응하건 저항하건, 저 스스로의 명분을 끝까지 주장할 수 있었다. 『신나』에 이르면, 개인은 저 스스로의 명분만으로 행위를 도

모할 수 없고, 자기 계획을 끝까지 추구할 수도 없게 된다.『르 시드』와『오라스』에서 사회역사적 요구는 나름의 정당성에도 불구하고 잔인한 것이었다. 에밀리의 후견인이며 신나의 충고를 구하는 오귀스트는 청산되어야 할 과거를 가졌을 뿐, 어떤 잔인한 요구도 하지 않는다. 그런데 바로 그 때문에, 외적 명령이 사랑 자체를 파괴하지는 않았던『르 시드』및『오라스』에서와는 달리,『신나』의 애인들은 자기들끼리 충돌하고, 쓰라린 불화를 경험한다. 그리고 힘으로 그들을 능가할 뿐 아니라, 도덕적으로도 능가하는 절대 권력에 함께 굴복하는 것이다.『르 시드』에서 그러했듯,『신나』도 애인들의 결합을 명하는 오귀스트의 선의 속에 막이 내리지만,『르 시드』에서처럼, 그러나 다른 이유로, 신나와 에밀리 사이에 이미 생긴 균열을 간과할 수는 없다.『르 시드』에서 연인들 사이의 균열은 아버지들의 불화와 혈연의 의무라는 외적 압박에 연유한 것으로 사랑 자체를 변질시키지 않는다. 그러나 신나와 에밀리 사이의 균열은 사랑 자체를 훼손한다. 전자는 회복이 예고된 외상(外傷)이요, 후자는 서로 숨겨야 할 내상(內傷)이다. 관용을 통해 정당성을 입증한 절대 권력의 자기 도취, 그에 대한 만장일치의 동의와 충성 서약으로 채워진 해피엔딩이, 서로에게서 상처 입고, 사랑의 절대적 확신은 물론이요, 불타는 복수심도 잃어버린 채 한없이 왜소해진 개인들의 씁쓸한 기억을 가리고 있더라도 말이다.

『폴리왹트(*Polyeucte*)』

이렇게 『신나』에 이르면, 로드리그의 무훈이 겨우 건져내고, 카미유가 죽음으로 지키며 선언한 것, 즉 개인적 행복 추구의 정당성, 나아가 가능성조차 파산 선고된다. 『신나』의 주인공들은 극의 끝에 가면 자율성을 완전히 포기하고 권력에 포섭된다. 『폴리왹트』는 거기서부터 시작한다. 지배국 총독의 사위가 된 폴리왹트의 상황과 아버지를 죽인 원수인 오귀스트의 보호를 받고 있는 에밀리의 상황 사이의 유사성은 우연치 않다. 아르메니아인들의 "마지막 희망이며, 그들 왕가의 핏줄인" 그는 지금 로마의 유화 정책의 표본으로, 안심할 수 없는 식민지 백성의 저항을 억제하기 위한 볼모의 처지에 있다.[39] 그는 장인 펠릭스의 손으로 주어진 아내 폴린을 자기 자신보다 "백배나 사랑"[40]하는데, 폴린은 1막에서 그가 결행하려는 어떤 행위를 저지하려 한다. 엄청난 전공을 세워 황제의 은인이자 친구가 된 그녀의 옛 애인 세베르의 복수에 대한 공포가 그 제지의 원인이다. 로마법을 어기며 폴리왹트가 받아들인 그리스도교의 신이 "여자도 재산도 신분도 무시할 것을 요구하는"[41] 신이라는 사실은, 폴리왹트가 누리고 있는 듯이 보이나 허약하기 짝이 없는 그의 안전과 행복, 사회적

✛

39 "그가 이곳 귀족 집단의 우두머리였기에/아버지는 그가 날 마음에 둔 것을 아주 기뻐하셨지./그 동맹으로 인해 아버지는/더 무섭고 더 저 존중받는 통치자가 될 거라고 확신하신 거야."(1막 3장, 209~212행)
40 1막 2장, 114행.
41 1막 1장, 75행.

지위 옆에서 이렇게 현실적이고 구체적인 의미를 갖고 있는 것이다.

극이 진행함에 따라, 세례를 받는 일조차 숨겼던 폴리왹트는 로마의 신상(神像)들을 부수는 공개적이고 도발적인 행위로 나아간다. 2막 5장까지 전혀 예상할 수 없는 그 결심은 갑작스럽다. 그 결심에는 폴린과의 대화 이외에 아무런 단서가 없다. 여기서 은총을 말할 것인가? 그러나 은총도 인간사를 통하여 드러나는 것이고, 폴리왹트를 결심시키는 현실적이고 구체적인 사실은 세베르라는 무서운 적수의 현존 그것인 것이다. 아내의 옛 애인 세베르는 여전히 매력적이고;

> 폴린
>
> 진정한 가치가 우리를 불붙게 만들었던 만큼,
> 그가 눈앞에 있게 되면 언제이건 우린 다시 빠져들 수 있어요.
> 서로에게 사로잡히는 수치를 겪어야 하거니와
> 저항하느라 괴롭고, 자기를 지키느라 괴롭겠지요.
> 덕으로 그 불길을 이긴들,
> 그 승리는 고통이요, 그 투쟁은 수치입니다.(2막 4장, 615~620행)

폴리왹트는 그의 권력을 두려워해야 하며, 그의 호의를 명심해야 한다.

> (……) 그의 권력을 생각하시고,
> 그가 베푼 호의가 얼마나 큰지 잊지 마세요.(2막 5장, 632~633행)

충성해야 할 침략자와, 감사해야 할 적수와, 아직도 옛 애인에게 끌리며 저항하는, 그래서 비난할 수도 없는 아내, 그러면서도 너무 매혹적이어서 가장 강력한 적인 아내—간단히 말해서 폴리왹트는 사방에서 그의 자아에 상처를 주는, 그렇지만 고마워하고 복종해야 하는 적들에 둘러싸여 있다. 그의 순교는 이런 상황에서 죽음으로 자기를 지키는 역설적 방식인 것이다. 불안정에 맡겨진 지상의 모든 매혹을 되짚어본 후에 마지막으로 폴린의 지배를 물리치는 4막 2장의 유명한 스탕스가 드러내 보여주듯이 말이다.

> 펠릭스더러 네 분노의 제물로 나를 바치라고 해라.
> 나보다 힘센 경쟁자가 그의 눈을 홀리라고 해라.
> 내 생명을 대가로 그의 장인이 되어
> 노예의 지위로 이곳에서 호령하라고 해라.
> 동의한다, 아니 오히려 원한다, 나의 파멸에.
> 세상아, 이제 너는 내게 아무것도 아니다.(4막 2장, 1135~1140행)

극중 다른 인물들은 폴리왹트와 다른 상황에 있었는가? 그렇지 않다. 폴린은 아버지의 명령에 따라 세베르와 헤어지고 폴리왹트와 "의무"[42]로 결혼한다. 비밀리에 그리스도교로 개종한 폴리왹트는 그녀를 피하며 멀어진다. 덕으로 지키려 하는 정절은 세베르의 존재로 위협받는다. 아버지는 그녀의 호소를 듣지 않

⚜

---

42 1막 3장, 215행.

는다. 자기 삶을 스스로 정할 수 없었고, 주어진 삶을 지킬 수도 없었던 그녀에게 폴리왹트의 순교가 던진 빛, 그것이 무엇보다 자유의 성취였다는 것은 마침내 억압에서 벗어난 폴린이 아버지에게 퍼붓는 조롱 섞인 도전적 대사에서 여실히 드러난다.

> 완수하세요, 야만스런 아버지, 당신 일을 완수하세요.
>
> (……)
>
> 내 남편은 죽으면서 그의 빛을 남겨주었어요.
>
> (……)
>
> 나는 이제 그리스도인이에요. 이 말이면 충분하지 않나요?
>
> 나를 죽여서 당신 지위와 신임을 지키세요.
>
> 황제를 무서워하고, 세베르를 겁내세요.(5막 5장, 1719~1731행)

그러나 그 아버지 역시 전편에서 보았던 아버지가 아니다.『르시드』와『오라스』의 아버지들에게는 내적 갈등이 없었다. 반면 펠릭스는 극 전체를 통하여 불안에 시달린다. 그를 지배하는 황제 데시는 물론이고, 영광 속에서 나타난 세베르까지 그의 권위를 위협한다. 딸을 이용하는 파렴치한 그의 행위는 "정치가 무엇인지 아는" "늙은 궁인"의 "살아남기 위한"[43] 방편이며, 세베르에 대한 공포와 불신은 세상의 영화에 대한 그의 집착에서 비롯된 것이되, 세상이 얼마나 위험으로 가득 찬 것인지를 역으로 드러내준다. 행복이 불가함을 받아들이고 죽기로 작정하였고, 지

✛

43 *Cf*., 5막 1장, 1451~1475행.

금도 그 행복이 불가함을 받아들이는 세베르만이 자유롭고, 자유로운 그만이 이 극에서 개종하지 않는 유일한 인물이라는 사실은 시사적이지 아니한가?

폴리왹트를 따라 폴린이, 뒤이어 아버지 펠릭스가 개종함으로써 지배와 피지배의 관계였던 아버지와 아들 세대의 갈등, 권력 관계가 되어버린 애인들 사이의 갈등이 해소된다. 국가 권력이 개인을 능가하여 무한한 위력을 갖게 된 세계에서는 불안에 찬 삶밖에는 허락되어 있지 않다는 의식을 세 인물이 공유하게 됨으로써 말이다. 무소불위가 된 권력에 억눌린 이들에게 종교가 관계 회복의 가능성과 자유의 길을 열어준다. 그러나 세상 밖에서—다시 말하여 무대 밖에서 말이다.

*

이상에서 보듯, 코르네유의 4대 비극의 상황은 봉건적 사회에서 신생 국가, 제정, 식민지로 그 억압성이 강화된다. 『르 시드』에서는 혈연의 의무 때문에 대립하지만 사랑의 확신은 잃지 않았던 애인들은, 『오라스』에서는 사회적으로 승인을 받은 사랑조차 부수는 역사의 요구를 만나고, 『신나』에 이르면 감당할 수 없는 권력의 위력 앞에서 자신을 비난하고 강박하는 상대방을 통해 사랑의 환멸을 경험한다. 사회적 결단의 시련 속에서 인물들은 과도하게 예민해진 자의식을 가지고, 사랑하지만 그 사랑 때문에 '자기를 덜 자기이게 만드는'[44] 사람에게서 자신을 위협하

---

44 155~156쪽의 주 215 참조. 257쪽의 쉬멘의 대사, 260쪽 사빈의 대사, 266쪽의 신나의 대사, 270쪽의 폴린의 대사는 모두 사랑 때문에 감수해야 할 굴욕을 지적한다.

는 가장 큰 적을 알아보게 되는 것이다. 그런 그들에게서, "의심도 불안도 없이", "확고하게 맺어진 짝"[45]을 볼 수 있을 것인가? 아무튼 네 편 모두 사랑하는 이들의 결합에 대하여 말하며 끝난다고 말할 수는 있을 것이다. 그러나 두 편에서는 권력자에 의해서, 호의적인 권위에 미래를 맡기거나(『르 시드』) 절대적 복종 서약(『신나』)을 통해, 다른 두 편에서는 죽은 자들을 결합시키는 방식(『오라스』와 『폴리왹트』)으로 이루어지는 이 결말에 대하여 "섭리적 역사"[46]를 말할 수는 없다. 선악의 피안에서 자아에 열광하는 영웅[47]이라기보다는 자신의 정당성을 설득하고 최소한의 자존심을 지키려 하는 인물들의 자아는 권력으로부터 오는 압박과, 애정 관계에서 비롯되는 속박이라는 이중의 위협 속에 있다. 폴리왹트는 이 이중의 위협에서 자기를 지키는 방법을 순교에서 찾아낸다. 카미유처럼, 죽음에서 말이다. 비극성이 없는 비극이라는 일반적인 정의에도 불구하고, 겉으로만 낙관적인 코르네유 4대 비극의 인물 관계와 상황의 변화는 희극의 진화처럼, 세계 및 타인과의 친화 불가능성이라는 결론으로 나아가고 있는 것이다.

☩

45 Bernard Dort, *Corneille dramaturge*, l'Arche, 1972, p.53.

46 *Cf.*, Stegmann, *op. cit.*, p.289.

47 *Cf.*, Bénichou, *op. cit.*, p.17 et p.28.

2. 『폴리왹트』를 어떻게 읽을 것인가
─두브로브스키의 해석에 관한 비판과
새로운 읽기의 가능성에 대하여

『폴리왹트』는 문제를 제기한다. 작가 자신은 이 작품이 "하느님에 대해 말하는 희곡"[48]이고, "인간적 사랑의 다정다감이 신성의 확고함에 너무도 훌륭하게 섞여 있어 신심 깊은 사람들과 사교계의 인사들을 모두 만족시킨다"[49]고 자부하고 있지만, 평생그의 지지자였던 생-테브르몽조차 "우리 순교자들의 덕성이 작가의 명성을 보존해주지 않았더라면, 세베르와 폴린의 대화는, 설교로서는 훌륭했을지 모를〔이 작품을〕처량한 비극으로 만들었다"[50]고 평가한다. 볼테르는 폴리왹트를 네아르크라는 광신자에 의해 현혹된 경솔한 청년으로, 우상들의 파괴를 광신자의 불관용으로 본다.[51] 샤토브리앙(Chateaubriand), 페기(Péguy), 브라

✠

48 『폴리왹트』의 「섭정 모후께 바치는 헌사」(1643), I, p.973.
49 『폴리왹트』의 「검토」, I, p.980.
50 Mongrédian, *op.cit.*, p.100에서 재인용.
51 *Cf.*, I, pp.1636~1638.

지야크(Brasillach)는 이 작품을 기독교 정신의 정수라고 평했지만, 클로델은 "기독교 정신의 부정 그 자체"[52]로 본다. 어떻게 읽을 것인가? 기독교 성인의 순교를 소재로 삼고 있으니 종교극으로 보아야 할 것인가? 주인공의 행동과 시련과 죽음의 원인이 되는 신앙을 그저 소재의 외피에 지나지 않는 것으로 볼 것인가? 세계 내적 가치를 추구하는 영웅들을 보여주는 다른 작품들에 대해 예외적인 작품으로 여길 것인가, 아니면 내적 연관성을 가지고 있는가? 이런 질문들을 마주하여, 『폴리왹트』가, 전작 인물들의 "반(反)기독교적"[53] 영웅의 기획에 이어, 신이 되고자 한 인물의 실패를 그리고 있다고 본 두브로브스키의 해석을 비판적으로 검토하고 그것을 토대로 새로운 읽기를 시도해보고자 하는 것이 이 글의 목적이다.

두브로브스키 비평의 원칙

위에서 본 바대로, 이 작품에 대한 평가는 매우 다양하다. 한계라면 한계일 수도 있는 비평들이 보이는 시대적 또는 개인적 안목의 편파성을 두브로브스키는 비평의 현실로 받아들인다. 아니 오히려 비평가의 주관성을, 경계해야 할 오류 가능성이 아니라 적극적으로 개입해서 작품의 객관적 의미를 구성해내는 힘으로 역전시킨다. 그에 의하면 "작품은 한 인간이 인간들에게 인간

---

52 Doubrovsky, *op. cit.*, p.229에서 재인용.
53 *Ibid.*, p.225.

에 대해 말하는 인간적 기획"이고, "타자와 맺는 관계의 특정한 방식이요, 타자가 출현(apparition de l'Autre)하는 특별한 방식"[54]이다. 그러므로 작품에 대한 이해는 지적인 차원(역사적 방식이 추구하는)이 아니라 지각의 차원에서, 읽기의 진행에 따라 현재진행형('출현'의 현재성에 의한)으로 이루어진다. 이 지각이 오류를 범한다면 단편적 인상에 사로잡히기 때문이다. 그러므로 오류를 피하기 위해서는 한 작가의 작품들을 연속적인 조각들로 볼 것이 아니라, 표면의 다양함을 뚫고 일관성을 찾아내어 결합해야 한다. 이때 읽는 이의 "주관성은 해체하는 프리즘이 아니라 대상을 드러내는 힘이다."[55] 이런 관점에서 그가 텍스트를 해석하는 비평의 원칙들이 나온다. 그 원칙들을 요약하면 다음과 같다.

1. 오직 텍스트로서: 비평에서는 '작품 너머(au-delà de l'oeuvre)'[56]란 존재하지 않는다. 작품의 기원은 비평가에게 문제되지 않는다. 신실한 신앙인 데카르트가 근본적으로 비기독교적인 철학을 만들어내었던 것에서 보듯이, 코르네유가 의심할 바 없는 기독교인이었다는 사실이 그의 작품이 기독교적이라는 근거가 될 수 없다.[57]

2. 오직 일관성을 통하여: 여러 활동들의 근원에 그것을 결합하고 소통하게 하는 '원초적 층위(niveau primordial)'가 있듯이,[58] 하나의 육체 안에, 하나의 세계 안에 의식이 솟아오르는 원초적

✛

54 *Ibid.*, p.20.
55 *Ibid.*, p.18.
56 *Ibid.*, p.16.
57 *Ibid.*, p.226.
58 *Ibid.*, p.20.

층위가 존재하듯이, 예술 작품에 전이되어 자신의 항구성을 작품에 새겨놓는 "원초적 충동(élan primitif)"[59]이 있다.

3. 오직 실존적 의미를 찾아서: 인간의 모든 선택과 태도는, 인간 조건에 대응하는, 어느 경우에나 가능한, 하나의 해법이다. 따라서 비평은 미학적, 정신분석학적, 또는 사회학적 의미를 넘어 그 안에 있는 존재의 양식, 세계, 타인 및 신과 맺는 원초적 관계들에까지 거슬러 올라가, 작품의 초역사적 의미, 실존적 의미를 밝혀내야 한다.

코르네유의 원초적 기획
―영웅의 기획

위와 같이 정리하고 보면 두브로브스키가 '작품의 기원'에 관심을 기울이지 않는다고 말하였을 때, 그것이 오직 전기적 비평을 불신한다는 뜻임이 분명해진다. 중요한 것은 "'유년의 상흔'이라 불리건, '근본적 기투'라고 불리건", "몸 안에서 그리고 세상 안에서" 의식이 솟아오르는 "그 최초의 접촉(ce contact originel)"[60]인데, 그것을 발견해야 할 곳이 작가의 삶이 아니라 텍스트일 뿐인 것이다. 이렇게 해서, 정신분석학적 비평가에게 작가의 유년이 중요해지듯이, 두브로브스키에게는 후기의 작품보

✤

59 *Ibid*. p.20.
60 *Ibid*., p.20.

다 초기의 작품이, 뒤에 쓰인 작품보다 앞선 작품이 중요해진다. 그러므로 다른 비평가들이 습작들로 치부하고 주의를 기울이지 않은 코르네유의 초기 희극들이야말로 "직업적 규약에 얽매이지 않은 자발적인 반응을 보여주는" 것으로 차후 코르네유 인물들의 특징적 강박관념을 드러내준다.[61] 육체성의 지배와 시간의 파괴성에 대한 강박관념이 그것이다. 초기 희극의 마지막 작품인 『르와이얄 광장』의 알리도르는 이 두 위협에 대해 자아의 자유를 과격하게 대립시킴으로써 마침내 찾아진 코르네유적 영웅의 초안(草案)이 된다. 그러나 그는 자유를 얻기 위해 애인 앙젤리크로 하여금 자신을 증오하게 만들거나, 친구로 하여금 그녀를 납치하게 하는 방식을 취한다. 자유의 실현을 타인에게 위임하는 이러한 방식은 자유 기획의 실패를 의미하지만, 그의 노력과 지향은 코르네유의 영웅 기획의 특징을 뚜렷이 드러내준다는 것이다. 우선 그것은 남성적 기획(여기서 그는 남성적 기획을 감정을, 다시 말해 자연을 초극하려는 기획이라는 뜻으로 쓴다)이고, 타자 지배의 기획이며, 자기 제어의 기획이며, 귀족적(상징적 의미에서) 기획, 주인의 기획(헤겔의 의미에서)이다. 그러나 이 '초안'이 진정으로 영웅이 되려면, 자아가 찬란히 빛을 발할 기회인 '위험'이 주어져야 하고, 영광을 통해 시간의 파괴력에 맞서 불멸을 성취할 수 있는 초월적 가치의 장이 부여되어야 한다. 이를 위해 역사가 도입되고, 비극이 창조된다는 것이다.

그에 의하면 『르 시드』에서 로드리그가 애인 쉬멘의 아버지를

✢

61 *Cf., Ibid.*, pp.33~35.

죽이라는 아버지의 명령을 수락하는 것은 자연적으로 유증되는 혈연의 의무에 복종하는 것만이 아니다. 그의 동의는 피 흘림을 받아들이는 동의, 죽기를 불사하는 동의, 즉 귀족적 기획의 선택이다. "죽거나, 죽여라"[62]라는 아버지 동 디에그의 명령은 이 귀족적 기획의 진실을 요약한다. 자연에 거역하여 세계에 너의 질서를 부과하라는 명령이기 때문이다. 로드리그는 즉각 이 기획에 투신함으로써 영웅이 되지만, 쉬멘은 로드리그에 대한 정념을 누르지 못하여 그녀가 따르고자 하였던 귀족의 기획에서 실패하고, 영웅에게 공여되는 피정복자가 된다. 그러나 로드리그의 성취는 무어인의 침입이라는 역사적 우연이 선사한 것인 만큼 아직 완전한 것이 아니다.

이 불완전성에 『오라스』가 답한다. 두 번에 걸친 오라스의 살해(퀴리아스와 카미유 살해)는 국가 탄생이라는 역사적 필연이 요구한 행위요, 개인적 차원에서는 오라스의 영웅의 기획이 치러야 하는 자기희생이다. 영웅의 운명은 국가의 운명 속에 통합된다. 오라스의 친족 살해는 로물루스의 레무스 살해와 같이 역사적 필연이요 신생 로마의 원죄다. 튈르 왕은 로마가 로물루스의 범죄를 감춰버리듯, 오라스의 누이 살해를 국가의 이름으로 덮어버릴 것을 명한다. 만장일치의 동의를 얻지 못한 채 자신의 행위를 덮어버리고, 이 재판에 따라 사는 것에 동의하는 것, 그것은 오라스의 '영광스런 자아'를 지워버리는 것으로 영웅주의의 실패다. 하지만 개인적 차원의 영웅주의의 실패는 시스템의

✤

---

62 1막 4장, 277행.

성공으로 보상된다. 이처럼 『오라스』는 "영웅적 과도함의 폭발과 고통을 보여준 연후 왕의 균형감각의 승리, 그리고 그것이 기약하는 가능성들을 보여주며 끝난다."[63]

이처럼 『오라스』가 개인의 영웅주의적 노력이 봉착한 궁지에서 영웅을 구해내는 것이 국가라는 것을, 다시 말해 영웅의 구원이 정치적인 것일 수밖에 없다는 것을 보여준다면, 『신나』는 그 '구원의 정치'가 어떤 것이어야 하는지를 탐구한다. 『신나』를 이끌어가는 에밀리와 신나의 반역 음모는 사실상 『르 시드』가 의도적으로 감추고 있으나 『오라스』의 비극적 의식에서 적나라하게 드러나는 귀족적 기획의 모순을 표면화하는 것이다. 어떻게 '주인'이고자 하는 개인들이 하나의 정부 시스템 안에서, 국가라는 틀 안에서 작동할 수 있겠는가?[64] 그러나 에밀리와 신나, 오귀스트는 귀족 의식의 파손 또한 보여준다. 에밀리는 친부의 죽음을 복수하려는 의도를 정치적 명분으로 위장하는 마키아벨리즘을 택하고, 신나가 내세우는 '로마의 자유' 또한 에밀리를 얻기 위한 수단이요 핑계일 뿐이기 때문이다.[65] 군주가 아닌 양부요 친구로서 에밀리와 신나를 대하는 황제 오귀스트 역시 권력의 소유자가 되지 못한 채 감정적 관계에 매여 있고, 야인 시절의 이름인 옥타브에 갇혀 있다. 에밀리와 신나의 반역 음모는 무엇보다 먼저 이 애정 관계에 대한 배신이다. 그런데 이 배신은 오귀스트로 하여금 감정적 관계를 초월하여 진정한 군주가 되

❧

63 Doubrovsky, *op. cit.*, p.184.
64 *Ibid.*, p.187.
65 *Ibid.*, p.192.

게 하는 계기를 제공한다. 반역자들에 대한 분노와 증오라는 자연적 감정을 제어하고 관용을 베풂으로써 오귀스트는 저 자신의 주인이 되고 나아가 세계의 주인이 된다.

이처럼 『폴리왹트』에 앞선 세 비극은 '타인의 정복' '자기 자신의 정복' '권력의 정복'을 통해 영웅의 기획이 구체화되는 것을 보여주는 한편, 각각 앞선 작품이 시사하는 영웅주의의 위기에 대한 심화된 탐구로 진화해간다. 그렇다면 『신나』의 무엇이 『폴리왹트』를 추동하는가? 겉보기와는 달리 『신나』는 '잘 끝난 극'이 아니다.[66] 영웅의 변증법은 초월되어 군주의 변증법에 용해되고, 실추한 에밀리와 신나는 군주에게 복속됨으로써 구원되지만, 이 종합은 권력의 '신비화'[67]일 뿐이다. 인신(人神, Homme-Dieu)의 도래처럼 자찬하는 오귀스트의 대사와 잇따르는 리비의 찬송은 불확실한 미래에 대한 기만적 방어이면서, 동시에 개인을 입 다물게 하는 전체주의적 국가의 도래를 암시한다. 그래서 『신나』는 "정치의 비극 그 자체"[68]이다. 이처럼 자연에 대한 인간의, 인간에 대한 영웅의, 영웅에 대한 군주의 승리로 상승하면서, 그러나 극복된 그 자리에서 다른 형태로 거듭 제기되는 영웅 기획의 실패가 『폴리왹트』 창작의 이유가 된다.

군주를 시간과 역사의 우여곡절에서 구하기 위해 다시 한 번 병기고를 뒤져 새로운 무기를 찾아내야 할 것이다. 오귀스트 저 위로, 보

✠

66 *Ibid.*, p.221.
67 *Ibid.*, p.220.
68 *Ibid.*, p.221.

다 높은 곳을 바라보아야 할 것이다. 그러므로 『신나』 다음에 너무도 자연스럽게 『폴리왝트』의 차례가 되는 것이다.[69]

두브로브스키의 『폴리왝트』 읽기

이렇게 4대 비극의 진화를 해석해온 두브로브스키는 우선 『폴리왝트』가 기독교 비극이라면, "자아에 대한 열광과 자부심이라는 덕을 향하고 있는" 비(非)기독교적 전작들에 어떻게 연결될 수 있겠는가를 묻는 것으로 시작한다.[70] 『폴리왝트』가 예외가 아니고, 기독교적 작품이면 전 작품이 기독교적이어야 하고, 전 작품이 비기독교적인 것이라면 『폴리왝트』 또한 비기독교적이어야 한다는 것이다. 두브로브스키는 이 극의 내용을 이루고 있는 인물들의 투쟁이 귀족적 윤리의 문맥 속에 위치한다는 것, 다시 말해 폴리왝트의 개종과 순교가 영웅의 기획임을 밝히고, 궁극적으로 그것이 『신나』가 봉착한 문제를 넘어서려는 노력임을 밝힘으로써 두번째 관점을 입증하려 한다.

그에 의하면, 갓 결혼한 아내 폴린의 만류 때문에 세례를 늦추려 하는 폴리왝트의 망설임으로 시작하는 첫 장면부터 이 극은 지배라는 남성적 원칙과 감정이라는 여성적 원칙의 격렬한 싸움, 사랑이라는 감정의 지배가 야기하는 자아의 "소외"[71]를 보여준다.

✠

69 *Ibid.*, p.221.
70 *Ibid.*, p.223.
71 *Ibid.*, p.230.

폴린 역시 세베르에 대한 사랑으로 이 소외를 경험하고, 희극의 여주인공들이 그랬듯이 아버지에 대한 무조건적 복종 안에서 감정의 차원에서는 잃어버린 자유를 되찾으려 한다.

> 아버지가 어떤 신랑을 선택해주었건
>
> (……)
>
> 내가 당신을 보고, 그를 미워했다 해도,
>
> 나는 한숨을 쉬었겠지만, 복종했을 겁니다.
>
> 그리고 내 정념을 지배하는 지고한 이성은
>
> 내 한숨을 비난하고 미움을 흩트렸을 거예요.(2막 2장, 472~478행)

그러나 코르네유적 의지의 모델로 인용되는 이 말은 눈속임일 뿐, 세베르와의 대면은 그녀의 사랑이, 다시 말해 그녀에 대한 세베르의 지배가 과거의 것이 아니라 현재의 것이라는 것을 보여준다. 그녀의 한숨을 흩트렸어야 하는 그 이성은 "감정을 다스리고 있는(régner) 게 아니라 폭압하고(tyranniser)"(2막 2장, 502행) 있을 뿐이기 때문이다. 이처럼 생생하고 현재적인 사랑의 위력 앞에서 그녀가 취할 수 있는 것은 오직 도피뿐이다.

> 우리 둘 모두에게 치명적인 만남에서 달아나세요.
>
> (……)
>
> 그것만이 우리 병을 고쳐줄 유일한 약입니다.(2막 2장, 546~548행)

> 가장 견고한 덕은 우연한 위험들을 피합니다.

위험에 자기를 내어 맡기는 자는 파멸되기를 원하는 자입니다.(2막 5장, 611~613행)

그러므로 '덕'으로 포장된 폴린의 도피는, 아내의 눈물에 정면으로 맞서지 못하고 도피했던 폴리왹트의 작은 실패(1막 2장)를 심화하면서, "영웅 기획의 가장 확실한 실패"[72]를 기록한다.

폴린의 실패에 이어지는 폴리왹트의 "성스러운 열정"[73]은 인간적 차원에서는 불가능한 지배를 신적 차원으로 옮겨놓는다. 그것은 폴린의 투쟁(세베르에 대한) 실패에 대한 대응이면서 동시에 전작의 영웅들이 봉착한 실패에 대한 대응이기도 하다. 전작의 인물들이 "자기 자아를 버리고, 정치적 중개를 통해서만 구원을 얻을 수 있었던" 반면, 폴리왹트는 "국가를 넘어 자신을 회복하고 개인적 절대를 되찾으려는 노력"[74]을 보여주기 때문이다. 영웅의 기획이라는 일관된 주제의 진화 과정에서 폴리왹트의 순교가 지니는 이 정치적 성격은 그가 설정하는 신의 속성, 그의 순교의 목적, 수단, 의미를 통해 확증된다.

어떤 신인가? 역사의 우연성에, 다시 말해 시간의 위협에 종속된 불완전한 군주가 아니라, '절대 군주'요, '유일하게 자유로운 존재'요, '유일한 주인'이요, '행함과 존재가 일치하는 존재'[75]다.

✠

72 *Ibid.*, p.239.
73 *Ibid.*, p.240.
74 *Ibid.*, p.241.
75 *Ibid.*, pp.242~243.

기독교인은 단 한 분이신 하느님을 갖고 있으니, 그분은 모든 것의 주인이요,

오직 원하기만 하시면 무엇이든 행하시는 분이다.(4막 4장, 1429~ 1430행)

순교를 통해 그가 이루고자 하는 것은 무엇인가? 다른 영웅들에게나 마찬가지로 절대적 자유에 도달하고 모든 종속을 부수는 것, "초-귀족"[76]에, 나아가 인신(人神)에 이르는 것, 영웅에게 치명적인 시간의 위협에서 벗어나 무엇으로도 훼손될 수 없는 영광에 도달하는 것이다.

폴린: 그를 어디로 데려갑니까?

펠릭스: 죽음으로.

폴리왹트: ─영광으로.

잘 있어요, 폴린, 나를 기억해주시오.(5막 3장, 1679~1680행)

어떻게 거기에 이르는가? 은총은 끊임없이 언급되지만, "가장 평범한 코르네유적 '의지'에 의해 일어날 수 없는 어떤 일도 은총에 의해 일어나지 않는다." 폴리왹트는 세례를 받기 위해, 우상을 부수기 위해, 순교를 하기 위해, "결코 종교의 격려를 필요로 하지 않는다."[77] 이처럼 폴리왹트는 그의 목적(절대적 자유)

✛

76 *Ibid.*, p.244.
77 *Ibid.*, p.252.

에서, 방식(타인들로부터 자아를 분리시켜 차별을 강화하며 죽음을 받아들이는)에서, 수단(오직 자신의 의지에 의해)에서 코르네유적 영웅 기획의 도식을 따른다. 신은 이 기획의 보증자일 뿐이다. "폴리왹트는 오직 자기 자신에게 의지하기 위해서만 신을 원용한다"[78]는 도르(Dort)의 말이 참이라면, 그 역도 참이다. 즉, 폴리왹트는 영웅적 행위의 정당성을 확신하기 위해 신을 끌어들인다.

신은 지고한 타아(他我, Alter Ego)가 되어 영웅을 이교적 시간의 위험들에서 구하고 영웅적 행위에 영원성을 보장한다. (……) 결정적으로, 신학적, 윤리적 또는 정치적인 모든 차원에서 신은 여기에 오직 인간에 의해 식민화되기 위해서만 존재한다.[79]

이렇게 해서 '타인의 정복' '자아의 정복' '권력의 정복'으로 이어져온 영웅의 기획은 '신의 정복'에 이르렀다. 그러나 또다시 신이라는 타아(他我)의 매개를 통한다는 자기기만을 통해, 삶과 맞서는 것이 아니라 삶을 제거해버리는 "열등한 형태의 자살"을 통해, 자아의 숭배가 확연한 이상한 신학으로 죽음을 "신비화"[80]한다는 실패를 기록하면서 말이다.

✤

78 *Ibid.*, *op. cit.*, p.260에서 재인용.
79 *Ibid.*, *op. cit.*, pp.258~259.
80 *Ibid.*, *op. cit.*, p.260.

오류 1 : 전제의 우선

위와 같이 두브로브스키의 분석을 따라오면, 『폴리왹트』는 작품의 외양에도 불구하고, 또 작가의 신심에도 불구하고 전적으로 반(反)기독교적인 작품이 된다. 여기서 "'영웅주의'와 '성성(聖性)'의 동거는 결국 서로를 파괴하고야 만다."[81] 그런데 어떤 영웅주의이고 어떤 성성인가? "자아와 오만의 덕들에 열광하는"[82] 모럴이요, "존재론적 자율성, 지금 당장 자기를 소유하려는―우리가 인신(人神)에의 의지라고 불렀던 욕망을 내포하는 지배의 기획"이며, "순전히 인간적인 인간 구원의 조건들과, 세계를 떠나지 않으면서, 자유 의지 안에서, 그리고 자유 의지에 의해 절대에 이를 수 있는 가능성을 밝혀 보이려는"[83] 영웅주의요, "지고한 지배자에게 종으로 예속된 인간이, 세상 질서에 순응하는 것에서 자기 자유를 찾는 태도인"[84] 성성(聖性)이다. 이렇게 정의된 영웅주의와 성성이 화합할 수 없음은 자명하다.

그런데 영웅주의와 성성에 대한 그 정의는 누구에 의한 것인가? 『폴리왹트』가 "신심 깊은 사람들과 사교계의 인사들을 모두 만족시킨다"고 자부한 코르네유는 물론 아니고, '자기기만'인 줄도 모르고 영원한 영광의 확신 속에서 죽어간 폴리왹트 자신은 더욱 아니다. 그것은 헤겔의 주인과 노예의 변증법에 의지하여,

✟

81 *Ibid.*, pp. 260~261.
82 *Ibid.*, p. 223.
83 *Ibid.*, p. 223.
84 *Ibid.*, p. 256.

영웅주의와 기독교가 융합될 수 없다고 단정하는 두브로브스키 자신의 정의다. 그에 의하면, 자기 통제의 윤리는 사인에 대한 인간의(로드리그), 인간에 대한 영웅의(오라스), 영웅에 대한 군주(오귀스트)의 계속적 승리를 통해 완벽한 왕국의 전설 속에서 정점에 도달할 수 있었고, 영웅 기획의 이런 상승 운동 속에는 신적인 것이 끼어들 자리가 없다.[85] 따라서 『폴리왹트』를 종교적 작품으로 인정하면 다른 작품들에서 동떨어진 예외적인 작품이 된다. 그러나 『신나』의 대단원이 암시하는 그 '완벽한 왕국'의 문제성에 대한 답으로 보면 『폴리왹트』의 창작이 너무도 자연스럽다.[86] 이처럼 전작들의 분석에서 도출한 결론의 당연성을 전제하고, 그 위에서 『폴리왹트』의 연속성을 입증하기 위해, 끼어들 수 없는 곳에 끼어든 신성은 일종의 핑계이어야 하고 순교는 자기 기만이 되어야 하는 것이다.

작품의 일관성은 우선 그렇게 두브로브스키 자신의 관점의 일관성으로 대치된다. 그런 다음엔, 대립적인 것으로 전제된 영웅주의와 기독교적 입장이 인물들의 행위를 판단하는 외삽(外揷)법적 도구가 된다. 그리하여 『폴리왹트』는 『폴리왹트』 자체로서가 아니라, 오직 전 작품들의 연장으로서만 다루어지고, 영웅주의와 그리스도교의 동거가 불가능하다는 것을 입증하기 위해서만 분석된다. "왜 『폴리왹트』인가라는 질문은 바로 성성이 영웅주의에 기여하는 바가 무엇인가 하는 질문과 같다"[87]는 두브로브

✢

---

85 *Cf., Ibid.*, p.223.
86 282쪽 참조.
87 *Ibid.*, p.240.

스키의 문제의식, 해결이 있을 것 같지 않은 "인간과 신적인 것의 이 대면, 영웅과 신의 이 대면에서", "둘 중 무엇이 다른 하나를 먹어치울 것인가"[88] 하는 문제 제기가 잘 드러내주듯이 말이다. 그러나 '오직 일관성'을 구하고, '오직 실존적 의미를' 추구한다는 그의 두 원칙은 그보다 우선적인 한 원칙, 즉 '오직 텍스트'주의를 거스르며, 자의적 인용이라는 오류로 이끈다.

오류 2 : 인용의 자의성

위에서 살펴본 대로 두브로브스키는 첫 장면부터 폴리왹트가 "육체의 무한히 달콤한 지배 속에서 무한한 종속성을 체험한다"[89]고 지적한다. 폴리왹트는 다른 인물들이나 마찬가지로 정념의 피치 못할 변증법에 갇혀 있다는 것이다.

우리는 그러므로, 폴리왹트의 경우에서, 감정적 힘들에 위협받아 개인의 자유가 문제시되고, 그의 독립성이 손상되며, 영웅의 실추의 첫 조짐들이 나타나는, 코르네유의 근본적 상황을 마주하게 된다.[90]

그러면서 그는 폴리왹트의 다음 대사를 예로 들고 있다.

✢

88 *Ibid.*, p.229.
89 *Ibid.*, p.230.
90 *Ibid.*, p.231.

그리고 내 마음은, 겁을 먹은 바 없이,

다만 저를 사로잡은 〔폴린의 애처로운〕 눈길을 거스를 수가 없는

것이요.(1막 1장, 19~20행)

그러나 이 대사는 "그토록 여러 번 전쟁터에서 시련을 겪은 마음이 여인이 꾼 꿈의 위협에 겁을 먹는가?"(1막 1장, 3~4행)라는 네아르크의 질책에 대한 답변으로, "내가 남편의 눈으로 바라보는 그 눈물들도, 내가 자네와 마찬가지로 가슴 깊이 기독교인임을 막지 않는다"(1막 1장, 43~44행), 또 "그것〔사랑하는 사람의 눈〕을 화나게 하기를 두려워하는 자라도, 죽음을 두려워하진 않는다"(1막 1장, 88행)는 대사들[91]과 더불어 사랑 때문에 자아가 '소외'[92]되지는 않는다는 것을 강변하는 말이라고 보는 것이 더 옳지 않은가?

마찬가지로, 세베르와 폴린의 대사에서도 두브로브스키는 오직 폴린을 사로잡고 있는 감정의 지배력을 강조하는 데 온 힘을 기울인다. 그리고 그들이 모두 상대와의 대면을 회피한다는 사실에서 감정적 지배의 절대성을 본다.[93] 반면, 세베르 앞에서 자기 마음을 거침없이 열어 보이고, 남편에게도 털어놓는 폴린의 행위에서는 오직 대담성을 볼 뿐, 솔직성을 보지 않는다. 그가

✠

91 이해를 돕기 위해 시로 쓰인 구절들을 풀이하자면, "나는 아내가 두려워하는 것이 안쓰러워 차마 그녀를 뿌리치지 못하는 것이지, 두려워서가 아니다. 애처로운 아내의 눈물도 나를 기독교인이 아니게 하는 것은 아니다"가 된다.

92 283쪽의 주 71 참조.

93 *Cf.*, Doubrovsky, *op. cit.*, p.231, pp.239~240.

말한 대로 '감정의 폭압'이 이성의 허약성을 증거하는 것이라면, 솔직성은 자기 확신의 표현일 터인데도 말이다.[94]

두브로브스키가 '피하다(Fuyer)'라는 동사를 그들의 첫 실패의 증거로 제시할 때, 그는 단어에 내포된 의미 중 가장 작은 의미에 의지하고 있는 것이다. 왜냐하면, 두 사람의 도피는 모두 자신의 의지를 관철시키기 위한 방편[95]이었다는 사실을 간과하고 있기 때문이다. 오히려 로드리그, 오라스, 신나, 오귀스트에 이르기까지, 어떤 감정의 요구도 부당한 것으로 제시되지 않는다. 또 그것을 포기해야 하는 상황 앞에서 스스로 선택한 일종의 죽음을 통과하지 않은 인물도 없고, 더 나아가 그 죽음이 감정 자체의 죽음을 의미한 경우도 없다. 두브로브스키가 '영웅'의 초안(草案)이라고 한 알리도르, "마음대로 불 지피고 또 꺼트리고 할 수 있는"(『르와이얄 괄장』, 1막 4장, 218행) 자유를 원했던 알리

✢

94 두브로브스키는 정념의 지배라는 측면에서 폴린과 클레브 공작 부인 사이에 깊은 친족 관계를 세운다(*Cf.*, Doubrovsky, *op. cit.*, p.239). 그러나 정념의 강도와 현재성만으로 폴린의 사랑과 페드르의 사랑을 동일시할 수 없는 것처럼, 폴린의 드라마와 클레브 공작 부인의 드라마의 동일성도 말할 수 없다. 코르네유의 관심은 사랑 자체에 있는 것이 아니라, 그 사랑에 반해서 인물이 내리는 선택과 결단에 있기 때문이다. 폴린의 첫사랑은 애초에 무죄한 것이었으나, 폴린이 동의하는 권위와 세계 내적 질서에 따라 포기된다. 시녀 스트라토니스가 대변하는 낭만적 관점에 따르면, "(세베르에게) 보기 드문 절개를 보여 줄 수도 있었을 기회"(1막 3장, 189행)였는데 말이다. 폴린의 고백과 클레브 공작 부인의 고백을 같은 것으로 보는 것도 명백한 오류다. 왜냐하면, 클레브 공작 부인의 고백은, 남편에게 모르던 사실을 알리는 것이었고, 완전히 성실한 고백이 아니었으며, 스스로 이겨 낼 수 없는 정념의 방패로서 남편의 도움을 구한 것이었지만(*cf.*, 졸고 「반소설로서의 『클레브 공작 부인』」, 『불어불문학 연구』 32집, 1996, p.96), 폴린의 고백은 자기 싸움의 어려움을 강조하는 한편, 그것을 이겨낸 결단을 과시하는 것이니 말이다.

95 앞서 네아르크에 의해 권유되고 있듯이(1막 1장, 102행).

도르와 비극 인물들의 차이가 거기에 있다. 그러므로 감정의 지배에도 불구하고 그들이 결심한 대로 행한다는 사실의 중요성을 가볍게 여길 수 없다. 폴리왹트는 결연히 세례를 받았고, 폴린은 기어코 폴리왹트의 운명에 동참한다.

폴리왹트의 드라마를 감정에 대한 자유 및 의지의 싸움으로만 보고, 『폴리왹트』의 극행동을 '세베르에 대한 폴린의 투쟁과 폴린에 대한 폴리왹트의 투쟁'[96]으로 축약하는 두브로브스키의 관점은 편협하고 극단적인 해석으로 귀착된다. 감옥 대면에서 폴리왹트의 대사;

> 그대를 사랑하오,
> 하느님보다는 훨씬 덜, 그러나 나보다는 훨씬 더.(4막 3장, 1279~
> 1280행)

는 "감각적 사랑에 대한 가차 없는 단죄"가 되고, "신에 대한 사랑 앞에서 〔감정적 사랑을〕 삭제(effacement)"[97]하는 대사로, "만물의 주인이며, 오직 원하시기만 하시면 무엇이든 이루시는 분"에 대한 섬김은 스스로 신이 되고자 하는 의지로 읽히는 것이다. 그리하여, 처음부터 끝까지 폴리왹트가 한 번도 폴린에 대한 자신의 사랑을 부정한 적이 없다는 사실은 간과되고, "하늘에서도 괴로움을 느낄 수 있다면 당신을 위해 당신의 지극한 불행

✢

96 *Cf.*, Doubrovsky, *op. cit.*, p.234.
97 *Ibid.*, p.235.

에 슬피 울 것"(4막 3장, 1261~1262행)이라는 그의 대사나, 폴린을 위한 기도(4막 3장, 1267~1273행)는 전혀 언급되지 않는다. "나는 모든 것을 하느님의 은총에서 구하지 나의 연약함에서 구하지 않는다"(2막 4장, 681행) "그리스도인들의 하느님, 나의 하느님, 당신의 하느님"(4막 3장, 1219행) 등의 대사는 물론, 연약함과 두려움을 이기기 위한 기도들(4막 2장, 1145~1160행)도 주목되지 않는다.

이와 같은 왜곡, 지나침, 간과는 그가『폴리왹트』드라마의 가장 기초적인 설정, 즉 폴리왹트가 자연(감정, 육체성)과 시간의 지배에서 벗어나 절대 안에서 자기를 되찾고자 기독교인이 된 것이 아니라, 기독교인이 됨으로써 인간적 사랑이 문제가 되기 시작한다는 것(그러므로 1막 1장의 중요성은 그 둘이 배타적일 수 있다는 생각을 폴리왹트가 추호도 갖고 있지 않음을 보여준다는 데 있다)을 보지 못한(않은) 데서 연유한다. 그리고 신의 눈에건 세상의 눈에건 "합법적인"[98] 폴릭외트-폴린의 사랑을 부수는 것은 신에 대한 그의 사랑이 아니라, 신에 대한 사랑을 단죄하는 상황(세상)[99]이라는 사실을 무시한 결과다. 결국, 그 오류는 전작들에서(따라서 텍스트 밖에서) 도출한 결론으로『폴리왹트』를 재단하고 있는 데서 비롯된다.

이러한 재단은 세베르의 등장이 오직 폴린을 지배하는 감정(사랑)의 강도와 그 현재성을 드러나게 하는 한에서만 "극적으

✢

98 *Ibid*., p.235.
99 그보다 앞서 폴린의 사랑도 불가하게 만들었던 세상.

로" 또한 "심리적으로" 유용하고 정당하다고 보는[100] 또 하나의 편협한 해석으로 이어진다. 사적인 원한을 품었을 막강한 권력자의 출현이 변방 식민지의 총독에게 불러일으킨 죄의식과 공포가 폴리왹트 죽음의 가장 강력하고 직접적인 원인이었는데 말이다.

> 그의 원한이 무슨 일인들 못할까?
> 그 같은 권력을 갖게 된 정당한 분노가
> 어디까진들 복수를 가져가지 못할까?
> 그는 우릴 죽일 것이다, 딸아.(1막 4장, 324~327막)

펠릭스에게만이 아니다. 폴린에게도 세베르는 무엇보다 죄의식의 대상이요, 공포의 대상이다. 1막을 막연한 불안으로 물들이고, 비극적 결말을 예고하는 그녀의 꿈은 (세베르에 대한 그녀의 감정, 그의 인격에 대한 그녀의 믿음이 어떤 것이든지 간에) 무엇보다 세베르의 생환 자체가 야기하는 공포심을 통해 폴린의 무의식 속에 도사린 죄의식을 드러내준다.

> 어젯밤, 나는 그 불행한 세베르를 보았다.
> 손에는 복수의 칼을 들고, 분노로 이글거리는 눈을 하고 있었지.
> (……)
> 그를 본 공포의 순간도 잠깐,
> "내 것이 되었어야 할 호의를 당신이 주고 싶은 자에게 쏟아보시오.

✢

---

100 Doubrovsky, *op. cit.*, p.231.

배신자 같으니, 오늘이 지나면

나보다 더 좋아한 남편을 위해 실컷 울어보시오."

이 말에 나는 전율했고, 넋이 나가버렸다.(1막 3장, 221~233행)

세베르의 새로운 권력이 배가시킨 이 공포는 사랑보다 끈덕지게 폴린을 지배하는 강박관념이 된다.[101] 두브로브스키는 다른 비평가들이 『폴리왹트』의 정치적 성격을 충분히 강조하지 않았다고 하면서도,[102] 이처럼 『폴리왹트』를 '정치 드라마'로 만드는 권력 구조를 간과하고, 나아가 암묵적으로 왜곡한다. 두브로브스키는 "폴리왹트는 이름 있는 사람이요 **왕족 출신**"(2막 1장, 420행)이라는 세베르의 대사를 인용해서, "『신나』 이후, 군주가 영웅을 교체하고 나자, 이제 폴리왹트가 승격된다"[103]며 자기 해석의 증거로 이용한다. 폴리왹트가 오귀스트를 넘어, 국가마저 초월하는 곳에서 자신의 절대적 개인성을 되찾으려는 영웅의 최종 계획(즉, '신의 정복', '인신'에의 욕망)에[104] 합당한 신분임을 암시하면서 말이다. 폴리왹트가 실은 로마에 정복당한 아르메니아의 왕족이며, 세베르라는 더 두려운 권력자가 나타나기 전에 이미 장인이자 총독인 펠릭스(그 또한 황제의 지배하에 있는)의 지배하에 있는 일종의 볼모였다는 사실, 어떤 의미에서는 그가 오귀스트보다는 에밀리를 연장하는 상황에 있다는 사실은, 그

✝

101 *Cf.*, 2막 5장, 632행, 758행.

102 *Cf.*, Doubrovsky, *op. cit.*, p.241.

103 *Ibid.*, p.229. 인용문 강조는 두브로브스키.

104 *Cf.*, Doubrovsky, *op. cit.*, p.241.

가 '두브로브스키의 영웅'이 되어야만 하기에 무시되고 있는 것이다.

전제의 비판

코르네유의 작품들이 하나의 전체를 이루며, 그것들이 하나의 작품으로 일관성, 통합성을 지니리라는 점에 대해서는 이의의 여지가 없다. 분석 이전에 이미 작품이 불러일으키는 정조(情操), 선택과 결단을 요구하는 상황의 동질성, 거기에 반응하는 인물들의 태도가 우리로 하여금 코르네유의 작품들을 코르네유의 것으로 지각하게 한다. 그러므로 폴리왹트의 개종이 "기독교적이라기보다는 코르네유적이고, 초자연적이라기보다는 영웅적"[105]이라는 지적을 반박할 필요는 없다. 그러나 그 코르네유적이며 영웅적인 것이 두브로브스키의 견해처럼 반(反)기독교적인 것이어야 하는가 하는 질문은, 위에서 지적한 오류들을 넘어서 코르네유 전체 작품의 해석에 관여하는 것이므로 진지하게 제기되어야 한다. 이 질문에 대한 접근은 당연히 '코르네유적 영웅'의 정의와 그리스도교 교리라는 두 차원에서, 다시 말해 텍스트 내적 해석의 문제와 텍스트 외적 문제로부터 이루어져야 한다.

우선 텍스트 내적 문제로서, 코르네유의 인물들의 행위의 중심에 '자아'가 있다는 것은 의심할 바 없는 사실이다. 그런데 이

✛

[105] Michel Prigent, *Le héros et l'Etat dans la tragédie de Pierre Corneille*, PUF, 1986. p.69.

자아에 대한 배려, 손톱만한 모욕에도 격분하며 스스로 자기 자신의 주인이고자 하는 이 의식이 반드시 영웅을 만들지는 않는다. 두브로브스키에 의해 '영웅의 초안'으로까지 승격되었으나, 코르네유 자신은 '괴상한' 자라고 부른 알리도르뿐 아니라 모든 희극의 주인공들, 두브로브스키에 의해 영웅의 반열에서 밀려난 쉬멘, 카미유, 에밀리, 신나를 위시하여, 『폴리왹트』의 인물 중에서도 가장 비열한 펠릭스마저 다음과 같이 말하고 있으니 말이다.

나는 〔내 동정심의〕 주인이길 원한다. 이걸 알기 바란다.
누군가 내게서 억지로 동정심을 끌어내려 한다면 나는 그것을 부인할 것임을.(3막 5장, 981~982행)

이 자아는 수식어를 갖지 않는다. 위베르스펠트가 말하듯이 그것은 "나는 나다(Je suis ce que je suis)"라는 동어반복 속에 확인[106]되는 자긍심일 뿐이다. 그렇다면 코르네유에게서 그것은 모든 자연적 인간의 본성, 또는 존재의 상태라 할 수 있을 것이다. 이 자기 의식은 언제 영웅의 그것으로 비약(이 비약 속에서 존재의 충만을 느끼는 것이 이른바 '자아의 흥분exaltation du moi'일 것인데)하는가? 두브로브스키가 '자기 제어(Maîtrise)'라고 옳게 부른, 그러나 절대에 이르려는 야망에서가 아니라 "행복이나 안전을 위한 한마디를 거부함으로써 죽음 앞에서 자기의 우월성을

✛

106 *Cf.*, Ubersfeld, *ibid.*, pp.545~546.

입증"[107]하기 위해, 상황이 요구하는 희생을 받아들일 때 그렇게 된다. 로드리그는 사랑을 희생하고, 오라스는 사적 행복을 희생하고, 오귀스트는 인간적 감정을 억제함으로써 영웅이 '된다'. 그런데 그들로 하여금 영웅이 될 기회를 주었던 상황은 그들이 택한 것도 아닐뿐더러 희생까지 요구하니 유쾌할 리 없는 상황이다. 그들의 행위는 "갑작스럽게 모든 미래의 계획들이 무너지는 순간",[108] 목숨을 잃더라도 자존심은 구하는 방식으로 취해지는 것이다. 두브로브스키가 말하는바 정복, 지배, 확장, 인신(人神)에의 의지 등의 적극적 행위가 아니라 '방어적'[109] 행위라는 말이다. 『르 시드』부터 『폴리왹트』까지, 낙관적이라는 결말들에도 불구하고, 코르네유적 비극성이라 부를 만한 것이 있다면 이와 같은 사실에 있지 않고 어디에 있겠는가? 그러므로 코르네유에게서 군사적 영광에 목마른 자건, 의무에 자신을 종속시키는

✟

107 Fumaroli, *op. cit.*, p.10.
108 Litman, *op. cit.*, p.125.
109 두브로브스키는 무어인들을 이긴 후 로드리그의 영웅의 기획이 '방어적'인 것에서 '공격적'인 것으로 바뀐다는 것을 다음의 예문으로 제시한다. "천명 또 천명 수없는 경쟁자와 더 겨루고, 땅의 이쪽 끝에서 저쪽 끝까지 내 업적을 펼쳐야만 합니까?"(『르 시드』 5막 7장, 1783~1784행) 그는 "지배권의 독재적 자아가 갑자기 공간과 시간 속에 연속적으로 확장"되는 순간을 보여주는 이 대사가, 로드리그에게 부여된 '르 시드'라는 명명과 함께, 코르네유적 의식을 지배하는 '불멸성의 계획'을 드러낸다고 말한다(Doub, pp.125~126). 그러나 우선 그 대사가 의문문으로 되어 있다는 사실과, 그것이 쉬멘을 향한 다음과 같은 호소로 이어진다는 사실을 고려하면 그의 해석이 완전한 비약임이 드러난다. "그렇게 해야만 내 범죄가 씻어질 수 있다면, 나는 무엇이든 하고 이루어낼 수 있습니다./하지만, 여전히 준엄하고 고집스런 명예가/죄인의 죽음 없이는 노여움을 풀 수 없다면,/나를 치기 위해 인간들의 힘을 무장시키지 마십시오./내 머리는 그대 발아래 있으니,/그대의 손으로 복수하십시오."(5막 7장, 1787~1792행)

자건, 사랑과 애정을 배격하는 자건, "그 어떤 스테레오 타입의 창조자를 보지 말아야 한다."[110] 코르네유 극이 그리는 것은 특정 유형의 인간들의 본질이 아니라, 개인의 자유에 개입하는 상황 전체(타인과의 관계로 이루어진 것이든, 정치 체제에 의한 것이든)이고, '그 안에서' 자기 자유와 존재 양식, 자긍의 근거를 스스로 창조해야 하는 인간 조건이다.

이제 이 영웅들의 행위와 태도가 반기독교적인 것인가를 물어야 할 때가 되었다. 두브로브스키는 "17세기 가톨릭 부흥 운동의 진정한 움직임은 영웅의 파괴에 몰두한다"[111]면서, 보쉐(Bossuet)와 콩티(Conti)를 인용한다. 그러나 그 인용은 프롱드 난(1648~1653) 이후의 것들로서, 그때 확산되어갔던 엄격주의적 경향을 반영하는 것으로 1642년에 상연된 『폴리왹트』의 반기독교적 성격을 규정하는 준거가 될 수 없다.

그리스도교 이천 년의 역사가 보여주는 바와 같이 17세기 내에서도 하나의 신학만이 존재하지는 않았다. 인간의 타락에 초점을 맞추는 우울한 신학이 팽배하기 전에, 제수이트 신학은 인간이 그에게 주어진 '충분한 은총(Grâce suffisante)'을, 천부적 자유와 자유 의지로, '유효한 은총(Grâce efficace)'이 되게 할 수 있다고 믿었다. 그런 신학으로 그리스도교와 휴머니즘의 조화를 꾀하였던 것이고, 우리는 이 교단과 코르네유와의 관계를 잘 알고 있다.[112]

✚

110 *Cf.*, Cérasi, *op. cit.*, p.14.
111 Doubrovsky, *op. cit.*, p.225.
112 두브로브스키도 알고 있다. 그러나 그는 『폴리왹트』가 종교극이라는 데 대해서는 "온

그 신학은 두브로브스키가 생각하였듯이 '자유'와 '은총' 사이에 "넘을 수 없는 심연"이 있다고 생각하지 않는다. 오히려 인간이 지닌 본연의 자유 속에서 신의 모습으로 지어진 인간의 존엄성을 보고, 자아에 대한 사랑(Amour de soi)에서 끊임없이 스스로를 재창조할 자기 초월 가능성의 근거를 본다.[113] 코르네유의 인물들이 추구하는 가치를 반드시 기독교적인 것이라고 할 수 없음은 명백한 사실이지만, 그것을 추구하게 만드는 '자기 사랑' 또한 온전히 반기독교적이라고 단정할 수 없다는 말이다. 오히려 "술책, 몰이해, 복수 등도 가능한 이 이교적 영혼들 속에서 신적인 원칙이 일하고 있다"[114]고 믿는 것이, 클레오파트르(『로도귄느(*Rodogune*)』)[115]의 극단적 범죄에서조차 그 행동의 근원에 있는 영혼의 위대성을 본[116] 코르네유가 충실했던 신학이었던 것이다. 하물며, 어떤 가치에 봉사하기 위해 위험 및 공포와 맞서고, 자기희생을 감수하는 행위에서 인간(신의 모습에 따라 창조된)이 지닌 신적인 위대성을 보는 것은 전혀 그의 신학에 어긋나지 않는다. 그러니 오귀스트가 "내게 행해진 범죄 중에 참회가 지우지 못할 것은 없느니, 그가 나의 용서에 의탁하였기 때문이다(5막 2장, 17~18행)"라고 '신학적 언어'로 말한다 해서, 거기에서

✢

전히 프랑스 혁명만 다룬 소설이라고 다 혁명적인 것은 아니다"라는 회피적인 방식으로 부정할 뿐이다.

113 *Cf.*, Cérasi, *op. cit.*, p.98.

114 Fumaroli, *op. cit.*, p.10.

115 시리아의 왕 니카노르의 아내인 클레오파트르 왕비는 정치적 야망 때문에 남편과 한 아들, 그 아들이 사랑하는 파르트의 공주와 다른 아들을 독살하려다가 자살한다.

116 *Cf.*, 「극시를 위한 서설」, III, p.133.

스스로 신이고자 하는 반기독교적 태도[117]를 보아야 할 이유는 없다.

코르네유의 연극은 자연적 인간의 모방(memesis)과, 신성하고 도덕적인 법칙을 육화하는 인간의 웅변적 표현법, 이 둘을 일치시키는 것을 배우에게 쉽게 해주도록 만들어졌다. 그 일치를 신학적으로 믿은 만큼 코르네유에게는 더더욱 그것이 자연스러운 것이었다.[118]

*

코르네유가 믿은 신학이 참으로 기독교적인 것인가를 묻는 것은 우리 주제의 범위를 벗어나지만, 인간성에 내재된 자유와 자유 의지를 긍정하는 그 신학이 "세계 내적 가치에 대해 타협주의적이며, 코르네유의 작품들이 '명예'와 '영광'이라는 세속적 가치에 대한 숭배를 불러일으키고 정치적 야망을 미화한다"는 엄격주의자들의 비판에 대해서는 코르네유의 작품 안에서 대답해야 하리라. 우리는 '영웅'이라 부를 수 있는 한 특정 인물이 아니라 극적 상황 전체로 관심을 돌려 이 문제에 답하면서, 적어도 『르 시드』에서 『폴리왹트』까지를 하나의 사이클로 볼 수 있게 하는 어떤 통일성을 제시해보는 것으로 결론에 대신하려 한다.

위에서 우리는 '자기에 대한 근심'이 실은 코르네유의 모든 인물들의 존재론적 특징이고, 이것이 자기 초월과 자기 창조의 힘

✚

---

117 *Cf.*, Doubrovsky, *op. cit.*, p.218.
118 Fimaroli, *op. cit.*, p.14.

으로 발휘될 때 그들이 '영웅'이 되며, 이 '됨'은 언제나 상황의 요구에 대한 수락의 결과요, 자기희생이라는 상징적 죽음을 통과한다고 말하였다. 그리고 그것을 코르네유적 비극성이라고 불렀다. 이 비극성은 극적 상황의 문제로, 코르네유가 그려 보이는 세계상, 『폴리왹트』의 인물들을 억압하고, 자연적 감정을 단죄하며 자기를 죽이는 데서 '영광'을 구하게 하였던 권력들의 문제로 우리의 관심을 이끈다.

세베르와의 결합을 불가하게 만든 아버지의 권력, 적대적인 것으로 변한 연적의 권력, 변방을 억압하는 종주국의 권력, 그리스도인들을 핍박하는 "피에 굶주린 호랑이"(4막 1장, 1125행) 황제 데시의 권력―, 돌이켜보면 전작에 등장한 모든 힘들이 더 위협적인 것이 되어 모두 『폴리왹트』에 재등장한다. 전작들에서는 이 권력들이 주인공들로 하여금, 적어도 명예는 지키고 영광(상처뿐인 영광이다!)에 도달할 수 있는 가능성을 열어주기도 하였던 반면, 여기서는 불안과 두려움과 예속만을 안겨준다는 차이를 가지고 말이다. 이 차이는 또 전작의 주인공들이 명예를 지키고 영광에 도달하기 위해 살인이라는 치명적 범죄를 통과하는 반면, 폴리왹트는 스스로를 죽이는 길을 택한다는 차이와 나란히 간다. 그렇게 보면, 정복하고 무찌르는 행동파 인물들인 로드리그 및 오라스를 지나, '관용'을 택한 오귀스트(『신나』)와, "차라리 파멸에 동의"(4막 1장, 1139행)하는 수동적 결단으로 양심의 자유를 증명하는 폴리왹트 사이의 연결 고리가 보이지 않는가? 그렇게 보면 또, "로드리그가 국가에 그토록 필요한 존재라 한들, 내가, 전하를 위한 그의 무훈에 보수(報酬)가 되어야 하느냐?"(5막 7장, 1809~1810행)고 묻는 불우한 쉬멘에서부터, 로마를 저주하며 죽은 카미유, 애국적 행위에서 영광을 구하면서도 "다른 이들은 삶을 사랑하지만 나는 그것을 미워해야만 한다"(5막 2장, 1546행)는 오라스, "끔찍한 근심들, 끊이지 않는 경고, 수없는 은밀한 적들, 온갖 이유로 처해지는 죽음만을 발견하며, 고통 없는 기쁨이 없고, 평안이란 결코 없는"(2막 1장, 374~376행) 권력에 염증을 토로하는 오귀스트에 이어, 스스로를 권력의 희생자[119]로 여기거나 희생의 길을 택하는 인물들의 짙은 페시미즘을 통해 "권력에 대한 암묵적 혐오"가 강화되는 연속성이 보이지 않는가? 그렇다면, 『르 시드』에서 『폴리왹트』로의 진화는 영웅 기획의 "점점 더 진실해지는 상승 운동"이라기보다는, 인간이 스스로를 창조하고 실현하는 터전으로 여기는 정치 사회적 환경에 대한 비관주의적 인식의 심화 과정으로 보인다.

『폴리왹트』는 종교극인가? 두브로브스키가 정의한 것처럼 "하느님과 그의 왕국이 인간 위에 도래함을 찬양하는 것"이 종교극이요, 은총의 불가사의한 힘이 개입하는 것을 확인할 수 있어야만 '종교극'이라면, 우리도 그를 따라 『폴리왹트』가 종교극이 아니라고 할 것이다. 『폴리왹트』에는 신적이라고 할 만한 어떤 기적도 일어나지 않으며, 기독교 교리 또는 성성(聖性)의 공식적인 개념에 관한 토론 또한 들어 있지 않다. 이 극은 그리스

✠

119 *Cf.*, 세베르를 다독이라는 펠릭스의 명령에 답하는 폴린의 대사. "알겠습니다. 다시 한 번 내 감정을 다스리지요./당신 명령의 희생자가 되기 위해."(1막 종장, 363~364행)

도교 순교자가 된 인간의 극이다. 우리는 단지, 폴리왹트가 전작의 이교도 인물들과 닮았다 해서 기독교의 교리에 어긋난다고 생각할 이유도 없고, 그가 기독교인이 되었다고 해서 전작들의 인물들과 단절되어야 할 까닭도 없다고 생각하는 신학이 코르네유가 믿었던 특정 신학임을 확인할 수 있을 뿐이다. 반면, 폭군 데시부터 펠릭스, 세베르, 폴린, 그리고 식민지 귀족 폴리왹트까지, 극행동을 이끄는 인물들이 드러내는 인간성의 다양한 층위, 그의 작품이 드러내는 세속 권력과 역사에 대한 부정적 관점, 순교라는 비공격적 대응(볼테르만 해도 광신도의 불관용으로 보았지만)으로 나아온 코르네유 4대 비극의 진화 등등은 신학자들의 진지한 관심을 끌 수 있다고 생각한다. 누구나 종교극으로 인정할 중세의 『성 니콜라 극(Le jeu de saint Nicolas)』이나 동시대 극작가 로트루(Rotrou)의 『참된 성 쥐네(Le véritable saint Genest)』처럼, 은총이 불현듯 인물을 사로잡아 순교로 이끄는 작품들보다 훨씬 더 진지한 관심을 말이다.

작가 연보

1584년

조부 피에르 코르네유(Pierre Corneille)가 루앙(Rouen)의 피 가(la rue de la Pie)에 붙어 있는 두 채의 집을 사다. 거기서 코르네유가 태어난다. 그 두 채의 집 중 더 높고 좁은 집이 현재 코르네유 박물관이 되었다.

1606년

6월 6일, 4년 전에 결혼한 아버지 피에르 코르네유와 어머니 마르트(혼전 이름 마르트 르 프장) 사이에서 장남으로 출생. 차후 6남매가 태어났는데 그중 1625년에 태어난 토마 코르네유(Thomas Corneille)도 인기 극작가가 되었고, 누이 마르트는 『세계의 복수성에 관한 대화』를 쓴 작가 퐁트넬(Fontenelle)의 어머니다.

1615~1622년

루앙의 제수이트 학교에서 교육을 받다. 라틴 시구 과목에서 상을 받기도 하고, 동시대인의 라틴어 시를 번역하는 등, 문학에 재능과 관심을 보이다.

1624년

법학사를 취득. 나중에 관직을 살 수 있는 자격을 얻기 위해 루앙 고등법원에서 변호사 시보로 선서하고 루앙의 한 검사 밑에서 몇 년간 실습하며 변론을 청취하기도 하다.

1628년

아버지가 치수보림(治水保林)직(아버지의 직업이기도 했다)과 변호사직을 사줌으로써, 법조계의 평범한 지위에 속하게 된다.

1629~1630년 시즌

르누아르-몽도리 극단이 파리에서 희극 『멜리트』 상연. 네번째 상연부터 호응을 얻어 대성공을 거두다.

1630~1631년 시즌

희비극 『클리탕드르』 상연.

1631~1632년 시즌

희극 『과부』 상연.

1632~1633년 시즌

희극 『팔레 상가』 상연.

1632년

『클리탕드르』를 젊은 시절 썼던 시들과 함께 출간(당시에는 희곡을 초연 극단에 넘기면 인쇄하여 대중에게 내놓을 때까지 극단에 사용권이 있었다. 그렇게 극단이 "빵을 벌 시간"을 준 다음에는 원본대로 최대한 빠르게 인쇄하여 판권을 확보해야 했으므로 늦어도 초연 이듬해에는 인쇄를 마치게 된다. 모든 작품이 그런 단계로 출간되므로 앞으로는 특별한 일이 없으면 첫 단행본 출간 연도는 생략한다).

1633년

요양차 루앙에 온 왕 앞에서 몽도리 극단이 코르네유의 극 한 편을 상연하게 되다. 루앙의 대주교로부터 왕에게 바치는 시를 써달라는 요청을 받고, 겸손히 사양하는 편지 『사양(*L'Excusatio*)』을 쓰다. 왕과 리슐리외 추기경을 칭송하는 내용의 편지이지만, 그가 극작가로서 처음 자신의 연극관을 밝힌 문서이기도 하다.

1633~1634년 시즌

아마도 희극 『시녀』, 분명히 희극 『르와이얄 광장』을 상연하였을 것이다.

1634년

『과부』를 출간하면서부터 자신의 작품을 스스로 평하는 「독자에게」를 붙이기 시작한다. 『과부』에는 위의 편지 『사양』도 덧붙인다.

1634~1635년 시즌

첫 비극 『메데』 상연. 같은 해에 동료 극작가 메레(Mairet)도 『소포니습(*Sophonisbe*)』을 무대에 올렸다. 비극 장르가 인기를 끌기 시작하는 때다.

1635년

재상인 리슐리외 추기경을 위해 일하는 5인의 극작가 중 하나가 되어 함께 『튈르리의 희극(*La Comédie de Tuleries*)』을 쓰다. 리슐리외가 소재를 정해주고 집필에 간섭한 작품이었다. 코르네유는 두 편의 공동 창작에 참여한 후 나오게 된다.

리슐리외는 1634년 아카데미 프랑세즈를 창설하고 1635년에 왕의 인가를 받아 문사들을 모으고 공식적으로 후원하게 된다. 5인의 극작가 그룹도, 아카데미의 창립도 문화적 활동을 장려하되 통제하며, 국가를 위해 봉사하게 만들려는 의지의 소산이다.

1635~1636년 시즌

희극 『극적 환상』 상연.

1635년

5월 스페인과의 전쟁 시작. 파리 북부의 코르비가 점령되고, 파리가 공포에 떨다. 11월에 코르비 탈환. 스페인 부대 철수.

1637년

1월 희비극 『르 시드』 상연. 대성공을 거두다. 루이 13세가 코르네유의 아버지에게 귀족의 신분을 내리다. 나중에 코르네유는 그것이 자기의 시 때문에 하사한 것이었다고 밝힌다.

5인의 추기경 작가 중 하나로『대 전원극(*La Grande Psatorale*)』(텍스트 소실), 희비극『스미른느의 맹인(*L'Aveugle de Smyrne*)』을 써서 상연하다.『르 시드』춘간.

4월 스퀴데리(Scudery)가 쓴「『르 시드』에 대한 비판」으로 '『르 시드』논쟁'이 시작되다. 스퀴데리가 아카데미에 중재를 요청하다. 추기경에 대한 예의로 그 중재를 수락하다.

12월 아카데미가 발표한「희비극『르 시드』에 대한 아카데미의 소감」은 코르네유에게 매우 실망스러운 비평이었으나, 역시 추기경을 존중해서 대응하지 않았다.

1639년
부친 사망. 동생들의 후견인이 되다.

1640년
비극『오라스』상연.

1641년
이 해에 레장들리의 공병 장교 딸 마리 드 랑페리에르(Marie de Lampérière)와 결혼한 것으로 추정된다. 슬하에 일곱 자녀를 두다.

3월에 리슐리외 음해 음모로 방돔(Vendôme) 공작이 체포되었고 왕의 법정이 열렸다. 리슐리외는 그를 범인으로 지목하면서도 용서를 청원했다.

1642년
비극『신나』상연 추정. 코르네유는 이 작품을 출간하며 리슐리외에게 헌정한다. 바로 전에 일어난 사건과 비슷하게 반란자를 용서로 포용하는 아우구스투스 황제 이야기가 소재이니, 헌정의 의미를 알 수 있다.

1643년
비극『폴리왹트』상연.

리슐리외 사망. 코르네유는 추기경의 사망 후 4행시와 소네트를 지었다. 거기서 그는 사람들은 고인이 된 사람에 대해 이 말, 저 말을 하지만 "나는 그를 판단하지 않을 것"이라며 "나쁜 말을 하기엔 그는 내게 좋은 일을 너무 많이 해주었고, 좋은 말을 하기엔 내게 나쁜 일을 너무 많이 했다"고 쓴다. 자유롭고자 하는 극작가와 통제하려는 후견인 사이의 갈등적 관계가 드러나는 대목이다.

루이 13세 사망. 코르네유는 왕의 죽음에 대해서도 소네트를 쓴다. 리슐리외에게는 매우 혹독하고 죽은 왕에 대해서는 덜 혹독한 시다. 그는 왕이 자신의 권위를 전제적인 재상에게 내어준 것을 비난한다. 이 시는 수기로 시중에 퍼졌고, 1738년에 인쇄된다.

1643~1644년 시즌

비극 『퐁페의 죽음(*La mort de Pompée*)』, 희극 『거짓말쟁이(*Le Menteur*)』 상연

1644~1645년 시즌

희극 『속 거짓말쟁이(*La Suite due Menteur*)』, 비극 『로도귄느』 상연.

1644년

『멜리트』에서 『극적 환상』까지 8편을 전집의 1권으로 출간. 이때 원본에 많은 수정을 가한다.

1645~1646년

비극 『테오도르(*Théodore*)』 상연

1646~1647년

비극 『에라클리우스(*Heraclius*)』 상연

1647년

『르 시드』부터 『로도귄느』까지 8편을 전집의 2권으로 출간.

세번째 지원한 끝에 아카데미 프랑세즈에 입회하다.

재상 마자랭이 1648년 궁정에서 열릴 사육제를 위해 음악을 넣은 비극 『앙드로메드(*Andromède*)』를 쓸 것을 명령하다.

1648~1649년

고등법원 주도의 1차 프롱드 난. 프롱드 난은 절대주의를 향한 왕권 강화에 반기를 든 두 권력 집단(1차 고등법원, 2차 대귀족)이 왕권에 대항하여 일으킨 내란이다.

1650년

왕실을 위한 극장 프티 부르봉에서 『앙드로메드』 상연, 같은 시기 영웅 비극 『동 상슈 다라공(*Don Sanche d'Aragon*)』 상연.

1650~1653년

대귀족 주도의 2차 프롱드 난.

1651년

마자랭이 2차 프롱드 난의 주역으로 1650년 체포되었던 콩데 공작(앙리 2세의 아들)을 풀어준 직후 비극 『니코메드(*Nicomè-de*)』 상연.

1651~1652년 시즌

비극 『페르타리트(*Pertharite*)』 상연.

코르네유는 『페르타리트』 이후 1659년까지 극작을 하지 않는다. 데뷔 이래 가장 긴 공백 기간이다.

1654년

『니코메드』와 『페르타리트』까지 넣은 전집 출간.

1656년

1651년과 1654년에 부분적으로 출판했던 『준주성범(*L'Imitation de Jesus-*

Christ』(14세기 말 15세기 초에 라틴어로 토마스 아 켐피스Thomas a Kempis 가 썼다고 알려진)을 프랑스어 운문으로 번역하여 완간.

이 번역본의 서문에서, 자기 극 작품의 새로운 전집을 3권으로 출간할 계획을 밝히고, 시학에서 끌어온 고찰들을 각 권의 서두에 붙일 것임을 예고하며, 그것이 그런 종류의 시에서 재능을 키우고 싶은 사람들에게 무용하지 않았으면 좋겠다는 희망을 피력한다.

1657년

이론가 아베 도비냑(Abbé d'Aubignac)이 『연극의 실제(*La pratique du théâtre*)』 출간. 그는 이 책에서 코르네유를 칭송하면서 비판도 빼놓지 않는다. 위에서 보듯 예술에 대한 자신의 성찰을 표명하고 싶어 했던 코르네유는 도비냑의 이 책을 읽으며 극시에 관한 세 개의 논문을 구상했을 것이다.

1658년

재무상 푸케(N. Fouquet)에게 소개되다.

1659년

『페르타리트』 이후 8년간 연극을 떠나 있던 코르네유를 돌아오게 하려고 푸케가 제안한 비극 『외디프(*Oedipe*)』 상연.

1660년

예고한 대로 각 권마다 한 편씩 극시에 관한 논문을 서문처럼 싣고, 각각의 작품마다 「검토」를 단 전집 3권 출간.

피레네 조약으로 30년 전쟁 종식. 루이 14세의 결혼. 축제로 넘치는 이 기간에 파리 상연 이전 우선 지방에서 『황금 양털(*La toison d'or*)』을 상연.

1661년

파리에서 『황금 양털』 상연.

1662년

비극 『세르토리우스(*Sertorius*)』 상연.

극작가 동생 토마와 함께 파리로 이사. 한 집에서 함께 살기 시작.

1663년

비극 『소포니습(*Sophonisbe*)』 상연. 아베 도비냑과 격렬한 논쟁을 벌이다.

2절판으로 두 권의 아주 호화로운 작품집을 내는데, 그것은 그를 고전 작가로 축성하는 출판이었다.

같은 시기 몰리에르의 『여자들의 학교(*L'école des femmes*)』를 두고 몰리에르와 다양한 적수들 사이에 논쟁이 벌어지는데, 코르네유의 형제는 몰리에르의 적들 중 일부였다.

이 해부터 저명한 문인들과 학자들에게 왕이 은전을 하사하는 관행이 시작되었다. 코르네유는 1674년까지 1년에 2000리브르를 받았다.

1664년

비극 『오통(*Othon*)』 상연.

라신, 데뷔작 『테바이드(*La Thébaïde*)』 상연. 이때는 라신이 코르네유와 숙적이 될 것이라는 조짐은 없었다.

1666년

『성모찬양(*Louanges de la Sainte Vierge*)』(작자 미상)을 운문으로 번역 출간.

라신의 『알렉상드르 대왕(*Alexandre le Grand*)』이 대성공을 거두다. 생테브르몽(Saint-Evremont)이(편지로, 나중에는 논설로 발전한다) 코르네유가 썼다면 더 잘 썼을 것이라고 주장, 코르네유-라신의 첫 비교(Parallèle)가 시작되다.

1666년

비극 『아제질라스(*Agésilas*)』 상연.

1667년

비극『아틸라(*Attila*)』를 몰리에르 극단이 상연.

네델란드와 전쟁 시작. 코르네유의 두 형제가 참전하여, 막내가 부상당하다.

1669년

기독교 기적과 이교도 기적에 대한 논쟁에서 고대인의 편을 들다.

라신의『브리타니퀴스(*Britannicus*)』상연을 계기로 코르네유와 라신의 적대감이 격화되다.

1670년

라신,『브리타니퀴스』출간에 코르네유를 겨냥하는 적대적 서문을 붙이다.

11월 16일 코르네유의 비극『티트와 베레니스(*Tite et Bérénice*)』가 상연 시작.

11월 21일 라신의『베레니스(*Bérénice*)』상연 시작.

11월 28일 코르네유의『티트와 베레니스』를 몰리에르 극단이 상연하다. 몰리에르가 코르네유에게 자기의 발레 비극『프시케(*Psyché*)』의 대부분을 운문으로 바꿔주기를 부탁하다.

1671년

『프시케』상연.

1672년

영웅 희극『퓔세리(*Pulchérie*)』상연.

1674년

비극『쉬레나(*Suréna*)』상연.

1675년

티앙주 부인이 루이 14세의 아들 맨느 공작과 몽테스팡 부인에게, 동시대의 대작가들이 등장하는『숭고의 방(*La Chambre du Sublime*)』이라는 작은 놀이극을 베풀었는데, 그 속에 코르네유는 없었다. 의미심장한 망각이다.

코르네유는 이 해에 받아야 할 1674년도 은전을 받지 못했다. 수급자 명단에서 삭제된 것이다. 그 해에 그는 왕의 승전에 대해 아무것도 쓰지 않았다.

여름에 퐁텐블로의 궁정에서 그의 네 비극을 재상연.

라신과 함께 몰리에르의 제자 미셸 바롱의 결혼 계약서에 서명하다.

1676년

제수이트 시인 루카스(Lucas)가 라틴어로 쓴 시 한 편을 번역한 작품, 그리고 「왕에게 바치는 시」를 왕에게 헌정하다.

가을에 비극 다섯 편이 베르사유에서 재상연되다.

1677년

라신은 『브리타니퀴스』를 출간하며 아주 평온해진 어조로 된 두번째 서문을 붙인다. 승리자의 평온이었다.

1678년

재상 콜베르에게 은급을 재개해달라고 탄원하다. 응답을 받은 증거는 없다.

1681년

라 모느와(La Monois)라는 사람이 "코르네유는 죽어가고 있다"고 쓰다.

1682년

코르네유 자신이 점검한 마지막 판 전집 출간.

1681년과 1683년 사이에 그는 클레리 가에 있는 집에서 아르장퇴이유 가로 이사한다.

이사 간 이유는 모른다. 아카데미가 부근이었다는 점, 그리고 그때에야 그간 함께 살던 동생 토마의 가족과 분가했다는 것만 알 수 있을 뿐이다. 토마 역시 근처에 자리 잡았다. 그는 아르장퇴이유의 집에서 세상을 뜨게 되는데, 그 집은 1877년에 무너졌다. 사진조차 남아 있지 않다.

1683년

6월 18일, 전년도 은급 2000리브르 수령.

8월 21일, 마지막으로 아카데미에 참석.

1684년

9월 3일, 전년도 은급 수령.

9월 말, 당해 연도 은급 수령.

10월 1일, **사망**. 자기 교구 생-로슈 성당에 매장.

10월 24일, 아카데미 프랑세즈가 코르네유의 위령 의식을 거행하다.

10월, 『메르퀴르 갈랑』지에 추모사가 실리다. 필자는 토마 코르네유, 또는 퐁트넬이거나 문사 도노 드 비제(Donneau de Vise) 중 하나였을 것이다.

1685년

아카데미 의장이 된 라신이 피에르 코르네유의 자리에 동생 토마 코르네유를 받아들이다. 라신은 선배요 경쟁자였던 코르네유를 합당하게 칭송하는 연설을 한다. 『문예 공화국 소식』지 1월호에 퐁트넬이 외삼촌에 대한 글을 기고한다. 이것이 그가 쓴 코르네유의 전기 『코르네유의 생애』의 시작이다.

참고 문헌

1. 코르네유 작품집

Corneille, *Oeuvres Complètes*, I, II, II, coll. Pléiade, Textes établis, présentés et annotés par Georges Couton, Gallimard, 1980.

2. 인용되거나 언급된 문헌

Barbafieri, Carine : "Corneille vu par Voltaire : portrait d'un artiste en poète froid", in XVIIe siècle, No 225, 2004.

Bellanger, Yvonne : "La dérobade devant l'amour, Ronsard et Montaigne précurseurs d'Alidor", in *PFSCL XXV*, 48, 1998.

Bénichou, Paul : *Morales du grand siècle*, Gallimard, 1990/1948.

Bertaud, Madeleine : "Jamais un tendre amour n'expose ce qu'il aime, Car demeure l'amitié" : sur quelques héroïnes de Corneille", in *PFSCL*, no 102, 1997.

_____ : "*La Place Royale ou le jaloux extravagant*", *Actes du Colloque, tenu à Rouen du 2 au 6 octobre, 1984*, ed. Alain Niderst, PUF, 1985.

Blanc, André : "A propos de *L'Illusion Comique* ou sur quelques hauts secrets de Pierre Corneille", in *Revue d'histoire du théâtre, No 142*, 1984.

Caillois, Roland : "La tragédie et le principe de la personnalité", in *Le théâtre tragique*, Ed. C.N.R.S., 1965.

Cérasi, Claire : *Pierre Corneille à l'image et semblance de Francois de Sales*, Beauchesne, 2000.

Conesa, Gabriel: *Pierre Corneille et la naissance du genre comique*(1629~ 1636),
Sédès, 1989.

Couprie, Alain: "Corneille devant l'histoire littéraire", in *L'Histoire litteraire: ses
méthodes et ses resultats*, Mélanges offerts à Madeleine Bertaud, Droz, 2001.

Couton, Georges: *Corneille et la tragédie politique*, PUF, 1984.

_____: *Corneille*, Hatier, 1967/1958.

Dens, Jean- Pierre: "La problématique du héros dans *La Place Royale* de
Corneille", in *Revue d'Histoire du Théâtre, No 142*, 1984.

Dort, Bernard: *Corneille dramaturge*, l'Arche, 1972.

Dosmond, Simone: "Les confident(e)s dans le théâtre comique de Corneille", in
PFSCL XXV, vol. 48, 1998.

Doubrovsky, Serge: *Corneille et la dialectique du héros*, Gallimard, 1963.

Dubois, Claude Gibert: *le Baroque*, Larousse, 1973.

D'Urfé, Honoré: *L'Astrée* 1-1, réed, par Slatkine Reprints, 1966/1633.

Fumaroli, Marc: *Héros et Orateurs*, droz, 1996.

Garapon, Robert: *Le premier Corneille*, Société d'édition d'enseignement
superieur, 1982.

Ginestier, Paul: *Valeurs actuelles du théâtre classique*, Bordas, 1991.

Girard, René: *Mensonge romantique et vérité romanesque*, Grasset, 1961.

Guichemerre, Roger: *Visage du théâtre français au XVIIe siècle*, Klincksieck, 1994.

Gurevich, Aaron: *La naissance de l'individu dans l'Europe médiavale*, Seuil, 1997.

Haillant, Marguerite: "De l'amitié au XVIIe siècle", in *Thèmes et Genres littéraires
aux XVIIe et XVIIIe siècles*, PUF, 1992.

Herland, Louis: *Corneille*, Seuil, 1981/1954.

Kerr, Cynthia B.: *L'amour, l'amitié et la Fourberie, une étude des premières comédies
de Corneille*, Stanford french and italian studies, Amna libri, 1980.

Krause, Virginia: "Le sort de la sorcière: Médée de Corneille", in *PFSCL XXX*,
58. 2003.

La Bruyère, *Les Caractères*, Gf-Flammarion, 1965/1688.

Le Goffe, Jacques : *La Bourse et la vie, Economie et religion au Moyen Age*, Hachette, 1986.

Litman, Théodore : *Les comédies de Corneille*, Nizet, 1981.

Mallinson, Jonathan. : *The comedies of Corneille, Experiments in the comic*, Manchester University Press, 1984.

Margitić, Milorad : "Humour et parodie dans les comédies de Corneille", in *PFSCL XXV*, 48, 1998.

_____ : "Mythologie personnelle chez le premier Corneille" : *Acte du Colloque tenu à Rouen du 2 au octobre 1984*, ed. A. Niderst , PUF, 1985.

Maurens, Jacques : *La tragédie sans tragique: le néo-stoicisme dans l'oeuvre de Pierre Corneille*, A. Colin, 1966.

Mauron, Charles : *Des métamorphoses obsédantes au mythe personnel*, José Corti, 1962.

Méron, Evelyne : *Tendre et cruel Corneille, sentiment de l''amour dans le Cid, Horace, Cinna et Polyeucte*, Nizet, 1984.

Mongrédien, Georges : *Recueil des textes et des documents relatifs à Corneille*, Ed. C.N.R.S, 1972.

Montaigne, Michel de : *Les Essais*, ed Villey-Saulnier, PUF, 2004.

Nadal, Octave : *Le sentiment de l'amour dans l'oeuvre de Pierre Corneille*, Gallimard, 1991/1948.

Prigent, Michel : *Le héros et l'Etat dans la tragédie de Pierre Corneille*, PUF, 1986.

Rousseaux, André : "Corneille ou Le mensonge héroïque", in *Revue de Paris*, T. IV, 1937.

Rousset, Jean : *La littérature de l'âge baroque en France*, José Corti, 1983.

Schérer, Jacques "Le retour des personnages dans les comédies de Corneille", in *Mélanges Hornet*, Nizet, 1951.

Schlumberger, Jean : *Le Plaisir à Corneille*, Gallimard, 1936.

Stegmann, André: *L'héroisme cornélien, genèse et signification*, *vol.II*, A. Colin, 1968.

Sweetzer, Marie-Odile "De la comédie à la tragédie", in *Corneille comique*, ed. Milorad Margitić, in PFSCL XXV, 48, 1998.

_____: "Corneille et la tragédie providentielle", in *Cahiers de l'AIEF, No 37*, 1985.

Tournand, Jean-Claude: *Introduction à la vie littéraire de XVIIe siècle*, Bordas, 1984.

Ubersfeld, Anne: "《Je suis》 ou l'identité héroique chez Corneille", in *Actes du Colloque, tenu à Rouen du 2 au 6 octobre 1984*, éd par Alain Niderst, PUF, 1985.

Verhoeff, Han: *Les comédie de Corneille, une psycholecture*, Klincksieck, 1979,

Wagner, Marie-France: "Promenades urbaines et unrbanité dans les comédies de Corneille", in *PFSCL XXV, 48*, 1998, p. 132.

곽광자, 『코르네유 비극 연구에 관한 비판적 고찰―Doubrovski의 Corneille 연구를 중심으로』, 서울대학교 대학원 박사학위 논문, 1988.

김덕희, 「코르네유의 『연극적 환상』과 복잡성의 미학」, 『프랑스문화예술연구』 제37집, 2011.

이환, 『프랑스 근대 여명기의 거인들―1. 라블레』, 서울대학교출판부, 1997.